傅文焕——著

中国出版集团 東方出版中心

图书在版编目（CIP）数据

断尾龙后传/傅文焕著. 一上海：东方出版中心，2023.12
ISBN 978-7-5473-2319-9

Ⅰ. ①断… Ⅱ. ①傅… Ⅲ. ①长篇小说－中国－当代 Ⅳ. ①I247.5

中国国家版本馆CIP数据核字（2023）第246406号

断尾龙后传

著　　者　傅文焕
责任编辑　王欢欢
装帧设计　余佳佳

出 版 人　陈义望
出版发行　东方出版中心
地　　址　上海市仙霞路345号
邮政编码　200336
电　　话　021-62417400
印 刷 者　涿州市荣升新创印刷有限公司

开　　本　890mm×1240mm　1/32
印　　张　10.75
字　　数　230千字
版　　次　2024年3月第1版
印　　次　2024年3月第1次印刷
定　　价　98.00元

序

双尖山，双尖山
你是群山的母亲
群山环护着你
像是你的儿孙
而成千的山村
星散在你的脚边
它们远远近近仰望着你
吸饮你所倾注的甘泉……

诗坛泰斗艾青先生将家乡的双尖山视为“我的摇篮”，这首充满生命温情的怀乡之作《双尖山》，饱含着诗人对家乡魂牵梦萦的情感。

双尖山，金东第一高峰，位于金华市源东乡与傅村镇交界处，坐落于金华、兰溪、义乌、浦江交界处。以双尖山为中心呈“肩”型展开，绵延十余公里的双尖山区域是一片神奇的土地——这里人杰地灵、名流辈出。仅仅方圆几十公里的地方，就孕育了黄大仙、傅大士、柳贯、朱丹溪、宋濂等古代先贤圣哲；诞生了陈望道、冯雪峰、艾青、吴晗、施

复亮、施光南等现代文化巨擘；留下了金萧支队第八大队的“红色基因”……

双尖山区域是浙江省的两个“人文金三角”之一，在这片艾青魂牵梦萦的“摇篮”里，施光南眼中“多情的土地”上，有着丰美的自然风光，有着厚重的历史文化，同时也有许多美丽动人的传说与民间故事。这些传说与故事，往往承载着特定的精神信仰和文化印记，在注重祖国传统文化传承的今天，颇有研究与深耕的价值。双尖山文化研究会会长、潜溪诗画院院长、中华诗词学会会员傅文焕先生的《断尾龙后传》，就是对其中在双尖山区域世代流传、家喻户晓的断尾龙的传奇故事的搜集与创作，这本质上是一种对地方文化的尝试性挖掘与整理、保护与传承。

傅文焕先生近几十年来一直致力于双尖山文化研究，尤其对传奇故事情有独钟。通过典籍查阅、民间采风、田野考察、同行咨询等路径，搜集到几百万字的原始资料。在此基础上，依据断尾龙刻苦学艺、惩恶扬善、修成正果这个故事主线，将流传于双尖山区域的关于断尾龙的传说故事有机地串连在一起，使之成为一个结构完整而又富有启迪的故事，这种话语方式具有草根性，且具有阅读的可接受性和趣味性。

《断尾龙后传》采用古典的章回体叙述方式，共30回，整体上可以作为一个故事，同时每一回又可以作为一个小故事来阅读，每一回都有一个精神意旨。诸如，修德积善、公平正义、坚韧不拔、勇猛精进、不到长城非好汉，等等。整体上解读生生不息、永续前行的精神密码；事业有成、敢为人先的价值追求；兼收并蓄、勇于拼搏的内在品质，而这一切正是金东区人民的文化内核。

弘扬祖国传统文化是时代赋予我们的历史使命，祖国传统文化的弘扬需要从小学生抓起。那么，应该如何对小学生进行传统文化教育？中华人民共和国教育部印发的《完善中华优秀传统文化教育指导纲要》对小学阶段作了明确规定，小学低年级以启蒙教育为主，主要内容是：识认汉字，初步感受汉字的形体美；诵读古诗，感受汉语的语言美；了解传统礼仪，学会待人接物的基本礼节；身体力行，弘扬优良的传统行为规范；等等。小学高年级则以认知教育为主，了解中华优秀传统文化的丰富多彩。主要内容有：理解汉字的文化含义，体会汉字优美的结构艺术；诵读古代诗文经典篇目体会其意境和情感；知道重要传统节日的文化内涵和家乡生活习俗变迁；热爱祖国河山、悠久历史和宝贵文化；等等。《断尾龙后传》的每一回都含有2—6首古体诗，这些古体诗的诵读可以让人感受到汉语的韵律美、语言美；断尾龙在学艺、艺成和除暴安良的过程中涉及诸多传统礼仪和行为规范，可以让小学生学会待人接物的基本规则，养成良好的行为习惯；书中涉及众多的家乡传统习俗与历史文化，特别是精神密码，这将对小学生形成的热爱家乡、热爱祖国的情感具有现实价值。

2002年出版的《断尾龙传奇》深受读者的欢迎，已重印3次，相信其姐妹篇《断尾龙后传》也将得到读者的喜爱。此书既可以作为一般的文学读物，也可以作为双尖山区域小学的校本教材。这将对地方文化的抢救和传承，传播地方传统文化，激发读者对家乡这片热土的热爱，对累善布德的褒奖和对社会正能量的弘扬产生积极的影响。

浙江师范大学教授、博士生导师　傅建明

2023年9月2日

目录

断尾龍后传

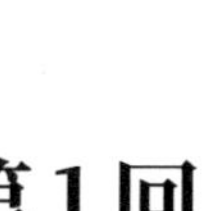

第1回

乌龟堰凿断龙脉　金銮殿梦斩九牛

诗云：平生志气运未通，蛟龙困至浅水中。
　　　有朝一日春雷动，得会风云上九重。

且说断尾龙误中女魔毒计，被困于浅水上百年，虽说还能吞云吐雾，但其功力总是日渐消退，无法大展拳脚来实现自己的抱负，他早就想寻个时机得上九重。但机会这东西，靠等是等不来的，要自己找，自己创造。于是他腾空而起，驾一片云团，兴一阵风雨，离开了水潭。可要去什么地方？哪里能够容他？他还是心中无数，不管三七二十一，先离开这浅水再说。临走前，他深情地望着这片生他养他的土地。

忽然，他发现东山冈的一片乱坟堆里，散发着哀哀的怨气。这怨气，袅袅的，如泣如诉；幽幽的，在田野山冈徘徊。他不由自主地向东山冈走去。

这片乱坟堆在余宅村东北面的紫岩山脚下，依山傍水，远远看去，总像覆盖了一层薄薄的迷雾，那像一只乌龟外形的山体若隐若现，这景色，更像是幻境。断尾龙来到坟前，想探个究竟。很快，他在乱草残砖中发现一块墓碑，墓碑旁还留着纸的残渣。他想看看墓碑上刻着什么，可因年长日久，

墓碑上的字早已风化，无从辨别。

忽然，断尾龙发现在哀哀的怨气中，还伴有隐隐金光。他连忙定睛细看，发现在泥土深处有颗金颅。原来怨气及金光都来自这颗头颅，这很快就让他想起了余宅村“乌龟堰隔断龙脉”的传说：

古时，余宅村上有一大户，几代富裕。俗话说，贫贱思温饱，温饱思富贵，富贵思淫欲。这大户人家也是这样，总想能出个官，挤上权贵的宝座，但这比登天还难啊。这一年，家中老祖宗驾鹤西去，就请来个方圆百里知名的风水先生，想找一处上乘宝地。这位风水先生将附近的山水都看了个遍，但总是不太满意。当他们来到紫岩山脚下的乌龟堰时，风水先生呆住了，站在那里半晌说不出话来，余家主人就轻轻地问道：

“先生，这里的风水怎样？”

先生没作声，像是陷入了沉思。

“先生，这里的风水怎样？”余家主人又问道。

先生还是呆呆地看着，一动也不动。

“先生，你在想什么呢？”余家主人大声地问。

“好！好！”风水先生猛然醒过神来。可还是一脸无奈的样子，支支吾吾地说不出个所以然来。

这可急坏了余家主人。

“你光说好，那这地方可以用吗？”余家主人急切地问道。

“用是可以用，只是……”

“只是什么呀？”

风水先生还是半晌不语。

“真是急死人了，只是什么呀？有事您就说嘛！”

风水先生看着主人急切的表情，一时为之感动，就道出原因来："如果此处风水显灵，我将成为废人，你家要服侍我一辈子啊！"

"这算什么，不要说一辈子，就是十辈子，生生世世，永永远远都行！"余家主人斩钉截铁地说，"您尽管放心，我们绝不会亏待您的。"

说也奇怪，风水先生给余家料理完余氏祖宗后事的第二天，他双眼就瞎了。而余家主人也信守诺言，将风水先生供养在家，自是好酒好饭热情相待。

光阴荏苒，岁月如梭，一晃几年过去了，余家真的开始有人在朝廷为官了。又过了十年、几十年，风水先生已经风烛残年了，可余家依旧蒸蒸日上，在朝廷为官的子孙竟有十八人之多，真可谓是："满朝朱紫贵，尽是余家人。"

从此余家人才辈出，加官进爵，光宗耀祖，一时名震朝野，被传为佳话。

且说人间万事，天道轮回，风水轮流转。这人间的事，好运不会永远随着你，好事也不会永远发生在你一个人身上。家族的运道也是如此，不可能世世代代都是一帆风顺的，总有喝凉水都塞牙缝的时候，有如此诗所说：

寒门子弟风水陵，壮志未酬春秋梦！
天道轮回三十载，苍天自问饶过谁？

再说余氏子孙一朝十八人为官，有的在相府，有的在京城，有的在边关。好多都不能随带妻小，他们的夫人一般都留守在家。开始时他们对风水先生也像侍奉长辈一样，非常敬重，而日复一日、年复一年就慢慢冷淡下来，特别是一些长辈离世之后，他们更加不知道风水先生对余家的贡献。有的甚至在感到孤独时，对先生产生了怨恨之心。对他百般刁难，甚至恶语相向。三餐粥饭也不能调匀，先生如稍表现出不满意更是轻慢苛待。终于有一天，先生不堪折磨，忍无可忍，开口问众媳妇："你们知道我的眼睛为什么瞎吗？"夫人们回答道："为我们余家泄露了天机。"

"那我对你们余家如何？"先生又问。

"你对我家太好了，害得我们都孤苦伶仃，做活寡妇！"众媳妇异口同声答道。

"那好，你们是想丈夫早点回家吗？"风水先生问。

"是的！我们想与丈夫天天在家厮守。"众媳妇道。

"你们要丈夫回家有何难。"先生慢条斯理地说。

"有什么好办法，请先生快说。"众媳妇迫不及待地问。

先生牙一咬，脸一拉，轻声而又凝重地说："只要你们把祖宗坟前的乌龟堰凿断就好了。"

"就这么简单？"夫人们不解地问。

"是的，就这么简单。"先生的脸色铁青。

夫人们听后立即请来石匠，吩咐凿断祖宗坟前的乌龟堰。

再说乌龟，在中国古代传说中把它与麒麟、凤凰、龙一起并列为四大瑞兽，乌龟是吉祥、仁寿的象征。因此龟是神性之物，可以给人带来好运。那乌龟堰的石龟本是万年灵龟修炼成神的精灵，而余家的媳妇们竟如此无知，要石匠们把祖宗坟前的乌龟堰凿断。

石匠们也似懂非懂，但总觉得凿断乌龟堰有所不妥，但迫于余家的权势和赚钱养家的生计，也就只好从命了。随着钎打锤击，龟石渐渐破裂，只听得"嘘"的一声，一股鲜红的血从石龟的颈部喷了出来，霎时，鲜血喷红了岩山的枫树林，流遍了孝顺溪……

余家一场人为的灾难就要发生了。

却说当天晚上，京城的皇上在玉榻上做了一个奇怪的梦。

在金銮殿左侧的金水河，有一条黄龙在兴风作浪。这条龙看上去功力非凡，上天能做云，入水能生雾。而黄龙正在行云布雨时，忽然对面冲来九头牛与黄龙大战。这九头牛一会儿排成长蛇阵，一会儿排成飞鹰阵，与之轮番作战，弄得黄龙顾首不顾尾，疲于应付。最后皇上还特别清晰地看见九头牛一齐向金銮殿冲去……

皇上惊出一身冷汗，第二天上早朝时就迫不及待地将此梦说出来，请文武百官分析。大家七嘴八舌讨论起来，但都认为这不是个好梦，却又讲不出所以然来。此时国师站在皇上左侧，心情沉重地向皇上说："陛下，这可不是个好梦啊！黄龙代表您，而这九头牛摆开阵势与您大战，最后还要冲击金銮殿。说明有人想要谋反啊！"

听国师这么一说，皇上好怕。

"那国师你说说，当朝是谁想谋反呢？"皇上瞠目结舌。

国师眼珠子骨碌碌一转，掐着五指，口中念念有词，忽然，他大喊一声："有了！"

"有什么了？"皇上急切地问道。

"陛下，您看啊，当今朝中余氏兄弟十八人掌管着多方朝政，他们如果要谋反，堪比九牛攻殿啊，只有他们有实力谋反啊！"

皇上听了，认为国师分析的确有道理，就下令将他们全部斩杀，一个不留。

不久之后，皇上派人将余氏兄弟的人头送到余家，众媳妇哭哭啼啼，哀声载道，在一片嘈杂声中，不知是谁清点了一下人头，发现只有十七个。余氏家族一定要追回少掉的人

头。因是以一个“莫须有”的罪名被斩首的，皇上也无法交代，只好赔了一个金头来。余家将十七个人头与金头一起埋葬在村东北的紫岩山上。虽然几十年过去了，而这哀怨之气却一直不能消失。真可谓：

世事由来多缺陷，幻躯焉得免无常。
荣华终是三更梦，富贵还同九月霜。

断尾龙感慨不已，但尘事之事，他也无心多问，心想自己还是到处走走看看，少去管闲事为好。

第2回

庄四八道法超然　愈毒瘤得封太尉

诗云：凡生懵懂入世间，万般无常行道难。
　　　不忘初心保始终，积德行善聚有缘。

却说断尾龙离开东山冈后，对人世间的是非恩怨、悲欢离合感慨不已。他漫无目的地游逛着，不知不觉来到了鞋塘东林庙。

这庙在鞋塘村的东南面，是一座三进九间三天井的大庙宇，庙前一条蜿蜒的小路渐渐通向幽僻处，庙内古木参天，花草繁茂，禅房就在花的中央，鸟儿婉转歌唱，庙东边的一汪清潭能将人心的污垢涤荡，钟磬的一脉余音在空中萦绕回荡。据《金华履湖庄氏宗谱》记载，此庙始建于明代，是鞋塘村庄氏宗族祭拜先祖，祈求国泰民安、五谷丰登的地方，里面供奉的是履湖庄氏十八世祖“四八相公”。每年农历四月初八，这里都要举行盛大的祭祖仪式，是四邻八乡的传统庙会。

这“四八相公”，姓庄名四八，字攀龙。据该地县志载：“四八相公，宋太祖赐封也。其幼丧父，事孝母，业农，好读书，传殁而为神，水旱疾疫，祷之即应。”其生前聪明过人，能耐非凡。

相传，在他十几岁的时候，一日清晨，母亲打发他去地里割麦，他用完早饭，两眼惺忪地往田间走去，阵阵热浪更增添了他的疲惫。很快到了中午时分，母亲做好饭菜送到麦地，可走近一看，地里的麦子纹丝未动，而四八却坐在树荫下玩塑泥人。母亲急得大骂，甚至要动手打儿子。而四八此时却站起来，不紧不慢地劝住母亲："母亲别急，待会这些朋友都会来帮忙割麦子的，只要我一声招呼，这点儿麦子很快就会割完的。"庄四八指了指眼前这些泥人。

这母亲哪里肯信："你这孩子，骗谁呢？"

庄四八神秘一笑："母亲，我肚子饿了，还是先让我吃饭吧。"

母亲也无办法，看着儿子狼吞虎咽地吃完了饭，她收拾好碗筷。

此时，庄四八立起身来，小心翼翼地把塑好的泥人一个个放到麦地的每个畦头。母亲呆呆地看着，不知道他在搞什么名堂。

不多时，每个畦头都放好了小泥人，庄四八两眼微闭，口中念念有词，只听得"开镰！开镰！"声响起，平地卷起一阵大风，几十个小泥人在风中齐刷刷地飞快割起麦子来。顷刻间，偌大的一片麦子全部被割好了。

母亲看得目瞪口呆："神了！神了！"此时又听得儿子说："捆好！捆好！"瞬间，全部的麦子整整齐齐地被捆成一字儿排放着。

等到第三声"起来！起来！"的令刚下，四八、泥人和麦子就全部腾空而起，向村庄方向飞去，一会儿就飞得无影无踪了。

惊诧不已的母亲站在麦地旁，半晌回不过神来，等她将信将疑地赶回家中，只见麦子已全部打好，一束束麦秆摆放在院子里，一筐筐麦粒摆放在堂屋，而儿子早已在门板上睡熟了。

再说这四八一睡就是半晌，等他醒来已是傍晚，四八看看母亲不知在哪里忙，晚饭也还没烧好，就伸了个懒腰出去走走。

他漫步在小溪东岸，只见太阳已收敛起刺眼的光芒，变成了一个金灿灿的光盘，那万里无云的天空，蓝蓝的，像一片明净的天湖。慢慢地，天空的颜色越来越浓，像是湖水在不断加深，远处的北山在夕阳的照映下涂上了一层金黄色，显得格外瑰丽。

又一天过去了。庄四八来到一丘水田旁，只见田里的几个街坊邻居还在风风火火地插秧。在这抢收抢种的季节，农民为了不误农时，总是起早摸黑地干活。

“森森大伯，休工了，太阳快要落山了，明天再干吧！”庄四八关心地与邻居大伯打起招呼来。

森森大伯直起腰来看了一眼四八：“你小孩子不知道啊，等明天再来插秧，会影响秧苗生长的。”森森大伯擦了一把汗，又弯下了腰继续插秧。这时森森大伯的儿子接上腔了：“要是太阳迟些落山就好了！”他一脸无奈。

庄四八听了心头一震，略有所思：何不用一根拄杖把太阳支住不让它落山呢？说时迟，那时快，他毫不犹豫地捡起地上的一根挑担时用的拄杖，一个箭步飞上了双尖山山顶，用尽浑身之力，像支起米筛那样，把那就要落山的太阳死死地支在山顶。

约半个时辰过去了，乡亲们把秧苗全部都插完了。大家正在暗暗庆幸，不知谁说了一声：“奇怪了，今天的太阳怎么紧挨在山冈就不落下去呢?”此时大家才觉得有些异常，可谁也不会想到这是庄四八干的。

再说庄四八看到乡邻们已把今天的秧苗都插好并欢欢喜喜地休工回家吃晚饭了，他才感觉到自己的肚子也在“咕咕”叫。他赶忙移开拄杖，把太阳轻轻地放下。当他正欲拔腿时，又觉得还不行。“就这么放下了，乡亲们收工回家的路上一团漆黑，万一跌倒了怎么办?”他想。

四八干脆用手拎着那红灯笼似的太阳，再照乡亲们一程。等到大家都安全回家了，他才把太阳一扔，自己也匆匆地回家了。

俗话说：芒种雨涟涟，夏至旱燥天。事有凑巧，这年刚好碰上夏旱，乡民们刚种下的秧苗由于无水灌溉，都奄奄一息了。财主家雇了好多伙计到处抢水灌田，而穷苦农民既无水车，又无劳力，哪里抢得到水，那庄稼无水浇灌，眼看就要颗粒无收。

这天，邻居森森大伯挑着水桶到村东北公用的钟金塘挑水，正碰上财主的管家在塘边装水车指挥伙计拉水。他一看到森森大伯要来挑水就大发雷霆，恶狠狠地斥责道:“你算什么东西！还敢来我家塘里挑水，滚开!”话没说完，就一个飞脚过去，把森森大伯连人带水桶都踢进了水塘里。旁人看了，十分气愤管家的横行霸道，但也只是敢怒不敢言。此时正好庄四八从这里路过，他目睹了财主家管家的行为，憋了一肚子的气。虽然平日里他好打抱不平，且常见义勇为，可这次却没有正面与财主的管家产生冲突。只见他随意地抽下挂在脖子上的汗巾，轻轻地往塘中一抛，满塘的水竟被汗巾吸得底朝天，滴水不剩。正在吆五喝六的管家感到莫名其妙，不知是咋回事。而庄四八却轻轻地捡起汗巾，优哉游哉地走远了。

没过多时，庄四八来到森森大伯及乡亲们的田边，把毛巾用双手一扭，一股清汪汪的水就哗哗地往田里流去。秧苗被滋润了，晚风一吹，绿油油的叶子随风而摆，这把财主气得直跺脚，乡亲们无不拍手称快。庄四八的神功，一时在四邻八乡被传为美谈。

关于这个四八，还有一段更牛的传说，就是他与宋太祖赵匡胤的传奇故事。

相传，当时赵匡胤还没登基做皇帝时，是后周皇帝手下的一员大将，置身行伍。后周世宗柴荣在位时，他击北汉、南唐，屡建战功，成为禁军最高统帅。这一年，赵匡胤行军路过鞋塘，听说这里有个传奇人物庄四八，就吩咐手下在此安营扎寨，他准备亲自前去拜访这位“四八奇人”。

这鞋塘镇古称履湖，因村中有一池塘，状如鞋形而得名，曾有客好奇问之，为何取“履湖”之号，庄主答“巧易塘作湖，复以鞋为履”“以其形似履而洞阔若湖，故名之”。这是一个典型的江南小镇，黛瓦粉墙，一条绿水如带在村西头汩汩淌过，几座弯弯的石拱桥连结着两边庄、金二姓人家。村中的弄堂只有一米多宽，弄堂两边那一幢幢陈旧的民宅，并排地通向弄堂的尽头。

赵匡胤带着随从走在弄堂的石板路上，抬起头望望蓝天，天变得又细又长，云好像害羞似的，只露出一点儿。庄四八的家，就在这弄堂尽头的鞋塘溪东边，三间排房带两边厢房，院子不大，但有一种古朴的美，爬山虎的藤顺着院门像一抹绿色的帘子垂挂着。

随从轻轻地叩了叩门，不一会儿，就有一名男子来开门。只见这男子眉清目秀，方额大耳，天庭饱满，地阁方圆。“果然名不虚传。”赵匡胤暗叹不已，心想，“这就是庄四八了吧。”于是就称赞道：“先生真乃一表人才！看你长相，定是有造化之人，文者能拜相，武者能封侯！”

庄四八是个谦虚之人，一听这话，马上上前回礼道：“将军过奖了，小民不才，平民百姓，哪有造化，依我看，将军才是不凡之人，生得浓眉大眼，虎背熊腰，真是气宇轩昂。看将军红光满面，紫气升腾，印堂红光，乃帝王之相也。”

赵匡胤一听，高兴至极，便对庄四八说：“承蒙先生夸奖，他日我若真得天下，定拜先生为相！”（这大概就是“四八相公”的由来吧。）

庄四八接赵匡胤及随从入堂屋，双方坐定，沏上清茶，都有相见恨晚的感觉。

庄四八看了一眼赵匡胤，轻声问道：“将军身上是否有疾？我看将军眉心有些忧愁。”

赵匡胤一听，心里大吃一惊：“这还真神了，莫非这庄四八真是个神人？”

确实，赵匡胤背上长了一个大瘤，已经好几个月了，四处求医，也不见得有好转，而且越来越严重了。于是，赵匡胤说：“先生慧眼，真乃神人，不才背上确实有疾，依先生之见，是否有治？”说完就脱去外衣给庄四八看。这庄四八看看赵匡胤身上的大瘤，面有难色。赵匡胤急切地问：“先生，不才所患何疾？”庄四八再仔细看了看后说：“将军，医者讲究的是‘病怕无名，疮怕有名’。无名之病，病因不明，用药不当，顾此失彼，延误治疗而至不治。所谓疮怕有名，指的是致命之毒疮，如贴骨瘤、赘毒痈、瘩背疮等，这些疮如若不及时治疗，施术不当，轻则致残，重则危及生命，将军所患之疾，正是瘩背疮。”

赵匡胤听罢，惊恐之余顿生敬意，抱拳施礼求治于庄四八。

庄四八思忖片刻，微微笑道："将军不急，此疾虽毒，但绝非不治之症，只是须费时日罢了，快则十日，慢则一月，保你无事，将军大可放心。"

赵匡胤听了，哪里接受得了。"三日尚且嫌慢，何况十日、月余，前方军情紧急，这么长时间实在无法耽搁。"赵匡胤双眼紧紧地盯着庄四八，"先生有两全之策吗？"

庄四八沉默不语。赵匡胤又问："先生有两全之策吗？"

良久，庄四八道："小民思之，为求两全，可乘将军疮毒者尚未出头，将其转移，使其推迟发作，凯旋之日再行调治，绝无大碍。"

这赵匡胤看似粗人，却博学多才，虑事精细，对移疮之说闻所未闻，不免心生疑虑，言露于表："先生此术出于何师，真能救治吗？"

"将军，此术乃权宜之计，因你体内的毒素未能尽除，数月之后定然复发，只是不在背上，而在臀部，但日后施治，必须以瘩背疮疗之，否则后患无穷。"庄四八一副挺有把握的样子，赵匡胤也只能听其建议了。

庄四八立刻对赵匡胤施以针灸并配以秘方中药三副，只三日功夫，赵匡胤的病就痊愈。之后，赵匡胤在"陈桥兵变"中被拥立为帝，并回京逼迫后周恭帝禅位，同年登基为帝。

再说赵匡胤当了皇帝之后，一日，忽感身体不适，发烧作冷，从此一病不起。众太医诊治，只见皇帝臀部红肿，发烧寒战，疮要出头。大家都将此疮作赘毒痈医治，但总是不得好转。一批批庸医来了又去，去了又来。此时，赵匡胤突然想起了庄四八，立即派人不远千里到鞋塘去接他。

庄四八到了金鸾殿后，二话没说，就确认此疾为瘩背疮，并开具瘩背疮的药予以治疗，不出几日，赵匡胤的病就痊愈了。众太医甚为不解，瘩背疮怎么长在臀部，庄四八就将赵匡胤在鞋塘治疾的经过讲了一遍，众太医惊叹不已："世上竟有如此奇人!"

从此，赵匡胤对庄四八更加佩服了。因先前赵匡胤曾说过："若他日我真得天下，定拜先生为相。"人们就称庄四八为"四八相公"，他的名气也越来越大。

有诗曰：四八相公道超然，福泽乡里赛神仙。
移毒除疾手法妙，悬壶济世万代传。

第3回

天子血溅荷叶塘　县令命丧金鸡洞

诗云：命中有时终须有，命中无时莫强求。
　　　人间富贵花间露，纸上功名水上沤。

且说断尾龙深被庄四八的纯良乐善所折服，他深切地体会到：“做人就应该像太阳一样把阳光与温暖洒向万物，给众生以生命与能量，且不应求任何报答。”他觉得自己的能量还不够，还应该不断地修持才能更有作为。因此，他突然想起了双尖山，想起了法华寺，想起了那眼使他修成正果的古井……“对了，自己应该先回到双尖山接接地气，加持能量。”想到这，他离开东林庙往北行去。不一会儿，就翻过了山岭，来到洞源。

这洞源山清水秀，风光旖旎。整个山谷均被群山环绕，像个大燕窝，所有的雨水都从一个峡谷流出，峡口两边分别有一个洞和一个佛殿，故称此殿为洞殿，峡口便称洞殿口。从这里流出的水也就被称为洞源之水。这里星星点点散落着四十八个村庄，人们把这里称作洞殿里。千百年来，洞殿里的人在这里过着安逸的农耕生活，虽不大富大贵，却也不失几分安稳，有诗为证：

石室虚明住可仙，如瓶如瓮亦相连。
散人恣赏奚妨夜，骚客邀游不记年。
山鸟有声情有乐，谷神无迹趣无边。
诚于月下登临者，别是乾坤小洞天。

传说唐朝名将薛仁贵发迹之前曾流落到洞殿里，以砍柴营生。他有九牛二虎之力，能挑千斤重担。一天他从竹马尖砍得一担柴，准备去赶集，不觉疲倦袭身，因天色尚早，便在山路上歇息，不知不觉昏然入睡。只见其妻柳氏来到他跟前说："你有出众的才干，如今皇上要亲征辽东，正在招募骁勇将领，这是难得的机会，你却还在这里砍柴，还不快快起身。"薛仁贵正在犹豫，忽然一匹雄健的黑马长嘶一声，将他惊醒。睁开眼一看，已见一轮红日冉冉升起，冲破山间云雾，他呆怔了一会，心想："自己出身于河东薛氏南祖房，也是南北朝时期名将薛安都的后代，从曾祖父到父亲，也都相继在朝为官，怎么到我这代就在这里砍柴度日了呢？真是燕雀之为也。"于是他扔下柴担，健步如飞地离开了洞源。而这担柴放在此，别人也拿不动，于是就渐渐地变做了若连若断的山脉，像一匹战马僵卧在此，这就是马鞍山。

再说断尾龙翻过山早岭后就迫不及待地来到了皇安村，因为这里曾传出过天子的故事，他早有所闻，这一次要好好探个究竟。

这皇安村坐落在皇安山的北面，位于山下施村的南面，与梅村、邢村毗邻。一条蜿蜒的小路，从梅村沿溪通进去，村庄虽小，但很有几分灵气，房前屋后，朵朵粉红的桃花缀满枝头，一簇簇，一树树，宛若红霞飘落，彩雨缤纷，微风吹落，清香沁人心脾。成群的蜜蜂"嗡嗡"地叫着，在花丛中飞来飞去。偶尔有蝴蝶飞过来，它们一会儿在空中飞舞，一会儿落在花上，看着看着，恍惚间以为花生了翅膀飞了起来。

传说很久很久以前，在洞殿对面的一座小山坡上有一座皇安村人的祖坟。祖坟的后代姓王，在当地也算是个富户，人称王老财。一天王老财陪同风水先生来到祖坟前，想请他看一下风水。民间有传统，趋吉避凶、解除病苦和贫困、祈求子孙繁荣、福禄旺盛、仕途昌顺，可以依赖选择或者改变风水来实现，王老财也不例外。

这风水先生来到墓地后，前看看后走走，时而用罗盘格一格，时而用寻龙尺量一量，反反复复折腾了半个多时辰，然后郑重其事地对王老财说："老财啊，恭喜你们王家了。"王老财听风水先生这么一说，面带喜色，忙问道："先生，喜从何来？""你自己看，老财。"风水先生指着祖坟说，"你家这祖坟背后的靠山与身前的朝山、案山，构成一个完美的平衡格局，后有所恃，前有所依。更何况这是一处鲢鱼上水的风水宝地，如能在坟前开七口塘，然后再种上荷花，正如汉乐府里的'江南可采莲，莲叶何田田，鱼戏莲叶间'。你家这墓地，依荷花之缘，鱼游弋在水里，气行于地中，得水藏风，从而福荫后人，何愁子孙不富贵！"

王老财听后将信将疑，坟前要开七口塘，那该花多少银两，万一不灵验，那不是白费了吗？但一口塘都不开的话，王老财又心有不甘，于是就开了两口塘试试，再按风水先生的说法种上了荷花。一年后王老财生了个儿子。说也奇怪，这儿子刚生下地，家中的一只黑狗、一只白狗就爬上了屋顶，蜷伏在瓦背上。村民们看了就对王老财说哪有狗上瓦背的道理，这肯定是不吉利，于是王老财就把两只狗赶下来，可没过一会儿两只狗又上瓦背上去了，这样反反复复了好多次，惹得王老财十分恼火，干脆把两只狗都杀了，烧来吃了。狗是杀了，而家中的两只鸡又飞上了瓦背，疑神疑鬼的王老财气不打一处来，一怒之下把两只鸡也一起杀了。

再说那刚生下来的儿子一个劲地只是哭，谁也哄不好。看儿子哭得上气不接下气的样子，他母亲自是心疼不已。没办法，随手拿了块小红布系在木棒上，在儿子面前不停地摇晃，还真绝了，这小孩立即停止了哭闹。

原来这小孩是一个天子，长大后会当皇帝。大凡新帝出世，都有些天人感应的天生异象，有的说梦到蛇而怀孕，有的说出生时满屋红光、香气久久不散等等。这王老财的儿子也是这样，他一出世两只狗就蹿上瓦背，这两只狗其实是两块云，一块黑云一块白云，它们站在瓦背上能遮挡皇帝的宝镜，否则皇帝照到有新帝出世，就会安排人马将其杀死。而王老财把上瓦背的狗与鸡都杀了，新天子就有没什么遮挡，在皇帝的宝镜下暴露无遗，于是一场灾难就要降临这个小山村了。

却说这天夜晚，月明星稀，满天的星斗像一粒粒珍珠，又似一把把碎金撒落在玉盘上，银河像一条淡淡发光的白带，横跨天空。远在京城的国师与往常一样，在观星台夜观天象。“不好，有新天子出世。”他立刻就推断出这新王降生在东南洞殿里。于是皇上就派官兵马不停蹄地追杀过去。

也许是王老财夫妇对这新生儿子的危险有预感吧，在官兵到来之前，他们就把儿子藏在祖坟前的荷叶塘里，想请祖宗庇荫子孙。

没过多久，官兵果然赶到了，他们把整个村庄都包围起来，把全村人统统赶到空地上。然后不分青红皂白就从父母身边夺过刚出生不久的孩子，一个不留全部杀光。一时皇安村腥风血雨，冤魂遍野。

血洗之后，官兵们正要收兵回去，突然一只不知从哪儿飞来的八哥在树枝上大叫："天子藏在洞殿口荷叶塘！天子藏在洞殿口荷叶塘！"那些官兵一听又立即下令赶往洞殿口的小山坡下，在王老财祖坟前的荷叶塘进行大搜查，后来干脆把两口塘的荷叶全部砍了个精光。说也奇怪，刚才那只八哥又不知道从哪儿飞出来，大叫："天子藏在荷叶包里！天子藏在荷叶包里！"那些官兵听得清清楚楚，又下令把每一片荷叶都狠狠地砍一遍，顿时全塘的水变成了一片血红……

就这样，新天子被扼杀在襁褓之中，命丧黄泉了。村子里的人都知道了，原来王老财家刚出生的孩子是个天子。为了祝愿天子能在另一个世界平安，人们便把这个小山村取名为皇安村。那王老财更是悔恨交加，要是当时听了风水先生的话，把七口塘都挖了，自己的儿子也就不至于落得如此下场了。

再说那断尾龙在皇安村了解了"皇安出天子"的来龙去脉后，心里不知是什么滋味，心想"幻化空身虚变现，空是色来色是空"，那王老财的新生儿虽然命丧襁褓，可那皇帝就真的江山永固，万寿无疆了吗？"人啊人，空手来空手去，到头总是一场空。"他自言自语，脸上露出了一丝苦笑，向双尖山金鸡洞方向走去。

这金鸡洞在洞源上山寺以西，传说早先那洞里住着一只金鸡，那金鸡可神了：春啼桃花争艳，夏啼荷花满塘，秋啼五谷丰登，冬啼山梅绽放。它飞到哪里哪里就福寿安康，唱到哪里哪里就人畜兴旺。洞殿里的人们可爱这只金鸡了，有民谣唱：

金鸡金鸡真漂亮，大红冠子银铃嗓。
清晨一啼万民笑，山山水水尽风光。

且说有个陈姓七品县官，是个贪婪奸伪之徒，他听得金鸡之事后便在县衙内眯着鼠眼，捻着鼠须，心里盘算开了："若能抓住这只金鸡，把它送到京城献给皇上，那岂不是官位连升三级，可得荣华富贵，还能光宗耀祖……"

县令心里美滋滋的，带着几个手脚好的捕快，趁着夜幕潜到了洞殿里的金鸡洞，算好时辰，看好时机，准备捕捉金鸡。他们在金鸡洞附近潜伏了三天三夜，终于摸清了金鸡"日落回窠，三更初啼，五更正啼后就飞上双尖山覆釜岩，迎接太阳升起"的规律，于是就商量着怎样万无一失地捕捉金鸡。

却说那金鸡洞坐落在悬崖峭壁上，十分凶险，一般人很难上去。

怎么办呢？陈县令思来想去，觉得还是用"从天而降进洞捉鸡"的方法为好。也真是凑巧，崖顶上有几棵大树，只要取来绳子和箩筐，差人爬上崖顶，把绳子固定在大树上，然后在绳子的另一端绑上箩筐，人坐在筐内，吊筐下去，人就可以进洞了。

县令让几个捕快先上，堵住洞口，不让金鸡跑掉，自己也亲自进洞，他要亲手捉了金鸡献给皇上。一切都准备好后，县令叫人点上火把，沿着漆黑的洞壁前行，洞内蝙蝠不时从他耳边飞过，他心里有些害怕。说也奇怪，在外面看去就这么一块岩石，而到洞里面都走了半个时辰也看不到尽头，更别说金鸡的影子了。走着走着，县令有些困倦了："这洞怎么就这么长？何时是尽头？金鸡究竟藏在哪儿？"他正想坐下来歇歇，忽然洞里闪出一道金光，县令觉得奇怪，忘记了疲劳。一眼看去只见一个白发苍苍的老妪正慈祥地看着他，微笑着对他说："回去吧，别瞎闹了，这金鸡是玉皇大帝的报晓天鸡，是玉帝派它到这儿来司晨的，你就别动歪脑子了。”这陈县令正在利令智昏之际，哪里肯听老妪的话。“滚开！你这死老太婆，别坏了我的好事，否则我对你不客气！”县令吹胡子瞪眼扑向老妪。而老妪却始终面带微笑：“回去吧，前面凶多吉少，回头是岸！”说完便倏然隐去。见此情景，县令有些毛骨悚然，但他哪里肯罢休，还是像一头愚钝的猛兽，横冲直撞向前冲去。

忽然又一道金光闪来，只见对面有一只大红冠子绿尾巴、油亮脖子金黄脚的金鸡，展翅扇得满洞尘土飞扬，迷住了县令的双眼，那金鸡又扑闪着双翅，狠狠地啄起县令的秃头和酒糟鼻来，陈县令痛得哇哇大叫。金鸡抖了抖翅膀呼啦啦一声飞出了洞外。

“金鸡！金鸡！我的金鸡！”陈县令发疯似的扑向洞口，金鸡在洞外岩石上引颈长啼了一声。顿时电闪雷鸣，大雨倾盆，紧接着一声炸雷把县令系箩筐的树枝也劈断了。县令吓得屁滚尿流，在洞口不住地向天求饶：“金鸡饶命！金鸡饶命！”

等捕快们把县令从悬崖上拉上来，他已是鼻青脸肿、头破血流，不久就一命呜呼了。

直到今天，洞源一带还流传着这样一首歌谣：

金鸡破晓丰收到，气死县官百姓笑。
年年月月金鸡唱，桃花橘香满山飘。

第4回

喷甘霖拯救众生　受惩罚功力大损

诗云：历经磨难逐时波，阅尽红尘悲楚歌。
　　　抑恶扬德千载颂，为非作歹万人觖。

却说断尾龙在双尖山故地重游，心情无比激动，喜悦之情难于言表。这不，过了金鸡洞，就是杨宫村了，离法华寺只一步之遥了。

在金鸡洞旁，他伫立良久，很想进去看看春啼桃花夏啼荷，秋啼五谷冬啼梅，为老百姓送去六畜兴旺、福禄安康的金鸡。可他迟迟迈不开腿，这还得从龙的祖先与鸡的恩怨说起。

相传很古的时候，龙的头上并没有角，而鸡却长着一对弯弯的美丽的犄角，走起路来雄赳赳气昂昂好不威武。

有一天，九天王母做寿大摆宴席，龙也收到了请柬，那欢喜之情，自不必说。临行前，龙用心装扮了一番，准备赴宴。说来也巧，此时正好蜈蚣过来找龙有事商量，一看龙打扮得如此精神，狠狠地夸赞了一番，但又话锋一转，惋惜地对龙说："龙大哥，看你这身打扮，真是潇洒俊逸，但美中不足的是你这头顶光秃秃的，实在有失大雅。"龙听了忙问蜈蚣："那该咋办？"蜈蚣神秘一笑，道："这有何难，我表弟鸡有一对犄角，向他借用一下就行，这事包在我身上。”龙听后大喜，就与蜈蚣一起在一个小山坡上找到了鸡。起初，龙对鸡说：“兄弟，我接到王母娘娘请帖，要去瑶池赴宴，这种高贵的场合，总该打扮得体面点儿吧。”鸡立马回答：“对！对！龙大哥，我说你今天怎么这么精神，真是恭喜你啦！”龙也笑着对鸡说：“谢谢你的祝福，只是……”龙稍停顿了一会儿：“只是我的头顶光秃秃的，实在有失雅观，想跟你借对犄角戴上，那不是锦上添花了嘛！再说有人问起犄角的事，我说是向鸡借的，岂不是你的光彩吗？”鸡听了后面带难色，龙见状又补充道：“你把角借给我，回来时我送你一个蟠桃、两瓶琼浆如何？”鸡还是不肯，龙苦苦哀求，鸡就是不肯借。一旁的蜈蚣看了十分着急，就搭腔对鸡说：“我的好表弟，你就借给他用一用吧，我和龙是好朋友，保证三天后就还给你，我给他做担保。”看见蜈蚣出来说话了，鸡再僵持也觉得自己有些过分，只得不看僧面看佛面了，说：“那好吧，看在我表哥的份上，就借三天，三天后必须毫无破损地还给我。”

就这样，鸡把一对漂亮的犄角借给了龙。龙戴上鸡的犄角高高兴兴地赴宴去了。

三天过去了，鸡和蜈蚣迫不及待在小山坡上等龙回来，可龙杳无音信。原来龙戴上犄角赴完宴后，腾云驾雾不知去了何方。鸡知道上当了，气不打一处来，就恶狠狠地向蜈蚣扑去：“你们合伙欺骗我，我要啄死你！”

于是，每天清晨，鸡总是站在小山坡上引颈大叫：“龙哥哥，还我角！龙哥哥，还我角！”

那断尾龙在金鸡洞旁，想着祖先与金鸡的犄角恩怨，心里总觉得对不起金鸡，也无颜再去见金鸡。他迈着沉重的脚步，来到了杨宫村，在他的记忆中，这熟悉的小山村：

风过竹林传馥郁，云飘松海现虹霞。
清泉映彩喷甘露，圣水留香绽奇葩。

冬去春来几百年，往事如烟，他站在青峰岩古松下，居高临下举目四望。这情景，简直让他傻了眼，虽已时近中秋，但空气仍那样炙热，树木软弱无力地垂下长长的手臂，百草都枯黄了，连远处的青松冈干巴巴地毫无生机，龟裂的梯田仿佛历经风霜的老人脸上的皱纹，那么深刻，那么哀伤。村口唯一的池塘早已底朝天。偶尔传来一声山鸟的哀啼，划破了静寂，那长长的尾音滞留不散，里面含着对死的恐惧。怎么会变得如此凄凉？断尾龙百思不得其解。忽然，他看见不远处的一棵树下，有个老汉在刮树皮，断尾龙三步并作两步跑上前去，深深地向老汉作了个揖："大爷您好，您在干吗呢？"老汉抬起头来看了一眼这个陌生人："你是从天上掉下来的吗？这里大旱了三年，连树皮草根都快要挖光了。我们究竟作了什么孽啊，老天要这么惩罚我们！"老汉欲哭无泪。

这下可把断尾龙弄懵了，这里怎么会三年干旱无雨呢？不管三七二十一，先解决燃眉之急再说，只听"呼"的一声，他腾空而起，霎时，天空变成了一块大黑幕，刚刚还耀眼刺人的太阳一下子消失得无影无踪。不一会儿，雨点"哗哗哗"地从空中跳下来，降落在双尖山周围，大雨足足下了两个时辰，洗去了大地的尘埃，天地焕然一新，乐得山民们发出阵阵欢呼。

这欢呼声传到玉皇大帝的九重天："怪了，哪儿传来欢呼声？"玉皇大帝往欢呼声处看去，只见双尖山一带枯树重绿，旱地溢水，人们正忙着翻耕播种。"谁敢抗旨给双尖山私降甘霖？"玉皇大帝气得七窍冒烟，立即唤来水德星君，大声斥责:“你是怎么搞的，连自己的下属都管不好，敢抗旨给双尖山私降甘霖!”

这水德星君住在乌浩宫，是众部水神之主，统管五湖四海、八河四渎、三江九派及各处的龙王，是水神之中的最高神。听了玉帝的训斥，他把头点得像鸡啄米似的:“是！是！下官一定严查，一定严查!”

于是，水德星君立即召集四海龙王前来查询，南海龙王敖钦首先说:“我分管南方，控制人间二味真火和闪电等。这放雨的事与我无关。”北海龙王敖顺也紧接着推辞道:“我居北海，掌管雪、冰雹、冰霜、冷冻，这私自降雨的事不在我的职责之内，与我无半点儿瓜葛。”此时，西海龙王敖闰也迫不及待地推卸责任:“我居西海，司掌气候阴凉、天气变迁及风源对流，布雨与我风马牛不相及。”现在就剩下东海龙王敖广了，因他控制雨水、雷鸣、旱涝、海潮等，说什么也摆脱不了干系，于是他答应水德星君尽快查个水落石出。

再说断尾龙布了一场甘霖之后看到山民们如此欢呼雀跃，心里甜滋滋的，毕竟“久旱逢甘雨”是人间的“四喜娃娃”之一。自己能给山民送去一喜，也倍感自豪。可他又静下心来仔细想了想，自己这样做是否太冒失了，万一违反了天条怎么办？正在沉思之时，忽见两员天将降临在他面前:“断尾龙，你好大的胆子，还不快快跪伏受罚!”不等断尾龙醒过神来，两员天将已将他五花大绑带到了天庭，关在了天牢。

这天牢笼罩在黑云之中，迷雾重重，也看不到什么墙壁，有一股奇怪的味道，是雨后的潮湿加上已干涸的血腥味道。这天牢整个空间十分昏暗，只有乌云迷雾中的几盏灯闪着微弱的光，风一吹就忽闪忽闪的。这里常年不见天日，连空气都是浑浊的，弥漫着一种死亡的气息，不要说长期关在这儿，就是待一会儿也受不了。

断尾龙进了天牢第一件事就是要先背天条。这天条一共有十条：

第一：尊天敬地，不违天意；
第二：心系正途，不生邪念；
第三：恪守天道，不做逆行；
第四：秉神修善，不入妄途；
第五：不攀修为，不欺微弱；
第六：待人如己，予人向善；
第七：礼行大道，男女互敬；
第八：修身健体，正情克欲；
第九：语出有道，心静气和；
第十：不畏邪扰，不惧厄劫。

断尾龙一边泪流满面地背着天条，一边在思忖自己究竟是犯了哪一条，会受到什么刑罚？以前，他曾听太上老君说过，根据触犯天条的不同程度，天界相应的有十种刑罚：

一是杖，即用棍子打。

二是徒，即罚做苦力。

三是流，即流放。流放到四大蛮荒或其他地方。

四是针决，用一种特殊的“雷针”扎犯人。

五是处斩，就是斩首。

六是分形，分形也称灭形，指连魂魄都打的灰飞烟灭，永远不得超度。

此外，还有“万死万生”“贬下界”“灌铁丸”“法外苦楚”等，这“法外苦楚”就是施以私刑。

断尾龙思来想去，总觉得自己没犯什么天条，虽然未经玉帝旨意私自放雨，但那也是为了拯救受苦的苍生，何罪之有？

再说玉皇大帝这边，在九天乾元殿亲自审讯断尾龙，只听断尾龙高声喊冤：“玉皇大帝啊，我没犯什么罪，抓我干什么？”玉皇大帝说：“好你个断尾龙，到这里还狡辩，不知悔改，来人啊，先拖下去打他五十大板再说。”“嗬”地一声，两班卫士一哄而上，正要拖断尾龙。“慢！”断尾龙一声高喝，“玉皇大帝，你一向有好生之德，而这次双尖山都快要旱死了，你为什么还要为难那里的百姓呢？我虽未接你的旨意，私自放雨，但那也是为了拯救受难的人民，为天庭着想啊，何罪之有？”玉皇大帝听后，也觉得有一定道理，更何况少数山民滥杀野生动物的后果也不能让全部山民承担。于是他犹豫了，问殿前的太乙真人：“爱卿，你意下如何？”太乙真人也面带难色，结结巴巴地说：“启奏玉皇大帝，按天条来说，断尾龙私自放雨，是有违天意，该受‘分形’重罚，可他一是不知情，即不知道天庭为什么要罚双尖山大旱三年，所谓不知者无罪。二是他虽私自放雨，但并非为一己私利，而是为了拯救受难的人民，这与我们天庭的‘好生之德’是一致的……”太乙真人看了玉皇大帝一眼，接着说，“依臣之见，对断尾龙的鲁莽行为还是从轻发落为好。”“怎么从轻发落？”玉皇大帝问太乙真人。众神七嘴八舌议论不停，还是太乙真人发话了：“启奏陛下，依臣之见，暂时废了他行云布雨的功力，以观后效吧。”“准奏！”没等众神发话，玉皇大帝就定论了。此时断尾龙痛心疾首，说道：“玉帝啊，我能修到这般功力着实不易，还是请宽恕吧。”这玉皇大帝哪里肯依：“何时恢复你的功力，这就看你的造化了，退朝！”玉皇大帝龙袖一甩，站起身来，迅速离去。太乙真人看断尾龙一脸迷茫的样子，走上前去安慰道：“小龙啊，看在你为百姓的份上，这已经是法外开恩了，你知足吧。”继而又靠近断尾龙耳边悄悄地说：“何时恢复功力，你还是去找找观世音菩萨吧！”

正说话间，一位天将匆匆向断尾龙走过来，扬起一鞭，就把断尾龙打昏过去，“扑通”一声，他从天上掉下来，跌入他曾经降过甘霖的双尖山。

从此，断尾龙虽能腾云，但不能布雨了，何时能恢复神功？他也不知道。有诗曰：

修度千年霜上头，双目犹神扫愁忧。
坎坷人生经风雨，孜孜不倦奉献求。

第5回

伏虎岩虎通情愫　艮溪乡太子赈灾

先贤有云：

知恩图报，善莫大焉。

且说断尾龙因私降甘霖，被玉帝废去布雨功力后打入凡间。他先在杨宫村附近的白石洞蛰伏了几天，悟出了一番道理。他坚定地认为：“所有的人都会有各自的灾星，它缠住人们，折磨人们，而人们必须跟它搏斗，任何人只有经历过磨难才会变得崇高和坚定。”

断尾龙内心虽十分痛苦，但这痛苦不是因为个人荣辱得失，而是自己空怀拳拳报效之心，没有机遇施展，他有些想不通，下一步的路究竟该怎么走？迷茫间，他想起了太乙真人的嘱咐：“去找找观世音菩萨吧。”

于是他离开白石洞向双尖山行去。一路上山道弯弯，荆棘丛生，不多久他便来到法华寺。可眼前的一切使他感慨万千，昔日晨钟暮鼓、佛号声声的有序景象已荡然无存。那青灰色的殿脊，杏黄色的院墙，都已成一片废墟。

废墟的荒芜让断尾龙心境悲怆，却让他的思想在荒野中滋生。他认为，每个废墟都有一个因果，都送给人们一个真理：是诸法空相，不生不灭。人们当远离颠倒的梦想，与智者为伍，与慈悲为航。

虽然面目全非，而脚下这块土地却给了断尾龙无穷的力量，从这块土地上滋生出的不折不挠的精神，使他有了前进的方向。他遥望东北，萧皇岩山势突兀，壁立千仞，状若卧虎昂首长啸。

传说很久很久以前，萧皇岩一带曾经是一片沧海，海边住着一位老渔翁，姓吴，排行老四，人称吴老四。这吴老四孤身一人，以打鱼为生，白天就以小木船为家，晚上上岸住在海边靠山的一个草棚里。这草棚十分简陋，屋架是几根毛竹，屋顶是几扇用山草编成的草扇，就连墙壁也是用草扇拼成的。吴老四平时生活虽苦，但他生性恬淡，白天捉了鱼，除了换粮食之外，其余都换作酒，天天不醉不休，要是碰上运气不佳打不到什么鱼，也就半饥半饱，将就着过日子。从不怨天尤人，因此也着实自在。

这天晚上他喝了酒后呼噜呼噜睡得正香，约莫到了四更出头，似梦非梦看到海面上云封雾迷。草屋里冷飕飕的，寒气直往他被窝里钻，他翻了个身将被子裹了裹，正要再睡，忽然听见屋后“嗖嗖嗖”地在响，吴老四以为是小偷，不由得心里觉得好笑。“唉，看来也是个走投无路的穷光蛋，讨饭袋里扒米来了。”他提高嗓音道，“喂，兄弟，如果你肚子饿了，桌上还有碗剩饭。麻烦你自己端过去吧，如果要钱财你就找错门了。”只听得屋外的声音稍稍停顿了一会儿，可马上又响起来了。听声音这小偷是不稀罕桌上那碗剩饭，他要进来。

“你是要进来与我聊聊吗？那就请你从正门进来，反正我这门也没有锁。”

这小偷听吴老四这么一说就悄无声息了。吴老四以为他走了，正想重新躺下，又觉得门被轻轻捅了一下，然后门真的被推开了，“吱”的一声，毛茸茸的一只手伸进来，接着门便被打开了。一个粗壮无比，穿着条纹黄花衣的大汉，带着一股浓浓的血腥味进来了。

这时天已转亮，吴老四觉得好奇，他睁大双眼细细一看，不由得吓了一大跳，一骨碌滚落在地上。

原来这是一头老虎，身子足足有公水牛那么大。这一吓非同小可，他大汗淋漓，只是伏在地上像筛糠一般抖个不停，不多时，人便晕过去了。

不知过了多久，等他苏醒过来，只觉得毛茸茸的一只前爪搭在他的肩胛上。此时要是老虎一爪抓下去，别说是吴老四的肩胛骨，就是一头壮牛也得被抓出一个血窟窿来，可是眼下这只老虎只是轻轻地按着他，好像并没有什么恶意。这样按了好一阵子，吴老四一点儿也不敢动，他见没有什么大的动静，就抖抖颤颤地睁开双眼，恰好这眼睛正对着老虎的圆眼，吓得他又忙将双眼闭上。

又过了一阵子，吴老四还不见老虎有什么动静，只是有股暖流顺着他的肩胛骨流下来，血腥味越来越浓。

“虎……虎大王，你要吃……吃鱼吗？”

这老虎提起搁在他肩胛上的前爪向他晃了一晃，眼睛里有一股痛楚、哀求的神情。这一晃，吴老四看清楚了，原来虎爪上挂着一个铁夹，血一滴一滴从皮毛里渗出来，甚至骨头都露出来了。

吴老四这才恍然大悟。“笨蛋，笨蛋，原来老虎是有事找我，不是来吃我的。”他胆子一下子大了许多，一骨碌爬起来，“原来老虎大王被猎人的铁夹夹了。”

这老虎微微点了点头，又将前爪伸了伸。

“该死，该死！谁又这么缺德放铁夹了，害得虎大王如此痛苦。”吴老四慢慢地将双手伸向老虎前爪，想用力拉开铁夹把老虎的前爪拽出来，可那老虎的前爪已麻木，一点儿也不能配合。他只得找来一根小木棍，将拉开的铁夹子用木棍支撑起来，然后小心翼翼地将老虎的前爪从铁夹圈子中移出来……

只听得老虎大吼一声，一个箭步蹿出了草棚，三跃两纵消失在充满浓雾的山林中。

吴老四庆幸自己命不该绝，只是虚惊一场，吃过早饭他又去打鱼了。

说来也怪，今天鱼儿总是不上网，他忙到傍晚，仍是毫无收获，懊恼就不必多说了。回到草棚，他看看桌上还有点儿冷饭，就匆匆扒了几口，早早睡下了。

天有些冷，饭又没吃饱，吴老四这一夜睡得很不踏实，三更时分突然听见门口“嘭”的一声，好像有什么东西扔在地上。

“难道这老虎又来了？”吴老四战战兢兢，心想老虎这一次来，自己怕是没第一次那么好的运气了，他壮壮胆从门缝向外张望了一阵子。只见门外地上扔了个黑乎乎的东西，一动不动。他将门悄悄地开了条缝，探出头去看。

借着月光他看见地上躺着一头死野猪，这是怎么回事？吴老四心里直犯嘀咕，左看看，右看看，也不见有人，他就轻手轻脚地走出门，上前一摸，嘿，这野猪的身子还有微温，才死不久，“怪了！怪了！”他感到莫名其妙。

蓦地，他觉得背后有个毛茸茸的东西在他身上拍了一下。他急转过身去，两眼呆直了，不知何时，昨天那只老虎像在跟他示好呢。吴老四伸出瑟瑟发抖的手摸了一下老虎的头，老虎心满意足地一跃，纵入山林。

“唉，牲畜都知道报恩。”吴老四心里又高兴又惭愧，自言自语地看着眼前这头野猪，他深有感触。羊有跪乳之恩，鸦有反哺之义，感恩是精神上的一种宝藏，感恩是灵魂上的健康，没有感恩就没有真正的美德。

这天，吴老四没去打鱼，他刮了野猪毛，割了大大的一块肉，立马红烧下酒。再割一块用盐腌着，其余的都拿到镇上，卖了好几贯钱。这头野猪足足有一百多斤肉呢!

自此以后，老虎隔三岔五地都有东西送来，有时是野猪，有时是野鹿，每次来都要让吴老四拍它几下。这样一晃几年过去了，吴老四与老虎竟成了至交，彼此谁也离不开谁。

可这人世间总是好花不常开，好景不常在。几年后的一天，吴老四驾着小木船出海打鱼，遇到狂风恶浪，就再也没回来了。而老虎却依然如故，天天蹲在海边盼着吴老四的归来。一年一年累成十年，十年十年累成百年，百年百年累成千年，海也枯了，石也烂了。可那老虎依旧一动不动地蹲在那里，面朝东南方向，即使变成了石头，其心也永远不变。这就是伏虎岩，后称萧皇岩。

这伏虎岩，后来怎么又称萧皇岩了呢?这还得从头说起。

相传一千五百年前，艮溪乡一带青山郁郁，碧水荡漾，苍松挺拔。山看上去层层相叠，既雄伟又奇特。抬头仰望，山就是天，天也是山。一条小溪，因在八卦中属艮位（东北位），故称艮溪，从大山深处汩汩流出，奔腾跳跃，叮咚作响，银雾飞溅。艮溪两岸，柳絮飞舞，杏花如云，这是一条长十几里、宽二三里的山川。

这个山川，曾经十分繁华，人口众多，不到十平方公里的山涧，就有十八个村庄。可到了南北朝时的梁朝，这里天遇大旱，庄稼颗粒无收，再加上瘟疫流行，村民饿死病死的很多，这个村落由此衰败萧条。

且说此时正值梁朝大兴佛教，皇上派太子萧统巡视各地，在全国各地选择名山秀水建造寺庙。这一天，太子来到金东义西一带，听说这里人杰地灵，但却遭大旱和瘟疫，为救民于水火，他立即赴艮溪赈灾。

太子从吴店野毛山一直往里走，到艮溪口时，见一群百姓衣衫褴褛，背子抱女往外逃生。太子下得马来，走到一位老汉跟前，和蔼地问："大爷，你们怎么啦?"那老汉看了一眼太子，回答道："我们要去逃荒，这里大旱加瘟疫，实在不能待下去了。""大爷，您还是请回吧，这是你们世世代代生活的土地，相信大旱会过去，瘟疫会消除的。"太子苦苦规劝，一路费尽口舌，逃荒的乡亲们仍不肯回头。

太子来到萧皇塘一带，只见十室九空，留守的几个村民也都个个面带病色，已无法再正常生活。他立刻下旨放粮赈灾。粮食问题是解决了，可这瘟疫该怎么办?

当晚，太子做了一个梦，他看见一位白发苍苍的老者从萧皇岩南面的双尖山上飘下来，拂尘一甩，站在他面前说："你要是想医治这里百姓的瘟疫，还是先了解一下造成瘟疫的原因吧。"一觉醒来，见天已亮，太子立即找来村里的族长询问这病是怎么引起的。族长无可奈何地摇了摇头，把这里发生的事情告诉了太子。

一切发生于一个平常的清晨。那是四月份，一个村民从家里走出来，不小心被一只死老鼠绊了一下。然而他并没有在意，只是一脚把死老鼠踢开了。第二天，死老鼠越来越多，但依然没有引起村民的注意，村民觉得可能是谁家在毒老鼠。

可一场灾难就这样悄无声息地到来了。几天之后，成千上万只老鼠集体死亡，草丛里、山路上、墙根下、废墟堆，到处躺满了死老鼠，一股恐慌的情绪席卷了全村。随后，越来越多的人开始出现呕吐、发烧……死老鼠们很快就遍布了艮溪两岸。随着疫情的肆虐，恐怖的气氛与日俱增，每个乡民的生命都陷入飘摇之中。

太子了解情况后，看了一眼崇高险峻的双尖山，他要亲自去攀登，去寻找那位白发老者。

山路崎岖陡峭，荆棘遍野挡道。没过多久，太子的脚就扭伤了。他叫随从捡来一根柴棒，一拐一拐艰难地前行，经过两个多时辰的跋涉，他终于来到了三间草堂。

这草堂坐乾朝巽，土木结构，两排楹柱，四牖一门。堂中摆供桌一张，供奉木雕观音一尊，《妙法莲华经》一部，门前一方平地，以梅为屏，后靠双尖山，翠竹青青。漫步堂前，山水叮咚，妙不可言。

梦中的那位老者，早在柴门迎接太子。宾主入座，泡上清茶，太子急不可待地向老者请教起治瘟良方来。老者捋了捋长长的白胡子，面带微笑："太子爱民如子，实乃众生之大幸。要治该瘟，说难亦难，说易亦易。只要用九节石菖蒲二分，银花蕊六钱，煎水一壶，服之便可愈也，如能加些蜜糖，其效更佳，此方名曰银蜜平安饮，平日里可多饮些茶水，多吃葛、薯、豆类、马齿苋、苦瓜等，以涤血热。"老者说完，慈祥地望着太子，"九节石菖蒲可不能用普通的，一定要用双尖山东北的离别山山涧的石菖蒲，方能有效。"说完，老者一甩拂尘，借一道银光，向双尖山方向飞去，一眨眼就化为白云，不知去向。

再说太子从双尖山得了治疗瘟疫的秘方，经过与众人一起艰辛努力，又找到了治疫的药。回村后，他又亲自为村民熬药送药，村民服药后很快就好起来。外出逃荒的村民也都纷纷回来了。

平息瘟疫后，太子又率村民在村西北的一口圆塘边筑起高坛做法事，亲自诵经求雨。法事做了七天七夜，天开始转阴，但雨还未下。他觉得可能上苍怪他不诚心，又向村民打听是否有更清净的地方。村民告诉他，覆釜岩景色雄奇秀丽，比这里更清净。

太子一听顾不得脚痛，拖着受伤的脚一瘸一拐上了山。一路上他顾不得停下脚步歇歇，一口气登上了山顶。站在覆釜岩上，他看见四周悬崖陡峭，壁立千丈，不由自主地赞叹道："真是孤峰独秀佛门圣地也。"

于是他跪在山顶，行祭龙求雨礼，这礼分为"祷告""行云""求雨""取水""降雨""滚龙""返工"等七个程式，庄严隆重，不一会儿，老天终于下起雨了，旱情也得以解除。

此后，太子还动员外人搬迁到艮溪两岸居住，并亲自为村民选择安家之所，规划村庄布局。因此，艮溪两岸的村庄错落有致，布局美观合理，成了老百姓的美丽家园，而老百姓为了纪念这位一心为民的太子，就在伏虎岩顶建了供奉萧王太子的庙宇，四时八节香火不断，从此人们也称伏虎岩为萧皇岩。有诗曰：

太子爱民与人善，兴建大利救急难。
舍财作福持正法，千秋功德万代传。

第6回

督心岭蒲饭变金　古塘下赶石筑桥

古人云：行惠布德，福禄来降；

积善之家，必有余庆。

且说断尾龙来到双尖山法华寺，面对一片废墟，内心十分痛苦。“历经千辛万苦修成的行云布雨的功力，难道就这么轻易地被废了？”他不断地自问。前路茫茫，究竟该怎么办？他久久地望着萧皇岩。想着萧王太子历经磨难，为民除疫，为民求雨，不屈不挠的故事，他醒悟了：放弃自己的人，也将被历史所唾弃。只要你还活着，就不算完全失败。你还有机会去追求，去摸索，去奋斗。他决心从萧皇岩，沿艮溪到东山傅村观音花楼去求观音指点。

萧皇岩村东的小溪发源于东北冷坞坪、仇宅一代的天甑山与督心岭。一条白练，蜿蜒而下，名曰“九曲艮溪”。

说起这天甑山与督心岭，还有一段“蒲饭变金”的传奇故事呢。

在督心岭的半山腰，坐落着一个只有十几户人家的小山村，村名叫作山后金。在山后金的东面约三里地处，有一个较大一点儿的村庄叫里美山。相传在很早以前，村民们就在这崇山峻岭中世世代代与大山和谐相处。大山成了他们的衣食父母，全村人过着“无忧无虑经几世，采花食果枝为薪。儿孙生长与世隔，虽有父子无君臣”的悠闲生活，山外的尘世似乎与他们毫不相干。

有一年，村里突然来了一位精神矍铄、仙风道骨的长者。里美山村民们以他们特有的淳厚热情地接纳了他，这长者倒也自在，也就在这大山里定居了下来，他知书达理、文质彬彬、与人为善、助人为乐。村民们有什么红白喜事，他都能主动帮忙，定定吉日、看看风水、写个门联条幅等都得心应手。一来二去，慢慢地，村民们有什么拿不定的主意，敲不实的琐事反倒都要来问他，由他定夺。日子一久，他就成了这个小山村的主心骨了。

有一天，这位长者要求村民们家家户户动手，准备好足够八百人吃的饭菜，然后把饭菜装在蒲包里。隔天一早把蒲包挂到山后半山腰的松树杈上，挂好之后就立即回来，千万不能在山后一带露面，村民们虽然觉得有些莫名其妙，但又对这位长者深信不疑，于是照做了。

这一夜，每家每户都拿出自家最体面的饭菜，一切准备得当。第二天，天刚蒙蒙亮，山上云遮雾绕，长者就带领村民来到后山，把蒲包稳稳妥妥地挂在了松树上，然后又悄悄地离开后山。

“老先生究竟在搞什么名堂?”有些村民半信半疑地问。

“反正也只有一蒲包饭菜，姑且试一试，看它怎么样。”虽然村民觉得好奇，但也都没有拒绝。

到了下午，长者手一挥:“走！大家去后山。”村民们迫不及待地都跟了上去。他们早就想知道个究竟了，大家争先恐后地来到了后山，看看蒲包还是挂在树杈上。跑在前面的几个急忙把蒲包摘下来，一拿到手上，感觉比原先重了。

“大家都打开看看吧！”长者满脸带笑。

村民们把蒲包打开一看，都惊得目瞪口呆，原来蒲包里的饭菜全都变成了金子和银子。大家百思不得其解，目光齐刷刷地看向长者。

长者点了点头，轻轻地告诉大家：“今天中午大明皇帝朱元璋带领亲兵八百人从此经过，我要你们准备饭菜招待的，就是这支仁义之师。”

原来朱元璋为了巩固南方的土地，特派兵围攻婺州，听说战事有些吃紧。他自己就亲率一支精锐部队从建德出发，经过浦江，翻过督心岭直通婺州城。由于连日征战，再加上翻越这陡峭险峻的督心岭，八百亲兵已个个精疲力竭，赶路的进度也明显慢下来，朱元璋望着这云遮雾罩的大山，心里焦急万分，不争气的肚子又“咕咕”叫了起来。

“要是能让将士们饱餐一顿该有多好啊！”他不禁叹了一口气。但这荒山僻野，哪来的饱餐啊？他一边想着一边拖着疲惫的身躯继续前行。当走到半山腰时，突然闻到一阵饭菜香，他大喜过望，寻着香气走去，发现这香气是从挂在松树上的蒲包里飘出来的。他惊奇不已，忙下令让将士们将蒲包打开看看，将士们摘下蒲包打开一看，竟是满满的一包饭菜。

“难道是老天给我们的恩赐吗？”朱元璋对这荒山野岭的蒲包饭有些疑惑。但看看将士们那垂涎三尺的样子，也顾不了太多了。

“原地休息，吃饱了再赶路。”他下了命令。将士们狼吞虎咽，个个吃得嘴油肚圆。朱元璋看了看，不多不少，正好每人一个蒲包饭，不觉喜上心来。

“天助我也，婺州城在我手中矣！”为了感谢神灵相助，

朱元璋下令让将士们在蒲包袋中包满黄金白银。

村民们意外地发了一笔小财，个个都眉开眼笑，此时他们想起了那位白发长者，想去问个究竟，可那位神秘的老人却已了无踪迹。里美山的村民们从此认为这山后肯定是风水宝地，可以意外得金，因此就有一些人在这里盖房子，并长期居住在这里，并把这个地方取名为山后金。

再说断尾龙从萧皇岩沿着九曲艮溪很快就到了前山村，这前山村紧挨艮溪，三面是山，紧挨在前山村旁边的就是古塘下村。听说这里聚居着明代开国文臣宋濂的后代。在前山与古塘下村之间，有一桥横亘东西，取名为“三板桥”。这桥虽是单拱，但它古朴、自然、典雅。石拱的倒影清晰地呈现在水面上，远远看去，恰似一个标准的圆圈，这个大圆圈一半插在水里，一半立于水面之上。桥两头各有一棵古樟，遥相辉映，其倒影与这大圆圈相融合，构成一幅美妙绝伦的山水画。偶尔有一群鸭子游过，荡起清波，将这水里的半圆也搅动了，半圆渐渐地扭曲变形，模糊起来，慢慢地又变清晰了，重新融合成一个完美无缺的大圆。那石缝里长出的荆藤稀稀疏疏地垂挂在桥洞周围，给古桥增添了不少雅致。在桥东约三四十米的高坡上有一处佛教建筑物，那便是在方圆百里都有名的“盘山丹房”。当地人把这丹房称为“钱三寺”，相传其是古代高僧钱三的炼丹之所。

听说这钱三的炼丹之法，得来也十分传奇。

有一天深夜，钱三在寺庙里睡觉，似梦非梦中，听到一阵“嚓，嚓，嚓”的声音。“这庙里还来小偷，是否找错地方了？”他觉得十分好笑，起身点火一照，只见一只老鼠在大佛的肚脐内，嘴里咬着一本书，正准备爬出来。

老鼠见了灯光，慌忙丢下书，逃进佛肚脐内。钱三觉得好奇，睡眼惺忪地跑过去，捡起书一看，原来是一本炼丹的书。“这是什么意思，难道是佛祖要我学炼丹吗？”钱三思忖半晌，决定先把书抄下来再说。天快亮了，他抄好书后把书又放回佛像肚脐里。

做过早课，他出去请来塑工，把佛像肚脐眼补好。然后按书上所讲的炼丹方法准备原料。首先是黄金，它具有百炼不消和永不腐朽的性质。古人相信服用了它便可以使人长生不老。但是，黄金含有毒性，不能单独服用，炼丹师们便把它和其他药物合在一起祛除其毒性，炼成可以服用的金丹。其次是水银，它具有活泼多变的性质，在常温下呈液态，遇热就会发生强烈反应，炼丹师一般把它与其他金属合炼。如与铅合炼合成铅汞丹，与硫合炼合成丹参等。其他还有铅、铜、硫等，都是丹金术士们常用的材料。植物的材料则有灵芝、茯苓、覆盆子、天南星、皂荚、菟丝子、朱草、鸡血藤等药材。

备足原料后，钱三就按书上所讲的方法炼丹，一练就一个月之久，村民们见庙内有火光，起初以为是失火，都争相跑来灭火，可走近一看，见钱三正聚精会神地炼丹，也就一一退去了。

且不说钱三有无炼出仙丹，还是听听他的传奇故事吧。

说起钱三，良溪乡一带的村民都说他为人宽厚仁慈、法力高强，且善恶分明，常常为当地老百姓排忧解难，深得百姓的信任。他与亲舅舅斗法的故事就广为流传。

钱三的舅舅是当地有名的财主，但非常吝啬，又常常欺负乡邻。有一年他家里办喜事，发了很多请帖，送给达官贵人和有钱有势的亲朋好友。但令他为难的是，他还有一个亲戚在邻村，按理说是必须请的，不请别人会说闲话。但这个亲戚比较穷酸，若是请他来了，他必定送不起大礼，可能还要带小孩一起来，反而比其他客人还吃喝的多，算起来还要赔。他思来想去，最后终于拿定主意，给穷亲戚发了一张请帖，上面写了这样几句话："若是来，便是贪吃；若是不来，便是不赏脸。"那个穷亲戚看了请帖之后略加思考，随手在装请帖的盒子上装了一文钱，并写了一张回帖："若是收，便是贪财；若是不收，便是看不起。"钱三的舅舅看到回帖后，自是十分难堪。

再说这钱三对他舅舅的所作所为早有不满。有一天，他去拜见舅舅，舅舅见外甥来访，心里又犯了嘀咕，不招待，情理上过不去；招待，又有些心疼钱，实在是有些犯难。只见他眉头一皱，计上心来。"哎呀，外甥啊，你真是难得的稀客啊，快请坐，请坐！"舅舅满脸堆笑，可又话锋一转，"本来该热情招待一番，只是可惜家里刚好没有柴火了，没办法给你烧饭炒菜，真不好意思。"钱三一听舅舅这话，心知肚明了，他不慌不忙地对舅舅说："舅老爷啊，没关系的，不就是没柴火吗？"钱三把腿一伸："只要有米、菜就行，我这腿你拿去当柴烧吧！"没等他舅舅反应过来，他已往自己的右脚上吹了一口气。只见那脚立马就燃起熊熊烈火，然后钱三走到厨房间，将燃烧的脚往灶膛里一塞。舅舅见此情景，尽管心里一百个舍不得，但也只好给钱三烧了饭，做了菜。

钱三慢条斯理地吃起来，细细品味着饭菜。酒足饭饱后他千恩万谢，告别了舅舅。不到半个时辰，舅舅惊奇地发现，家里桌椅的脚全都变成了木炭，舅舅哭笑不得。

除此之外，钱三挥鞭赶石、择位筑桥的故事也被人们传开了。

相传艮溪两岸原本无石桥，只有几架简陋的独木桥。百姓来往十分不便，尤其是在山洪暴发时，独木桥更难以支撑，两岸根本无法通行。

相传古塘下村的小伙子金小丙认识了邻村一位年轻漂亮的姑娘宋阳春。两个人一见钟情，私定终身。但是宋阳春的父母嫌金小丙家境贫寒，坚决反对这门亲事。为了追求爱情和幸福，宋阳春决定背着父母和金小丙私奔。那一天，两个人约定在两村间的独木桥上会面，远走高飞。黄昏时分，金小丙提前来到桥上等候。不料，六月的天气说变就变，突然间乌云密布，狂风怒吼，雷鸣电闪，滂沱大雨倾盆而下，很快山洪暴发了，滚滚洪水裹挟着泥沙狂奔而来，把原本就摇摇欲坠的小木桥冲毁了，只剩下个桥柱，金小丙也被冲进了溪水里。“小木桥上，不见不散”，金小丙想起了信誓旦旦的宋阳春，死死抱着桥柱，寸步不离，左顾右盼，只有茫茫洪水一片，终不见宋阳春的身影。忽然间一个浪冲过来，金小丙被洪水击得喘不上气来，被活活淹死了，但他还是死死抱住桥柱不放手。

再说宋阳春因为私奔的事泄露，被父母禁锢在家中，一直不得脱身。等雨停了她才伺机逃出家门，匆匆赶到村头桥边，此时洪水已渐渐退去。宋阳春看到紧抱桥柱而死的金小丙，悲痛欲绝，她不顾一切地奔向桥柱，抱着金小丙号啕大哭。而后便与金小丙相拥，纵身跳入艮溪……

且说钱三被这惊心动魄的爱情悲剧所感动，发誓要为这里的村民造一座石桥。一天，他翻过萧皇岩来到双尖山，看到覆釜岩四周横七竖八躺着许多乱石。

钱三心里一动：“何不搬此乱石去艮溪造个石桥？”他暗暗拿定主意，飞快回到“盘山丹房”，请来前山村的几位村民，让他们告诉附近的村民，晚上不要出门，他准备作法造桥，如果有人见了就不灵了。他选好筑桥位置后就连夜上了双尖山的覆釜岩。他坐在山顶的大石头上，双目微闭，念起咒语，顿时，山上的石块变成一群羊，齐刷刷地往萧皇塘方向跑。钱三紧紧地跟在后面，时而念念咒，时而挥挥手，让“羊群”始终沿艮溪走，不一会儿便来到了前山古塘下。只见钱三一个手势，“羊群”便停了下来。此时，钱三葛巾野服，步斗踏罡，画符念咒，呼风唤雨。石头按他的手势与咒语，一块一块飞起来、落下去、翻过来、滚过去。快到金鸡报晓时，一座小石桥基本告竣，“就剩下一块石桥面板了，”钱三松了一口气，正在窃喜之际，忽然听到“喔喔喔”的鸡叫，“鸡叫了，大事不妙，法力马上就将失去功效！”钱三匆匆忙忙让最后一块面板飞起来，急急地放下去，可终因法力不足，未曾放置稳妥。故后人过桥时总是听到第三块石桥面板“咯噔咯噔”作响。因该桥桥面由三块石板组成，人们就把此桥称为“三板桥”。

再说钱三造好这“三板桥”后，由于过度使用功力，也就羽化登仙了。村民们为了纪念这位为民行善的好人，就把“盘山丹房”改为“钱三寺”。

第7回

阮员外满堂嫁女　仁甫公仁慈得报

诗云：敏秀钟灵艮溪口，古街老巷文脉留。
蜿蜒小径唯仁甫，疏落旧屋独静幽。
苔藓毛蕨依断壁，青藤紫玉附高楼。
古樟笑看沧桑替，井盖佳谈万世流。

却说断尾龙过了前山古塘下，沿艮溪一直南下，很快就到了艮溪阮村。

这艮溪阮村地处萧皇岩和青遒尖的汇合处，又称溪口村。据艮溪阮式的宗谱记载，宋熙宁年间（1068—1077），村祖阮继、阮续兄弟俩从义乌迁来择居于此，建村。阮氏名人阮瑀，系东汉文学家，“建安七子”之一，能诗，善作书檄。阮籍、阮咸则是三国魏晋时期的文学家，名士。阮籍为“竹林七贤”之一，其博览群书，精通音律，其中“阮籍三哭”的故事就广为流传。

相传，阮籍一生曾哭过三次，不是像普通人那般哭，阮籍之哭一为母亲，二为兵家女，三为穷途。传闻，阮籍的那三次哭颇有隔山打牛的效果。除了哭与常人不同之外，阮籍的三次哭还饱含着一定的意义，都表达了他对当时的不满与绝望。

阮籍一哭的原因是他母亲去世。相传，阮籍在很小的时候就失去了父亲，是他的母亲一手将他抚养长大的。因此，他特别孝敬母亲。阮籍的母亲去世时，他正在和别人下棋，当母亲去世的消息传来，棋友要求立即停止下棋，但阮籍却铁青着脸不肯就此停下，一定要决出个胜负。等到下完棋，阮籍饮完两斗酒后才彻底放声大哭，并且还哭得吐了好多血。在他母亲下葬时，阮籍依旧喝完酒后才向母亲的遗体告别，并且又吐了血。虽然其行为有些不合礼法，但从痛哭到吐血可以看出他对母亲深深的爱，同时也由他母亲的去世想到了自己的理想无法实现，一身才华无法施展的人生状态，更加悲从中来。

阮籍二哭是为兵家女。相传，这兵家之女既有才华，又有美貌，却在还未嫁出去时就已身亡。阮籍从兵家之女联想到了自己，他身怀极高的才华和学识，却得不到施展，无法实现自己胸中的抱负，只能任时光飞逝，虚度人生。

阮籍三哭是在他驾着马车四处游荡时，不论道路有多崎岖，阮籍总是一直驾车前行，直到行至路的尽头，他忽然泪流满面，号啕大哭，之后掉转车头，换一条路走，但又走到了尽头，他又号啕大哭。在这次痛哭中，阮籍从无论怎么走都会行至尽头的现实想到了当下穷途末路的自己，不由悲从中来。

自古文人多情。白居易为一曲琵琶而泪湿青衫；柳永因别离而执手相看泪眼；欧阳修因感伤春逝而泪眼向花……人这一生，有太多的不易，哭是免不了的，哭是感情的宣泄。阮籍之哭不正是如此吗?

且不说阮氏祖先的“三哭”有何用意，单说这艮溪阮村，有一个阮员外，也不知是阮氏的第几代孙，据说他是个商人，经常到安徽、江西一带做些茶叶、瓷器的生意。虽然阮员外家产颇丰，但年近四十仍无子女，夫妻二人非常着急，四处求医，但仍无起色。

有一天，阮员外听说傅村镇上有位算命先生，算命占卜都非常准，他决定花几两银子去看看。

在傅村镇上的六尺街，阮员外找到了这位先生。宾主双双坐定，阮员外报了生辰八字。只见算命先生不停地掐手指，之后沉思片刻，接二连三地叹气道："员外没有子嗣吧？"阮员外惊讶地点头称是，就追问他是什么原因。

先生摇摇头道："你注定无子无女，而且不久还会大难临头，好自为之吧！"

说完，算命先生连银子也不收就离开堂屋到里屋去了。阮员外听了心头一沉，然后叹口气，无可奈何地回家了。

数天后，阮员外出门到江西一带进货，正赶上雨季。这天，他和伙计们乘船走到一处河道，几天的阴雨使河水水位猛涨，船老大不得已只能停船在岸边等待水位回落。阮员外和众伙计就在附近找个客栈住下了。

晚饭后，雨过初晴，一轮明月挂上树梢，员外因有心事独自出来到河边走走，刚走到一棵老柳树下，就看见一位村妇和一位少女要跳河。

河水滚滚，呼啸奔腾，跳下去必定没命。阮员外一个箭步冲过去，赶紧上前阻挠，并关切地问村妇因何事要寻短见。村妇说："因为我丈夫得罪了本镇的一家富户，被诬告进了大牢，我本想变卖家里所有的财产去衙门打点，准备了十几两银子，可在去衙门的路上又碰见了强盗，被抢了个精光，眼看丈夫救不了，我们娘俩活着还有什么盼头……"

"真是屋漏偏遭连夜雨啊。"阮员外感叹了一番，又劝村妇道，“大嫂你不要犯傻，怎么能寻短见呢？这样吧，你那十几两银子我替你补上，然后再给你十两银子，先把你丈夫救出来。”说完领村妇母女俩回到客栈，拿出自己进货的银子，共二十五两给了村妇。

那村妇自是感激涕零，千恩万谢，说日后一定报答阮员外，再三跪拜之后就离去了。

过了两三天，气候好转，河水回落，阮员外带着伙计们离开客栈，一路往回走。可没走几天，又下起雨来。就这样，走走停停，二十多天过去了。

这天晚上，阮员外在客栈里刚躺下，忽然有人轻轻敲门，阮员外起身穿好衣服，下得床来，打开门一开，原来是前些天的那位村妇和她女儿。

“又怎么啦？”阮员外关切地问道。

村妇说，她丈夫已经救出来，特地来感谢阮员外，随后推了推她女儿，让她上前。

村妇的女儿年方二八，生得容貌俏丽，如花似玉，看得出来，已经过一番打扮。阮员外顿时明白了，他赶忙摆手拒绝：“大嫂，你这是何意？阮某当初送你银子并非别有所谋，这半夜三更的，阮某不便接待。”说完，赶紧关上了门。

村妇再三感谢，在门外高声说愿将女儿嫁给阮员外当小妾，阮员外在门边十分坚决地告知村妇：“此事不可！”

就在门边说话之际，只听得轰隆一声炸雷，随即，屋顶梁柱“啪”的一声掉下来，一头正好落在床榻上，紧接着“哗”的一下，阮员外睡的那床上堆满了残砖碎瓦……

阮员外吓出一身冷汗，赶紧拉着村妇母女往外跑，一场灾难就这么避过了。

过了一段时日，阮员外又到傅村镇上找六尺街的算命先生，那先生十分惊讶地拽住阮员外说：“你是怎么躲过大劫的？”随后，阮员外将外出遇见村妇母女的事说了一遍。先生十分激动地说：“命由心造啊，你接下去不愁无后了。”

后来果然如算命先生所言，阮员外生了二子一女，且两个儿子都很有出息。

俗话说：但行好事，莫问前程。帮助别人，会改变自己的命运。

且不说阮员外两个儿子有多出息，单说他的女儿阮小妹，年方二八，生的指如柔荑细纤纤，雪白皮肤油脂凝，颈如蝤蛴白生生，齿如瓠瓜子儿扁，丰满前额弯眉毛，浅笑盈盈酒靥俏，不说倾国倾城，也有沉鱼落雁之容，闭月羞花之貌。上门说亲的络绎不绝，踏破门槛，可这阮小妹就是不中意。

事有因缘，这年中秋节，艮溪口傅氏仁甫祠演戏，东山傅氏的亲人们当然在邀请之列，而阮员外一家也被安排在包厢里。大戏开台之前，看客已陆陆续续坐定，忽然一英俊少年匆匆赶来，只见他：

瞳凝秋水剑流星，裁诗为骨玉为神。
翩翩白衣云端客，生死为谁一掷轻。

他一下子就吸引了阮小妹的目光，只见这美少年在东山傅氏包厢里坐定，他们刚好是两对面，他俩抬起眼来一对视，双方都傻了，四目传情，一瞬间就擦出了火花，真可谓是：深情一眼，挚爱万年。

可这阮员外挑女婿也没那么随便，以前一拨一拨的人来说媒，都是高兴而来，扫兴而去。为什么呢？原因就在于阮员外挑女婿，不仅要有钱财，而且还要有文才，他认为只有这样才不辱他们阮氏先祖的名声。既然女儿看上了东山少年，先不说钱财，文才总要考一考。因此，他出了一道题：必须在一件事中把“十、九、八、七、六、五、四、三、二、一”十个数字按此顺序嵌入，只有答案令人满意才当得了乘龙快婿。这东山少年也是个聪明伶俐的有文化之人，这点儿小事哪里难得倒他。那天晚上，他望着庭院外的月亮，那日正是农历十九，月亮有些圆，但又有点儿残缺，于是灵感顿生：“十九的月亮八分圆，七个媒婆六个还。五更四鸡鸣三遍，二人一床正好眠。”东山少年一脱口，阮员外笑逐颜开，拍着少年的肩膀，说：“好，年轻有才，正合我意。”一桩婚事就这样定下来了。

再说阮员外就这么个女儿，婚事既定，就赶快备置嫁妆，想想女婿家是东山有名的富户，自己在方圆十里也都有些名气，因此这嫁妆一定要样样齐备，一定要“满堂嫁”。左邻右舍闻此讯，都纷纷议论：“这嫁妆哪能十全十美，再怎么齐备，水总无法带去吧？”阮员外一听，便说：“这有何难？”于是就吩咐家人去东山傅村选好地址，雇人挖了一口八角井。按东山傅氏族谱记载，这八角井“方广二十尺，有奇深十五尺，自宋建元迄明仍其旧名而不敢改易，族食指曰几万余皆取给于此水，大旱不竭，大涝不盈……”井水乃石泉流出，故甘美异于他井。阮员外挖好井后，不知何因，还别出心裁，在艮溪口村做了一个井盖。这“八角井”的井盖自然是八角形的，这就是现今溪口村的“八角亭”，于是就有了东山傅村的八角井和溪口村的八角亭。阮员外为嫁女修井的传说也一直流传至今。正是：

杰构地乃幽，水如碧玉山如黛。

诗人居不俗，凤有交梧鹤有松。

再说这艮溪口，透水绕门蓝作带，远山当户翠为屏，人杰地灵风物美，钟灵毓秀海天长。其傅氏仁甫祠、仁甫戏台，更是名闻遐迩，有联为证：

千秋崇史册，炎黄长仰艮溪村。
万众颂丰功，风雨深怀仁甫祠。

据载，仁甫祠以仁甫其人而命名。仁甫，名贵元，字仁甫，系傅氏第十六世祖钜公之子，生于明天启年间（1621—1927）。

钜公从小就用族规家训教育孩子要忠孝勤俭、仁厚向善。

在家规族训教育下，仁甫为人品行端正，自小才智聪颖、好学求进，特别仁厚向善。十八岁那年，钜公取出一包碎银，要仁甫去吴店牛市买一头牛回来，以备春耕之用。仁甫走啊走，一下子就到了派溪头村。这派溪头村边有条溪，远远传来几个孩子在沙滩上嬉闹的声音。他感到好奇，循声走去，看见几个小孩拿着小竹子敲打几块黑乎乎的石头，但那些石头好像会动，仔细一看，原来是五只乌龟，一只比较大，四只比较小。小孩们将乌龟翻来覆去，用竹子打它们，逼它们伸出头来。可过了半晌，乌龟还是没把头伸出来。忽然听到一个小孩在喊："小马子，你快到家里取点火苗来，我们拾些干柴，听说把乌龟放火里一烧，头就乖乖地伸出来了。""真的吗？"那个叫小马子的孩子立刻就往家里跑，这边几个孩子很快就拾好了一堆柴火，等待着小马子的火苗。

仁甫觉得很不忍心，问这群小孩子："你们为什么要火烧乌龟呢？它们一样是生命，也会痛，也会怕啊。”这些小孩子不高兴地说：“我们好不容易才抓到这只母龟和四只小龟，爱怎么玩就怎么玩，关你什么事啊？”

小孩们边说边用残忍的手段虐待那些乌龟。仁甫继续同他们说：“孩子看到父母被人虐待，心中会很难过，同样，父母看到孩子遭殃，也会很痛苦的，你们就放了它们吧。”

这些孩子仍然无动于衷。“火苗来了！火苗来了！”只看见小马子飞快地跑来，急得仁甫额头冒汗。

“你们想要怎样才能放过这些乌龟呢？”仁甫急切地问他们领头的孩子。

只见那孩子歪了歪脑袋，一脸正经地说：“除非你拿出银子来买。”

“你要多少银子？”仁甫紧紧追问。

那小孩随口说出了一个很大的数目，仁甫摸摸腰包里的钱，心想：“如果把钱给了小孩，就没办法买牛了，父亲那边如何交代？如果不把钱给小孩，这几只乌龟眼看着就要被火烧了，实在是不忍心。”于是仁甫咬了咬牙，毅然把钱给了几个小孩。孩子们高高兴兴地拿着银子跑开了。

仁甫看到孩子们走远后，蹲下来小心翼翼地将乌龟捧到怀里，一只一只放进小溪里。乌龟们抬头看了看仁甫。

仁甫对着乌龟们说：“去吧，赶快离开吧，如果那群孩子回来，你们可又要遭殃了。”乌龟们好像听懂了仁甫的话，向溪中央游去，但还是不时回过头来看看仁甫。

仁甫回到家里，向父亲钜公说明了经过，钜公听了不但不责怪，还欢喜地说：“孩子，你做得很好，那些钱救了乌龟一家子的生命，比买头牛更有价值，特别是你仁慈善良的品格，是用银子买不到的。”

当天夜里，仁甫梦见一位穿黑衣又矮又胖的道人来到他的床前，对他说："恩公广行众善，现在你发迹的机会来了，只要你按照我的方法去做，必定成功无疑。"于是黑衣道人教他如何收购春茶，然后再运到江苏、南京去怎么卖……仁甫一觉醒来，知道是神龟来报恩，就依照梦中的方法筹备，果然赚了好多钱，竟成了当地首屈一指的富户。

仁甫发迹后，常给穷人施舍粟米，救济村中贫困的人，凡修桥铺路，他都慷慨相助，从不吝惜。两年后他就娶了楼氏为妻，夫人性情温和，懂礼教，人称贤内助，育有五子，个个勤劳且懂事，十分能干。他还在村中建造了一座三进堂屋，堂屋内建有古戏台，那台柱上的楹联也很有意思：

台上笑台下笑台上台下笑惹笑，
看古人看今人看古看今人看人。

后人就把这座建筑称为"仁甫祠"。

第8回

潜溪智水育文星　禅寺钟声定乾坤

诗云：十里潜溪鱼米乡，满江文化入慈航。
国师歌赋尘埃没，洪武题联烛火殃。
禅寺古松无觅迹，宋宅遗址野荆荒。
桃花烟雨金华畈，画意诗情欲奉觞。

却说断尾龙从双尖山过萧皇岩，沿艮溪一路南下，且行且珍惜，不愿意错过沿途的每一处风景。过了艮溪口，他决定穿越十里潜溪到东山古镇。

这潜溪在东山古镇东北，从艮溪口流经金华畈到孟塘周村的双江口，全境十多里。溪水清澈见底，常年水流不断，四季风景秀丽。古人云：灵山秀水育隽贤。事实也确实如此。

断尾龙穿过箬帽山，很快就来到了昔山旁的潜溪村。别看这潜溪村是个只有几户人家的小山村，但明朝开国文臣之首，元末明初著名的政治家、文学家、史学家、思想家，与高启、刘基并称为“明初诗文三大家”的宋濂就出生在这里。

宋濂初名寿，字景濂，号潜溪，别号龙门子、玄真遁叟等。祖籍为金华潜溪，后迁居金华浦汇。唐朝武德年间（618—626），其高祖曾在吴兴、义乌等地居住，到南宋嘉定初年，才迁到金华潜溪（今金华傅村）定居，元朝至正六年（1346），在东明精舍执教的宋濂因仰慕浦江郑义门家风孝义，又把一家老少从金华潜溪迁到浦江青萝山下定居。

宋濂的父亲叫宋文昭，母亲陈氏。相传，陈氏妊娠七个月就生下宋濂，因先天不足，宋濂刚出生时体质很弱，一遇风寒就生病。

那是1310年11月的一个月黑风高的夜晚，寂静阴森，外面的风阴冷地号叫着，时不时可以听到风吹落叶的沙沙声。宋濂的母亲陈氏坐在床上，紧紧地抱着儿子，眼泪默默地流淌着。宋濂的父亲宋文昭则在床前踱来踱去，急得像热锅上的蚂蚁。原来，刚出生没几天的小宋濂已昏迷不醒多时了。

"把他扔了吧，我看这孩子八成是没用了。"一旁的土郎中看看宋文昭和陈氏，话音像风中的那盏小油灯颤颤抖抖的。

"不！不！"陈氏歇斯底里的哭叫声划破了死寂的夜空，她把小宋濂捂得更紧了。

宋文昭还是踱来踱去，唉声叹气，一脸无奈。就这样，一连好几天，宋濂都没醒过来……

"还是扔了吧，我看没希望了。"宋文昭欲到陈氏怀中夺过小宋濂。可陈氏哪里肯依，死死地把小宋濂捂在怀里，极度的痛苦使她抽搐不止。

"文昭，不管花多少银两，你还是把小孩抱到镇上六尺街请'金一帖'看看吧。"宋濂的奶奶语气沉重，说完就到里屋拿银子去了。

宋文昭找来一件破棉袄，把小宋濂裹得严严实实的，飞快地往东山古镇六尺街跑。

这六尺街坐落在东山古镇柘宝园的北侧，全长不过百米，街宽不过六尺，临街店铺都以米行、布店、南北杂货为主。

而这“金一帖”的医馆，则在街的东头，楼房为砖木结构，前堂后宅，门是开店时取下，打烊时安上的、两米左右高的木板门，堂屋里摆着一张八仙桌，装药的“百格柜”在一边整齐地伫立着。

宋文昭还没进堂屋，就高声大喊：“先生救命！先生救命！”

只见堂屋里走来一人，身着月白色暗纹长袍，衣垂青色玉佩，足踏云履，头戴白玉长冠，淡眉舒长远，凤眸微挑而柔和，绯色薄唇，肤质偏白，风度不凡。这就是方圆百里都闻名的东山傅氏郎中金一帖。

“何事如此着急？”金一帖抬起眼来向门外望去。

“先生请救我儿一命！”宋文昭急急进屋，打开破棉袄……

大凡中医治病，都有“望、闻、问、切”四诊。

金一帖通过了一番“望、闻、问”后，给小宋濂切脉，可让他惊讶的是，小宋濂已几乎没有脉象，他叹了口气，摇了摇头。

“先生，救救孩子吧。”宋文昭望着金一帖，双眼充满了渴望。

金一帖看到宋文昭那双绝望中带着强烈乞求的眼神，内心大为震撼。他叫宋文昭拿起小宋濂的脚后跟，再给他切脉。过了一会儿，终于在很深很深的位置摸到小宋濂细微的脉象。小宋濂气血已严重不足，脉象已极度虚弱。

“难啊。”金一帖皱了皱眉头，“只能试试吧。”此时，金一帖拿起毛笔，斟酌再三，开起了方子，并亲自抓了药，让宋文昭赶紧回家煎了服用。

也是小宋濂命不该绝，喝了金一帖的药后，病情很快就有了好转，再加上他母亲陈氏和祖母的轮流守护，宋濂不但保住了生命，还一天天地健康成长起来。

六岁时，宋濂开始上学读书，启蒙老师是义乌的包文藻。宋濂虽年纪小、体质弱，但记忆力却特别好，读书过目不忘，能日记二千字，九岁时就能写诗，其《兰花篇》就是代表作：

阳和煦九畹，晴芬溢青兰。
潜姿发玄麝，幽蔼凝紫檀。
绿萝托芳邻，白谷挹高寒。
玄圣未成调，湘累久长叹。
绿葹虽外蔽，贞洁终能完。
岂知生平心，卒获君子观。
杂以青瑶芝，承以白玉槃。
灵风晓方荐，清露夜初漙。
此时不见知，骈罗混荒菅。
春风桃杏华，烂若霞绮攒。
徒媚夸毗子，千金买歌欢。
弃之不彼即，要使中心安。
愿结美人佩，把玩日忘餐。

人们都称宋濂为“神童”，以为他是天生聪明过人。其实，古往今来，天才都出自勤奋，匡衡的凿壁偷光、车胤的囊萤映雪、苏秦的悬梁刺股等都是勤奋出天才的实例，宋濂也不例外。宋濂六岁入学的第一天，放学回家后，他放下书包，就跑到后院鸡舍里，把一只大公鸡抓进笼子，然后放在自己的床前。其母见了好奇地问：“濂儿，你把鸡笼放在床前干什么？”宋濂答道：“母亲，我怕早上睡过头了，听不到鸡叫，耽误了晨读。把鸡笼放在床前，听到鸡叫了，我就会醒来读书。”母亲听了后不以为然，认为小孩子仅仅凭一时兴趣而已，也就笑着走开了。次日一早，头遍鸡叫后，宋濂果然起床了，从书包里拿出书本，坐在窗下，凭借晨曦，认真地读起书来。

一天，两天，三天过去了；一个月，两个月，三个月过去了……

从此，无论春夏秋冬，严寒酷暑，宋濂每天都笼鸡苦读，从不间断。“宝剑锋从磨砺出，梅花香自苦寒来。”因此，宋濂九岁就能作诗《兰花篇》，“神童”的美称也就由此而来。

可好景不长，由于家庭贫穷，没钱交学费，宋濂九岁时就辍学在家放羊了。出于传宗接代的思想观念，父母做主早就给他订了婚，其未婚妻是义乌贾思逵之女贾专。但不上学不等于他不求知，在干农活的间隙、在放羊时、在晚上，他依旧孜孜不倦地读书，家里买不起书，就向人家借，只要听说人家有好书，他就千方百计去借来读，每次借书，他都定好期限，按时还书，从不违约，人们都乐意把书借给他。

十岁那年，他借到一本书，越读越爱不释手，便决定把它抄下来。可是还书的期限快到了，他只好连夜抄书。时值隆冬腊月，滴水成冰，他母亲心疼地说：“孩子啊，都半夜了，天又这么冷，等天亮了再抄吧，人家又不等这本书看。”宋濂说：“母亲，不管人家等不等这本书看，到还书的期限了我就该还，这是信用问题，也是尊重人家。如果做事不讲信用，失信于人，怎么可能得到别人的信任，下次还怎么借。”

于是宋濂坚持抄写到天亮，墨液都结了冰，第二天如期把书还给了人家。

宋濂十二岁那年，家境稍稍好转了一些，宋文昭又让儿子师从包文藻学习，十五岁进府学师从闻人梦吉，就这样，青少年时代的宋濂停停学学，边努力农事，边发奋读书。他特别仰慕那些古代圣贤的学说，除了自己在家苦读外，还趁农闲时出门访师求教。

当时，有一个浦江的名师吴莱，在诸暨红门方家私塾教书，宋濂听说吴莱的知识渊博，很有学问，就背着书箱跑了一百多里路赶到诸暨去听课。当时正值天寒地冻，宋濂穿着几乎露出脚趾的破鞋，冒着凛冽的寒风，踩着厚厚的积雪，翻山越岭，艰难地在深山跋涉，几次陷进雪坑里，连脚上的皮肤冻裂了也在所不惜。可到了方家私塾，宋濂因不是私塾的学生进不了课堂，他就在窗外偷听，并总想趁下课休息时间当面请教老师，可吴莱的名气很大，学生很多，慕名前来求学的人络绎不绝，每天应接不暇，十分忙碌。宋濂总是冒着饥饿严寒，耐心地等待着。每当吴莱空闲时，他就恭恭敬敬地立在老师面前提疑问，探道理，弯着身子，侧着耳朵，仔细倾听，虚心求教；遇到老师呵责时，他更加恭敬，更加努力去理解，直到把问题弄懂弄通为止。

后来，吴莱主教于浦江郑义门东明精舍，宋濂二十五岁那年，从潜溪负笈而来，正式就读于东明精舍。

吴莱见宋濂刻苦好学，十分欣赏，经常在郑氏家长面前夸奖，郑氏家长也觉得宋濂是个可造之才，便另眼相看，特许宋濂进郑氏藏书楼读书，宋濂犹如久旱逢甘霖，他如饥似渴地看书学习，学业大有长进。过了一年，吴莱因年事已高，身体多病，便辞去主教职务，并极力推荐宋濂代替自己，从此，宋濂把一家人从金华潜溪迁到浦江居住。

宋濂在浦江青萝山房一住就是二十五年。时正值元朝末年，群雄逐鹿，天下大乱，能人志士纷纷择主而事，投身于波澜壮阔的改朝换代战争之中。公元1358年，朱元璋军队攻取浦江，宋濂携夫人贾专，仲子璲，长孙慎，避兵入诸暨。公元1359年，五十岁的宋濂总是摆脱不了乡愁，举家迁回潜溪故庐。

再说浙江青田，有一奇才姓刘名基，字伯温，知识渊博，天文地理无不通晓，尤精象纬之学，善察识人才，文章气昌而奇，虽是元朝至顺年间的进士，但总是怏怏不得志而隐居乡里，希冀有朝一日得遇明主，际会风云，以实现自己的谋略和抱负。因此，刘基平日里广交朋友，暗访志同道合之士。一天，他听说金华潜溪有个宋濂，博览群书，道德高尚，智慧超凡，便不辞劳苦，跋山涉水前来寻访。

刘基一行三人过了婺州城，沿官马大道来到东山傅村古镇，下马问了一声潜溪所在，立即策马行进在金华畈上，过了伏龙山，只见不远处有座农家院，依山傍水，正是：

小院清幽添新瓦，牛羊豚犬鸡鹅鸭。
檐下鸟语呢喃燕，荷锄农夫背落霞。
屋后绿柳随风舞，堂前摇曳满庭花。
如絮袅袅炊烟起，水流悠悠绕农家。

“真乃好住处也！”刘基暗暗称道。下得马来，时正值稻收季节，潜溪的晒谷场上晒满了稻谷，一张张篾制地垫排列得整整齐齐，有一农家妇女拿着个谷扒在地垫上翻晒着。

忽然，双尖山那边隐隐响起雷声，不一会儿，空中乌云翻卷，还夹着几道闪电，一副山雨欲来的景况。而晒谷场上的那个农家妇女却若无其事，仍然不慌不忙地用竹扒翻晒稻谷。刘基大为诧异，不由自主地上前问道：“嫂子，天要下雨了，你为啥还不赶快收稻谷呢？”扒谷的农家妇女抬起头来看了一眼刘基，笑着说：“这位客人有所不知吧，我家先生说过，今天虽有雨但雨也扫不过我们家晒场的西北角，用不着抢收。”话音刚落，一阵狂风带着几滴豆大的雨点洒落下来，果然只到晒场西北角就没了，那几滴雨飘过后，太阳又从云层里钻出来。

刘基大为惊讶，暗想：“我虽然熟知天文地理，也算准今天有雨，却不知道雨的线路，更难判断雨的范围，而宋濂竟算得如此精准，真乃奇人也！”

“请问你家先生是宋濂吗？”刘基明知故问。“是的，我们都称他景濂先生。”那扒谷的农妇答道。“我们是来拜访先生的，您能领我们去见他吗？”刘基显得十分谦和。

晒谷的农妇带着刘基一行到了宋濂的潜溪居所，这是一座三间两厢房的农家院子，房子虽不大，但院子足足有一亩地，院子前面种满了果树，还未成熟的小柿子挂满枝头，绿油油的，像一个个小娃娃露出了绿色的小肚皮，可爱极了。一串串水灵灵的葡萄正在由绿变红，晶莹透亮。院子里的鸡、鸭、猫、狗，各司其职：一只母鸡正领着一群小鸡在树林中觅食，那只大公鸡却跳上墙头引吭高歌；几只鸭子不时喝一口水，还把头仰起来对天空叫两声；猫和狗则在那玩着捉迷藏的游戏。院子后面有一片菜地，搭着一排排竹竿架子，上面爬满了黄瓜藤、丝瓜藤……

再说宋濂，早就知道青田刘基是一个有识之士，聪颖智慧，而且算定他今天要来潜溪，早已在堂屋泡好清茶款待。

刘基一行进门后，两个人一见如故，稍加寒暄，就开始纵论天下大势。

刘基有意考考宋濂，问道：“陈友谅雄踞长江，大有吞并全国之势，你以为如何？”

“刘兄，你可是明智之人啊，陈友谅虽貌似强大，但失于人和，虽有天时地利，终不能成大事也。”宋濂答道。刘基暗暗佩服，又问：“先生以为张士诚如何？”

宋濂哂然一笑：“张士诚胸无大志，没有远图，而人无远志，必有近忧矣。”

刘基微微颔首，沉吟道：“那先生认为天下英雄属谁呢？”

这时刚好有一缕阳光从门缝里射进来。宋濂指指那道光线道：“真命天子就在此也！”

刘基一怔，继而恍然大悟，起身长揖道：“多蒙先生指点。”

宋濂也起身大笑：“刘兄十年前就已说过，东南有天子气，而天子已应在金陵，兄何故犹疑？”

刘基深为叹服，便拿定主意投奔朱元璋。宋濂以手指门缝中射进来的阳光，“缝阳”即凤阳之意，暗指朱元璋出生地“凤阳”也。

后来，朱元璋攻下婺州，刘基受朱元璋礼聘出仕，他上书陈述《时务十八策》，参与谋划平定陈友谅，收执张士诚，降服张国珍，削平群雄，北伐中原，建立明王朝，立下了不朽功勋。洪武三年（1370），他被封为“诚意伯”，朱元璋多次称他为“吾之子房”。在民间，也流传着“三分天下诸葛亮，一统江山刘伯温；前朝军师诸葛亮，后朝军师刘伯温”的说法。而刘基对宋濂也称颂有加，亲自写了《潜溪图歌为宋景濂赋》：

金华山水天下希，潜溪龙门尤绝奇。
群峰峻极河汉上，一峰独立芙蓉陂。
先生结庐在其下，文追班扬兼贾马。
遂令此山增壮观，野有朴樕皆梧槚。
上清道士方方壶，乘兴为作《潜溪图》。

丹崖翠麓神仙居，东望日出树如苏。
溪流穿林还度谷，十里一达五里伏。
龙湫吐景生白虹，藤萝振雨松呼风。
却忆往时清夜月，帝女乘云下天阙。
钟镛铿憀萧鼓发，霓裳羽衣飘灭没。
初平骑羊前启行，长髯鬖髿飞玉霜。
秦娥吹笙玄鹤舞，牵牛河鼓凝寒芒。
相思迢迢频入梦，梦驾两鸾从一凤。
觉来毛发犹爽淅，目送征鸿度空碧。
山有蔬，水有鱼，幽涧有泉清可畯。
何时上疏乞骸骨，寄声先遣双飞凫。

再说刘基受朱元璋礼聘出仕后，极力推举宋濂，而朱元璋也求贤若渴，听刘基这么一说，越想越觉得应该赶快把宋濂请来，辅佐自己平定天下。一天，朱元璋叫上刘基，带着几个亲兵，从婺州骑马直奔潜溪而来，不多时，便来到了双尖山下的金华畈。朱元璋在金华畈抬眼望去，只见双尖山峰岭叠嶂，层峦耸翠，云雾缭绕，林木秀郁，不禁连声称赞道："好山水，好地方，果然是藏龙卧虎之地，宋先生不愧为高人。"

忽然，前方传来几声清脆的钟声，朱元璋循声望去，原来不远处有座寺庙，黄色的墙掩映在一片绿色的田野之中，显得十分幽深寂静，而且钟声听起来也十分特别：深沉、悠远，并带有几分神秘。朱元璋的马不由自主地向寺院走去。这钟声使他想起了少年时的一段生活。

那是元顺帝至顺四年（1333），皖北久旱无雨，赤地千里，蝗虫成灾，庄稼绝收，瘟疫横行，以致饿殍遍地，白骨蔽野。朱元璋的哥哥、父母均相继死去，少年朱元璋孤苦伶

仃，无依无靠，就去寺庙出家当了小沙弥。

寺里的日子也不好过，先是有稠粥喝，后来成了稀粥，而且一天只有两顿。这样朱元璋只在寺里待了五十天，便被住持遣散远游去了。

朱元璋背上两件破衣裳，托一个粗瓷僧钵，离开了家乡，一路西行，游方化缘，过着饥一顿饱一顿的乞丐生活，晚上或在村边草垛中，或在寺庙房檐下睡觉，有时实在太疲倦了，往路边草丛里一钻就呼呼睡起来。

秋去冬来，一天，大雪纷飞，寒风刺骨，朱元璋讨了一天饭也没把肚子填饱。天黑了，朱元璋听到山中传来钟鼓声，一想附近必有寺院，便顶风冒雪，循声走了过去。

寺院坐落在半山腰，由于年久失修，已是十分残破。朱元璋走上前去，推开虚掩的山门，便蜷缩在门廊下睡着了。

第二天早上醒来，大雪纷纷扬扬，依然下个不停，朱元璋饿得肚子咕噜咕噜直叫。他便冒着大雪，深一脚浅一脚地到山脚下的村子讨了点儿稀粥喝，之后又到了山腰的破庙。这时正赶上庙里开饭，一个老和尚正领着两个小和尚在用斋前念经，忽然看见朱元璋浑身是雪，脸蛋青紫，冻得直打哆嗦，忙招呼道："小师傅，快来喝碗糊糊暖和暖和。"朱元璋忙施了礼，接过糊糊，一口气就喝完了，看看锅里见锅底了，他便抹抹嘴，坐在锅灶前，伸出双脚，想烤烤湿透的破鞋，可灶里的火已经灭了，他就拿铲子将灶膛里的灰掏出来，双脚踏上去借点余热。

老和尚看着心里一酸，双眼含着泪，叹了口气说："虽然我这是穷庙，你要是没处去，就将就着暂时留下吧。"

朱元璋听师傅这么一说，也流下了眼泪："多谢师傅，等雪停了我就走，现在天下大乱，到哪都是填不饱肚子的啊。"

老和尚听了，连连叹气点头。

朱元璋一边脚踏热灰取暖，一边凝视外面纷飞的大雪，想起天下受苦的穷人，触景生情，顺口吟出四句诗来：

脚焐青灰身住庙，老天降下白鹅毛。
我今留有安身处，天下穷人怎得了。

老和尚听朱元璋还会吟诗，十分惊奇。两个小和尚听了心里可嘀咕开了，多个人便多张嘴，本来就已吃不饱了，以后恐怕更得喝稀粥了。不行，得想个计策赶他走。于是两个人一商量，便把朱元璋叫到一边，故作关切地说："你初来乍到，应该给师傅个好印象，去把佛殿打扫打扫吧。"

朱元璋听了，觉得也对。二话没说，拿起扫帚就去打扫佛殿。佛殿里空旷的地方还好打扫，可在各佛像之间的地方，打扫起来就比较麻烦了。不一会儿，朱元璋就累得气喘吁吁，他看着或怒目圆睁，或眉开眼笑的佛像，开玩笑地嚷道："走开！走开！"

说也奇怪，众佛像竟然摇摇晃晃地下了佛台，都集中到殿中央的空地上去了。朱元璋一看，这下好打扫了，便挥动扫帚，很快就打扫完了，然后他又对佛像说："谢谢各位菩萨，地扫好了，请各位归位吧。"那些佛像真的又都回到了各自的位置上。

这一切都让两个小和尚看得清清楚楚，两个人瞠目结舌，认为朱元璋不是个凡人，再也不敢嫌弃他了。

晚上，两个小和尚讨好地提出来和朱元璋一起睡觉，朱元璋答应了。因为挤，朱元璋一直蜷着腿没伸开过。第二天醒来，两个小和尚对朱元璋说："师兄，昨晚委屈你了，挤得一夜没伸开腿。"朱元璋笑着说："哪里哪里，我睡得可香了，我有蜷腿睡觉的毛病，如果一伸腿，那就不得了了。”一旁的老和尚听了问：“一伸腿怎么不得了了？”朱元璋略一沉思，又吟出四句诗来：

天为帐幕地为毯，日月星辰伴我眠。
夜间不敢伸长腿，恐把山河一脚穿。

吟完，朱元璋哈哈大笑，两个小和尚也跟着笑起来。老和尚听他口气不凡，想必定是非常之人，他若留在这儿，说不定这寺庙以后还会兴旺发达呢。

几天后，风雪停了，红日当空，空气格外清新，朱元璋要辞别老和尚和两个小和尚，三人依依不舍地把朱元璋送出山门。只见大地一片银装素裹，尤其是院墙外的那片竹林，被厚厚的积雪压弯了腰，朱元璋回头望望山门，不觉诗兴大发，随口吟道：

雪压竹头低，虽低不着泥。
一朝红日出，依旧与天齐。

一旁的方丈听了，越发觉得此人非同凡人。

再说朱元璋正在回忆少年生活时，却不知不觉地走到了金华畈寺院的门口，他醒过神来，慌忙下得马来。他走进寺院，跨过门槛，只见庙廓绿树环抱，花草簇拥，两棵古柏虬枝苍劲，一看就有些年头了；大雄宝殿中央端坐着一尊释迦牟尼塑像，慈眉善目，栩栩如生，使人感到似乎遨游于仙境；旁边有几个和尚，一边打坐，一边念经，一切显得那么安详、幽静，朱元璋触景生情，不禁脱口而出：

何地可参禅，此间堪入定。

一旁的住持听闻，立即起身向朱元璋施礼："善哉！善哉！谢施主！宋先生早已告知，本院就等您来定名的。"说完就指着早已备好的纸墨，请朱元璋题联，并吩咐小和尚撞钟一百零八下，这钟声响彻云霄，但听闻此钟声者，都能明心见性，离苦得乐，除尽所有烦恼。此后，该寺就定名为"禅定寺"。

朱元璋在钟声中题完联，心情倍觉舒畅，他不由自主地捏了捏拳头，感到天地造化，乾坤在握。

再说朱元璋一行人离开禅定寺，没走几步，就到了宋濂的潜溪居所。

"小民参见吴王！"宋濂早已在小院门口静候。"快快请起，早已听说宋先生学问渊博，独步天下啊！"朱元璋话语中虽有几分谦虚之意，但也带有霸气。

宋濂抬起头来，只见朱元璋黑黑的大脸，额头与太阳穴高高隆起，颧骨突出，大鼻子，大耳朵，粗眉毛，一对眼睛鼓鼓的，宽阔的下巴比上额还长，像一个钩子向外突出，一脸麻子。

宋濂心头一怔：这长相凶相毕露，是个只可同患难，不能共安乐的面相啊，于是心里就有了八分数。

进了屋，宾主双方说来道去。宋濂被朱元璋的一片诚心所感动，再加上刘基在一旁苦苦相劝，就勉强答应，出仕辅佐朱元璋扫平群雄，治理天下。

龙凤四年（1358），宋濂应诏入仕，朱元璋命宁越府知府王宗显开郡学，王宗显礼聘宋濂为五经师；次年应征至应天，不久奉命授朱元璋长子朱标经学。

第9回

万里无云雨来临　莲花峰下安冤魂

诗云：人生到处知何似，应似飞鸿踏雪泥。
泥上偶然留指爪，鸿飞那复计东西。
老僧已死成新塔，坏壁无由见旧题。
往日崎岖还记否，路长人困蹇驴嘶。
——苏轼《和子由渑池怀旧》

却说断尾龙来到潜溪村，对大明开国文臣宋景濂公的生平有了更多的了解后，暗暗称颂这片神奇的土地，称颂滋润这片土地的潜溪，更称颂宋濂师表天下的道德文章。听说宋濂的墓地就在不远处的箬帽山，他决定前去瞻仰拜谒。

这箬帽山的宋公墓地就在潜溪村西北二三里地之处。五百里常山余脉绵延至此。断尾龙走近一看，这坟墓只是一个半圆形的土堆而已，无人守护，无人管理，左右有几棵大树荫蔽，后方有修竹万竿，扶疏栉比，无一枝横斜附丽。墓碑上的“宋文宪公”等字样虽已模糊不清，却仍依稀可辨。但这只是一座衣冠冢，真正的墓地听说在四川成都城东五里净居寺庙内，其近旁还有“潜溪书院”。

断尾龙伫立在坟前陷入沉思：时间扫过荒芜的思想，将尘土顽石堆成一座坟墓。此时断尾龙思绪万千，人生无常，世事难料，最难忘的是宋濂那一抹淡淡的哀伤，一丝丝悲壮。

洪武十年（1377），68岁的宋濂告老还乡。

回到家乡后，他足不出户，闭门谢客，整天著书立说，过着粗茶淡饭、布衣蔬食的普通老百姓生活，村民们都热情地称呼他为“景濂先生”或“景濂公”。朱元璋也每年都要召他上京觐见，君臣相会，似乎有说不完的话。他留在宫里一住就是几天，什么家政国事他们都要谈个遍。而宋濂此时身体也还很健康，他的次子和长孙都在京里为官，好像一切都顺风顺水，无忧无虑。长子宋瓒，孙子宋恪、宋恂，孙女宋琼英都对他很孝顺。夫人贾氏虽已年迈，但身子骨也很健朗，平时还能帮着操持些家务事，真是儿孙绕膝，饱享天伦，其乐融融。

可天有不测风云，人有旦夕祸福。洪武十三年（1380），正是金秋十月、丹桂飘香的季节，宋濂家门口来了个仙风道骨、须眉皆白的老和尚。孙女宋琼英首先被一阵木鱼声所吸引，她跑出门外一看，只见一位老和尚手拿拂尘，微笑施礼。虽然不见有木鱼，但那木鱼声正是从这位老和尚身上发出来的。宋琼英觉得十分奇怪，眯着一双美丽的丹凤眼一直循声寻找老和尚的木鱼，可就是看不出什么名堂来。

“金声木声都是声，万里无云雨来临。”老和尚双掌合十，念念有词。

宋琼英一听，觉得这老和尚话里有话，隐隐约约感到有些不吉利，但她还是礼貌地问：“师傅，您是来化缘的吗？”

“无缘对面不化，有缘千里相会。”老和尚神秘一笑。

宋琼英觉得这话也倒有些在理，就关切地问：“师傅，您是要化些银子呢，还是化些米粮？”

“出家人化银子何用，老衲要的东西，宋姑娘恐怕做不了主啊，还是把你家宋老先生请出来吧！”老和尚看了一眼宋琼英，双手合掌。

“什么？我做不了主？师傅太小看我了。”宋琼英听了和尚的话，有些生气，正想回敬几句。却见宋濂从书房走了出来，宋琼英赶忙退到一边。

“爷爷，这和尚好像有些不寻常。”

宋濂看了一眼宋琼英，示意她别多嘴，宋琼英也就不作声了。

“南无阿弥陀佛，”和尚见宋濂出来，上前一步合掌施礼，“宋先生乃有史以来第一纯臣也。”和尚继续说道。

“法师降临寒舍，必有见教，请进陋室用茶。”宋濂用十分平常的口吻说道。

老和尚见宋濂如此镇定，深知他一生经历过大风大浪，见过大世面，暗暗敬佩。

“老衲很忙，喝茶就没工夫了，只向先生借一样东西就走。”老和尚微笑着看宋濂。

“法师欲取何物，吩咐便是。”宋濂捋了捋胡须，打量着老和尚，十分客气地说。

“好！好！宋先生真是爽快人。所谓‘君子一言，驷马难追’，先生可不能后悔。”老和尚拊掌笑道。

“你这和尚太无礼了，皇上还夸我爷爷是正人君子呢，你怎么还说起这种话来？”在一旁的宋琼英认为老和尚对爷爷太不恭敬，实在听不下去了。

“哈哈哈！”老和尚顿时大笑起来，“看看！看看！这态度分明是嫌我取你们家的东西。行，行，既然不舍得，老衲也不强求，告辞！”说完，老和尚向宋濂略一稽首，转身就走。

宋濂上前一步，慌忙把老和尚拉住，道歉道："小孩子不懂事，口无遮拦，多有得罪，请勿见怪！请勿见怪！法师欲取何物，但说无妨。"

老和尚沉吟半晌，长叹一声道："人生一世，草木一春。人情似纸张张薄，世事如棋局局新。十年河东，十年河西。天翻地覆慨而慷，人间正道是沧桑。"

老和尚感慨人生苦短，生命无常。他向宋濂合了个掌说："老衲做了七十年和尚，自知寿数已尽，算定只有七百二十五天可活了。出家人一死百了，无牵无挂，但思来想去，觉得缺少一副好棺材。听说有人用上好的木料为先生做了一副寿材，特来相求。"

宋濂一听，感到十分惊讶，这寿材是自己天命之年，浦江郑义门给做的。做寿材那年，刚好是闰月，民间风俗认为，闰月做寿材，可以寿介期颐，所谓"闰年闰月一百岁"。做寿材之日，青萝山房还挂了红灯笼，燃龙凤烛，献寿桃，献甘露水，烧香化表，子女罗列叩头，并摆长寿酒。开始做寿材时，木匠先用锛子将原木砍了一下，以木屑飞出的远近占人寿的长短，材成那天，还给木匠坐斗一升，寿盘一副（十个大馒头），红布一匹，礼银十两，并邀请远亲近邻举行了上寿活动。

"这寿材怎么能随意送人呢?"宋濂暗暗思忖着，看看老和尚那期待的眼神，他又有些犹豫了。

"这副寿材是郑义门送我的，法师若要……但取无妨。"

宋濂还未下定决心。

老和尚笑着对宋濂说："先生春秋正盛，不会马上谢世，而老衲却归期将至，急需此材，望宋先生不必迟疑，施舍老衲，意下如何?"

"法师若要，尽管取去。"宋濂见和尚这么执拗，只得应允。

老和尚大为欢喜:“好！多谢宋先生！不过老衲知道你那寿材是用上等楠木制成的，十分沉重，老衲得叫几个人把它抬走。”

说完，老和尚合掌稽首，一声“阿弥陀佛”，顾自去了。

一旁站着的孙女宋琼英目送老和尚扬长而去后，忍不住对宋濂说:“爷爷，那寿材是郑义门花了几百两银子给您备的，怎么就送人了呢？您看那老和尚多不讲理啊。”

宋濂拍了拍孙女的肩，含笑劝慰道:“色即是空，空即是色。人活在世上，只有这颗心是自己的，其余都是身外之物，学会看淡看穿，内心才会更加富足，他大老远跑来要这副棺材肯定有他的理由。我遂了他的心愿，岂不是一件好事，你现在年龄尚小，等你长大了就会慢慢懂得这些道理。”

宋琼英虽然有些舍不得，但爷爷的话又不能不听。

宋濂叫上儿子宋瓒和几个家人到放棺材的西厢房准备一下，也不知道老和尚叫多少人过来抬。可走到那屋一看，棺材不见了，只有搁棺材的两条凳子还是原封不动地摆在那儿。一家人个个都惊得目瞪口呆。

“老天，这到底是怎么回事？”

宋濂把刚才发生的事向大家说了一遍，大家都感到莫名其妙，不知所以然。

“看来这位长老来历匪浅啊！”宋濂也百思不得其解，“他特地登门求寿材，目的究竟是什么呢？太蹊跷了。唉，我在朝为官数十年，邻邦使臣求我作文，每篇以百斤黄金相酬，我何曾受过分毫，正因我与郑义门情意深重，才不辜负他们的一番美意，接受了这口馈赠的寿材。如今棺木不知去向了，我会向郑义门解释的。只是今日之事，不要张扬出去为好，免得节外生枝。”宋濂在疑惑中吩咐家人。这一幕在他脑海里总是久久不能挥去。

再说洪武十三年（1380）正月，大明王朝丞相胡惟庸称其旧宅井里涌出醴泉，此为祥瑞，并借此邀请朱元璋前去观赏。朱元璋欣然前往，走到西华门时，太监云奇紧紧拉住缰绳，其貌急不能言，拼命指向胡家。朱元璋感觉事态严重，立即返回。登上宫城时，发现胡惟庸家上空尘土飞扬，墙道里藏有士兵，朱元璋大怒，以“枉法诬贤”“蠹害政治”等罪名，当天就处死丞相胡惟庸等人，同时借辞穷追其同党，开国第一功臣韩国公李善长等大批元勋宿将皆受株连，牵连致死者有三万余人，宋濂次子及长孙也遭受牵连被杀，宋濂一家听到这个消息，惊得魂飞魄散，全家沉浸在无比惊惧和悲恸之中，宋濂更是追悔莫及：

天也空来地也空，人生渺渺在其中。
日月晨昏常运转，人亡千载永无终。

想当年，自己既然已看出来朱元璋“凶相毕露”“只可同患难，不能共安乐”，为什么还要应征出山，回顾在辅佐大明王朝将近二十年的时间里，自己一直战战兢兢，劝导朱元璋以仁义治天下，总算过了几年安稳的日子，可万万没想到，自己离开朝廷才几年，朱元璋残忍嗜杀，大肆株连，竟然连自己的儿孙也不放过，心中不免一片悲凉。但他却只能强忍悲痛，泰然对家里人说：“老子说过，‘祸兮福之所倚，福兮祸之所伏’。事已至此，大家不要惊慌，天大的事还有我顶着，纵然粉身碎骨亦何惧之有！”

话虽如此，这横祸早已让全家人惶惶不可终日。贾夫人年纪已迈，本已风烛残年，如何经受得起如此大惊和失去儿孙的惨重打击，当晚就猝然病倒，不到一个月就离开了人世。宋濂悲痛万分，却只因事情紧急，只得草草安葬。

贾夫人去世后，宋濂自知为时不长，每天闭门不出，等待朝廷拘拿。大事难事看担当，小事琐事看修养，逆境顺境看襟度，临喜临怒看涵养。在这样的非常时日，宋濂倒是不惊不惧，不慌不忙。

该来的终于来了。几天后，一队骑兵飞奔而来，把宋濂的家团团围住，继而破门而入，捉拿宋濂一家，钦差李显大声宣道："宋先生，卑职李显，奉旨捕拿贵府一干人犯，请先生验看文书。"宋濂镇定自若，道："不必了，人都拿齐了吗？"李显答道："合府九口，五男四女，请宋先生说明亲属关系。"宋濂扫视了一下已被锁拿的九人，对李显说："九口人当中，有两婢一仆，并非我家亲属，与我家获罪无关，请予释放。"李显倒也通情达理，让宋濂一一指认。

"老爷，我们不怕死，我们不走，要杀要剐，我们都与您在一起。"谁知那三人一齐跪到宋濂面前，大声哭道。

"来人，打开刑具，把这一男两女赶出门去！"未等宋濂开口，李显就沉下脸来大声喝令。

于是，几个士兵应声上前，把三人刑具一一打开，不由分说，就把他们推出门外，三人只得哭哭啼啼一步一回头。

宋濂了却了一桩心事，对眼前这位钦差自是十分感激。只见他走进书房，拿出一个布包交给李显："钦差大人，诸位官差，你们一路辛苦，这点碎银请收下，聊作茶水之资。"

李显一把推开，正色道："宋先生，卑职敬重您的道德文章，敬您是位令天下人敬仰的正人君子，才给予法外通融，何以如此俗套！先生此次进京，生死未卜，银子还是自个儿留着路上用吧！"

"好！好！老夫是俗，李大人清正廉洁，老朽不胜感激。"

宋濂朗声大笑，向李显伸出双手，“请上刑具吧，李大人。”李显稍踌躇，从士兵手中接过一副最轻的手铐，望着宋濂平静的表情，沉重地说：“宋先生，下官得罪了。”一路上，一行人自有李显关照，自不必说。

再说宋濂被押解进京后，全家人均被打入死牢，只等圣旨一下就斩立决。虽说满朝文武都知道宋濂是因为其长孙宋慎是胡惟庸孙女婿而被牵连，但在这种风声鹤唳、草木皆兵的时候，谁敢出头为宋濂一家说情呢！

“山重水复疑无路，柳暗花明又一村。”正当宋濂以为自己就要被处决时，太子朱标听说老师被捕，心里十分难过，常言道：一日为师，终身为父。明师之恩，诚为过于天地，重于父母矣。因此，他赶紧跑到朱元璋面前求情，请求赦免宋濂一家。

谁知朱元璋非但不听，还把朱标训斥了一顿。朱标大失所望，悲痛得欲跳河自尽，幸亏被人救起。

此事传到马皇后耳朵里，这马皇后是滁阳王郭子兴的养女，至正十二年（1352），在郭子兴的主持下，马氏嫁给了时为红巾军将领的朱元璋，婚后，与朱元璋感情深厚。在朱元璋平定天下、创建帝业的岁月里，马氏与他共患难。因此，朱元璋对马皇后一向十分尊重和感激，对她的建议也往往能认真听取和采纳。对于朱元璋几次屠戮功臣宿将，马皇后总是婉言规劝，使朱元璋有所节制。此次听说要杀宋濂，连太子说情也不管用，她感到十分震惊。于是她流着眼泪来到朱元璋跟前说：“寻常百姓家为子孙知书达理，请个先生都多有尊敬，更何况宋先生为我们教导太子和诸王尽心竭力，作为皇家，更应始终恭敬，以告天下，怎能无辜而处以死刑呢？”

朱元璋置之不理，马皇后只得怏怏回宫。

当天晚上，朱元璋回到宫中，正欲用餐，却见餐桌上居

然没有酒肉，而是多了一个座位和一套餐具，感觉不解，便愕然问道："晚饭怎么没有酒肉？"马皇后板着脸答道："我听说宋先生要受刑了，不胜悲痛，这是为宋先生祝福，为太子和诸王服心丧呢。"朱元璋听了大为触动，长叹了一声，放下筷子就走了。

第二天，一道圣旨下来：宋濂免死，全家贬徙四川茂州。于是宋濂一家保住了性命。

再说宋濂一家迁徙茂州，一路跋山涉水，昼行夜宿，受尽风霜雨雪，吃尽了苦头。进入蜀地，才到夔州，宋濂就病倒了，于是便找了个寺院住了下来。

这寺院名叫莲花寺，坐落在莲花峰下，莲花是圣洁的代表，更是佛教神圣又圣洁的象征，要是平时，宋濂在这种环境里定会文思泉涌，诗兴大发，而现在，哪里还顾得上这些，一家人匆匆忙忙把行李搬进寺内，在偏殿安顿下来。

一切安排停当后，宋濂无意间环顾了一下偏殿四周，目光被一件物品紧紧锁住。忽而，全家人也都意识到了，个个都瞠目结舌，面面相觑，惊讶得一时说不出话来。

原来，在这偏殿的西角，好端端地安放着一具楠木棺材，正是宋濂赠送给老和尚的那具。

从婺州到夔州，少说也有几千里，这么重的棺材，怎么会跑到这里来呢？是看花眼了吗，宋濂叫孙女宋琼英扶着他再近前看看。千真万确，就是当年自己送给老和尚的那副，再一看，这棺材还是空的，说明那老和尚还没圆寂。

一家人都很诧异，而宋濂却心知肚明了，这正是他的长眠之地了。因此他暗暗拿定主意，从此不再进滴水粒米，也不再往前走了，当晚就开始绝食。

晚饭后，寺院方丈前来看望，并说起了棺材的事，方丈告诉宋濂："先生，这事还得从头说起。"

"早在两年前，这偏殿里突然出现了一口棺材，大家都很惊慌，甚至有些不知所措。过了几天，一个老和尚来访，只见他慈眉善目，和颜悦色，双目明亮睿智，步履稳健轻松。他双手合十，双目微闭，轻轻地告诉老衲：'两年后婺州潜溪宋大学士要携眷入蜀，这是他的棺材，请你们好生看管。'说完就踏一朵莲花不知去向了。老衲对此事一直将信将疑，想不到今天宋大学士果然光临寒舍，你说这岂不是天意吗？"

此时的宋濂已经完全开悟了，他完全相信了世间一切都是冥冥之中自有安排的，心里反而更加坦然了。

时光匆匆，转眼宋濂在莲花寺已住了二十来天，这些天来，宋濂的身体已极度虚弱，宋瓒夫妇及孙子孙女都劝他吃点儿东西，可他总是以不想吃为借口，水米不沾。这一天，天气晴好，他叫宋琼英扶他出偏殿，坐在荷花池旁。面对莲花峰，亭亭玉立的水中仙子散发着淡淡的清香，既美又庄重，它既不像牡丹那么妖艳，也不像彩虹那么虚幻，真是"出淤泥而不染，濯清涟而不妖"。莲池中央假山石上那"真源湛寂"四个字表达了人生最初的生命，本来就是清净、寂灭、没有色相、没有声音、永远清净光明……

宋濂观赏了一会儿景致，心情颇好，忽然来了兴致，想到要写写字，他叫宋琼英回屋铺好笔墨纸砚，又叫宋瓒夫妇扶他回屋，他在书桌旁坐下，一笔一笔地写起字来。宋濂的书法，小楷端庄，草书如龙飞凤舞，直追二王，名气很大。但他生性淡泊，不慕名利，书法作品从不轻易示人，即使千金求购也不可得之。

夕阳的余晖给天上仅有的几朵白云披上一层薄薄的锦衣，偶有几缕穿过层层树叶，从窗户透进来，落在宣纸上，宋濂一笔一笔认真地写着，那样的一丝不苟、聚精会神，一口气写了十个字。当最后一抹夕阳依依不舍地隐入大地时，宋濂忽然手提羊毫，端坐不动了。

在一旁的宋琼英以为爷爷累了，不声不响地看着书桌上的字——“耕读传家久，诗书继世长”，这几个字显得那么遒劲有力，柔中带刚，雄强伟状，厚重健实。过了一会儿，她看见爷爷手中的笔始终不落纸，心存疑惑，便轻轻地叫了一声：“爷爷！”宋濂没作声，宋琼英又再叫一声：“爷爷！”宋濂还是不作声。“爷爷！爷爷！您怎么啦？”宋琼英大声呼叫，一把抱住宋濂失声痛哭起来，宋濂的长子宋瓒和儿媳闻声赶来，见宋濂已驾鹤西去，大家悲悲戚戚地哭成一团。

再说莲花寺的方丈听得偏殿厢房里的哭声，已心知肚明，知道一代文星已归位，连忙赶过来安慰宋瓒夫妇：“宋大学士缘尽归西，这是天数，尔等不必惊慌悲痛。这场丧事就由本寺及老衲主持操办，你们多多保重，照顾好自己的身体要紧。”

宋瓒一家流泪跪谢，法事做完七日后举哀成礼。因宋濂品行端庄，文章盖世，名满天下，蜀中学士名流前来吊唁者络绎不绝。夔州知县亲自主祭，宋濂的遗体被装进楠木棺材中，安葬在莲花峰下，后迁其墓于成都华阳，宋濂的孙子宋怿结庐宋墓，并继承祖业，设馆授道。婺州潜溪村的宋氏后人，为了纪念这位文星巨匠，就在离家二三里地的箬帽山安一衣冠冢，世代拜谒。

有诗曰：

潜溪山水稀天下，一代文豪气自华。
读书万卷始通神，品正才高共莲花。

第10回

文场之帅惠才隽　师友情深成德邻

诗云：新竹高于旧竹枝，全凭老干为扶持。

下年再有新生者，十丈龙孙绕凤池。

——清·郑板桥《新竹》

却说断尾龙拜谒了宋濂的冢后，内心久久不能平静，他感到有人在用无声的语言与他交谈，从而心中涌出一股清寂、脱俗、恬静、温暖的感情。人的一生变化无穷，没有长驻的痛苦，也无永恒的幸福。一切世间法，无时不在生住异灭中，都是由因缘而生，于刹那间生灭，或者本无今有，或者今有后无，人必须在这种无常的变化之中，把握时势，保持勇猛精进，不懈努力，让幸福永远存在于每个人的心里……想着想着，断尾龙不知不觉来到了伏龙山村。伏龙山村，就是现今的上柳家村，全村清一色的皆为柳姓，那柳氏一族是如何在此筑室定居、建村的呢？这还要从宋濂的老师柳贯说起。

柳贯（1270—1342），字道传，自号乌蜀山人，婺州浦江（今属浙江）人；元代著名文学家、诗人、哲学家、教育家、书画家。博学多通，经史、百氏、数术、方技、释道无不贯通；官至翰林待制，兼国史院偏修；与虞集、揭傒斯、黄溍并称为“儒林四杰”。他学富五车，才高八斗，著作等身，德隆道尊。

柳贯的父亲柳金，系南宋咸淳年间的右科进士，在江苏高邮任县令。柳金生有四子：柳贺、柳贯、柳宝、柳实。柳贯排行老二。这高邮有几千年的文明史，人称江左名区，广陵首邑，为帝尧故里，是尧文化发祥地，也是江淮文明、邮文化的重地。早在5 000年前，先民们就在这里刀耕火种，繁衍生息。秦王嬴政于公元前223年就在此筑高台，置邮亭，故名高邮，别称秦邮，可谓是“华夏一邮邑，神州无同类”。

一天，柳贯的父亲柳金带柳贯去拜谒神祠，这是高邮民间拜谒尧帝的盛会，妇孺老少，全部身穿华服逛庙会，展风姿。街上有各类民间艺人进行表演。小柳贯十分好奇，一会儿到这个摊位前看看，一会儿到那个杂艺前瞧瞧。走着走着，落下了父亲一大截。忽然，小柳贯发现眼前的地上躺着一个包裹，看着前后左右都无人注意，于是柳贯走向前去，拾起包裹。

“哟，好沉啊。”他掂了掂分量，不知里面包着什么东西。

柳贯捡起包裹，走到路边，好奇心驱使他打开看看。

这是一个用一块四方绣布包起来的包裹，打开外层四方绣布后，里面又包了一层麻布，显出一只小小的木盒子来。

“这里面一定装着贵重的物品啊。”柳贯边看边想。打开小木盒子一看，“哇！”他惊呆了，里面竟是各式各样的金银珠宝，五光十色，光彩夺目。他不慌不忙地盖上盒子，又把里外层的方巾按对角绑好，镇定自若，一个人在路边悄悄等候。“失主该有多着急啊。”他的眼神打量着来来往往的行人，盼望着失主早点儿出现在他面前。

再说柳贯的父亲走着走着，忽然想起了儿子，回头一看，柳贯还在老远的路边蹲着一动不动，“这小子，看什么看入神了。”他一边喊着柳贯的名字，一边回头走。

“你在干什么呢?”柳金走到柳贯跟前，关切地问道。

“不知是谁丢了包裹，我在这里等失主呢。”柳贯用手指了指跟前的包裹。

柳金脸上露出了微笑，顿时心里明白了，他对儿子的举动十分赞同，从此也对柳贯刮目相看，寄予厚望。

过了一会儿，柳贯看到前面一个人东张西望，惊慌失措地一路走来，他心里有底了，把包裹故意动了动。

“啊！我的包裹！我的包裹！”只见那人三步并作两步，向柳贯直奔而来，很快就到了柳贯面前，上前施了个拱手礼。

“在下有礼了，因庙会琳琅满目，鄙人贪看，不小心弄丢了包裹，请问……”“这是您丢的吗？里面都有些什么?”小柳贯赶忙回礼，那失主仔细描述了包裹的具体情况及里面的藏物，一一对证无误，柳贯就把捡到的珠宝完璧归赵了。失主感谢万分，一定要打开包裹拿些金银珠宝出来重谢，而柳贯却一口谢绝了，一蹦一跳地跟着父亲游庙会去了。

再说柳贯与父亲不一会儿就来到了尧帝祠，柳金目睹了儿子的举动，深知柳贯是个可造之才。在尧帝像前，柳金给儿子介绍起了尧帝。

“尧帝是黄帝之后，帝喾之子，其母叫庆都。尧出生于伊祁山，是历史上被传诵的圣贤，他的人品与人格是‘其仁如天，其知如神。就之如日，望之如云’。他领导国家‘九族既睦，平章百姓。百姓昭明，协和万邦。’一派太平景象……他不搞世袭，不将帝位传给儿子，而是选择贤能，传给了舜帝，开创了‘禅让’的先河，谱写了中华文明的灿烂篇章。”

小柳贯听得入神了，暗暗下定决心，长大要向尧帝一样，克明俊德，平章百姓，协和万邦，做一个有道德力量的人。

再说柳金通过这次游神祠后，对儿子更加悉心培养。最初，他让儿子向宋朝遗老、诗文大家方凤学习诗文，继而又送到朱学传人、理学大家金履祥的书院学习经文，后来又转益多师，刻苦问学。柳金离世后，三十出头的柳贯，为贫游仕，被荐举儒学教谕，从事教育工作后又任昌国州学正、国子助教、国子博士、太常博士、江西儒学提举、翰林院待制等职。

相传，柳贯55岁那年，在元大都担任太常博士职位，专门负责议定朝廷的祭祀礼仪与王公大臣谥号等事务。当时的达官显贵，需要定谥（即谥号，为死去的帝王或臣僚按其生前表现给予的称号，即为功过作出结论）的有三万家，柳贯在三个月内，有条不紊，办得稳稳妥妥，特别是对高官李倜定谥的事一时被传为佳话。

李倜，字士弘，河东太原人，官至集贤侍读学士，曾任临江路总管，后为延平路总管，两浙盐运使，工诗文，善书画。但他在任临江路总管时，曾被人诬告，虽最后得以调查清楚，没有被冤枉，但他去世后，儿子为了父亲的名声，要求在定谥的材料中不提及此事，于是就私下向柳贯求情。

那是一个月黑风高的夜晚，柳贯刚用完晚餐，准备去书房看书，忽然家人来报说："老爷，门外有位自称是李倜的儿子的人来拜访。"

"快快请进！"柳贯来到堂屋，宾主坐定。

"柳大人觐安，小的今天来贵府有一事相求。"说完，李倜的儿子拿出一包银子放在柳贯面前，"定谥的事，还请大人高抬贵手。"

"我与你先父原为同僚，秉公定谥是本人职责所在，何而有此举也？"柳贯面带怒色。

“柳大人，暮夜无知者。”李倜的儿子自知事有不妙。

“东汉杨震曾说，天知，神知，我知，子知，何谓无知?”柳贯斩钉截铁、铿锵有力地说。

顿时，李倜的儿子满脸通红，拿着那包银子，消失在沉沉夜幕之中。

事后，柳贯对李倜的事经过一番认真核查，把这个事情的来龙去脉，如实写上了“谥议”文，恰如其分地为李倜定了个谥号，没有影响到他的名誉。

李倜的儿子对柳贯的公正定谥感激不尽，叹服不已。柳贯廉洁奉公、秉公办事的高尚品格也为后人称道。

元泰定三年（1326），56岁的柳贯出任江西儒学提举，刚上任不久，就碰上了南昌东湖书院当地滕财主的土地纠纷。

要说这东湖书院，它坐落在南昌东湖之滨，自唐代以来，东湖即为著名的风景湖，有东、西、南、北四湖，期间都有桥涵相通，湖中有三座小岛，俗称三洲，即百花洲。百花桥及海成堤跨湖通洲，洲上还有“水木清华”、百花洲亭等风景名胜。东湖书院就在东湖之滨的百花洲旁，其地真是寸土寸金。事有凑巧，东湖书院旁边就是滕老财的大宅。那年，滕老财六十大寿，请来个风水先生看他的宅子，这风水先生装模作样比画了一番后，对滕老财说：

“老财啊，干我们这行的都是为你们调理风水的呀，保证你们阴阳调和，代代兴旺啊。”

“是！是！先生有理，请您给我家好好看看，该如何调理都听你的，银子好说。”滕老财眉开眼笑。

“风水嘛，讲究的是‘龙’‘砂’‘水’‘穴’‘向’这五点，居家要背靠着山，青山环绕之间，该是一片疏朗的空地，居所外有流水经过，是所谓‘玉带环腰’，宅前有一片开阔地，是所谓‘明堂’……”风水先生娓娓道来。

“你看，你自己看看，你的宅门虽然气派，但前面还不够开阔，也就是明堂还不开阔……”风水先生接着说。

“那怎么办呢?”滕老财急切地问。

“还怎么办，不是明摆着的吗?门前修建个大花园不就行了嘛!”风水先生拍拍滕老财的肩膀，明知前面是书院的用地，他还是这么说。

“先生啊，前面的地是书院的，我怎么能造花园呢?”滕老财一脸疑惑地望着风水先生。

“那就是你自己的事情了，我可只能给你看风水啊……”风水先生皮笑肉不笑地眯着眼睛。

从那以后，滕老财就从早到晚，整日整夜地琢磨着怎么能够把东湖书院的地占为己有。提出向书院买，又怕对方不肯，更要紧的是他也不愿意拿出那么多银子；就这么强占吧，又怕官府干涉，真是左也为难，右也为难。

很快就到了腊月二十八滕老财的寿辰，整个宅子里里外外张灯结彩，举家欢庆，大门上贴了一副对联：

家大门大好出官　年年岁岁官不断

当晚，大摆筵席，前来祝寿的亲朋好友络绎不绝，滕老财喝得酩酊大醉，也就早早睡下了。第二天一大早，滕老财还没起床，就听见门外嚷嚷起来，大家七嘴八舌的，滕老财不知发生了什么，就连忙起来，跑到大门口一看，气晕了。只见大门口红对联上、下联的“官”字都各加了一个“木”字旁，变成了：

家大门大好出棺　年年岁岁棺不断

滕老财扬言一定要查出此人，但思来想去，也不知道该怎么查。一天天过去了，依然是毫无线索。这天清晨，他突然听到了对面书院的琅琅读书声。“有了！”滕老财一拍桌子，显得异常兴奋。

“这改门联的事，肯定是文人骚客所为，其他人哪有这般能耐。这下子他们自己撞上来了，不是他们改也是他们改的。”滕老财心里盘算着。

于是他请来状师，又买通官府，一切准备停当后，就把东湖书院告到了官府。诉讼的理由自然是由于书院之人改对联，损坏了他家的风水和声誉，诉求就更明白了，要书院拿出二百亩土地作为赔偿。

书院的山长接到了诉状，感到莫名其妙，但官府升堂那天，他又不得不去。

肃穆的公堂，头顶着“明镜高悬”匾额的县太爷坐在公案之后，如狼似虎的衙役分列两班。只听得惊堂木一声响，“升堂！”“威——武——”经过一番折腾之后，进入正常审判程序。滕老财跪在公案左边的原告石上，接受县太爷的讯问，几个轮回过后，县太爷又敲一声惊堂木，宣判如下：

只因舞文弄墨，伤及民宅安康。
今判赔二百亩，以给滕老赔偿。

这可急坏了书院的山长，就凭这莫须有的罪名，要书院割出二百亩地，这世间的公平公正到哪去找啊！

再说那天，江西儒学提举柳贯来到东湖书院视察，书院的山长急忙把滕老财的事向提举做了详尽的汇报，柳贯觉得此事有些蹊跷，就令属下仔细调查此事，并通报县令，在未查清此事实真相之前，不得执行判决。经过一个多月的仔细调查取证，改对联的事真相大白，原来是滕老财家的长工所为，滕老财的美梦自然成了一枕黄粱，县令也受到了处罚。东湖书院保住了土地。

东湖书院土地官司发生后，柳贯还对其他州县的书院情况也做了一次仔细的调查，解决了一些书院与道观、佛庙及武馆等处的土地纠纷，修缮了破旧校舍，确保教师薪金。柳贯还降尊纡贵，延聘名师，从此学风大振，泽被千里。至顺二年（1331），柳贯任期届满，回归故里，创办蜀山书院，著书育人，从学者千余人，业成而仕，后多知名，其中最为著名者有宋濂、危素、王祎、戴良等。

至正元年（1341），71岁的柳贯受朝廷重用，起用为翰林院待制兼国史院编修官，次年病逝于京城大都。

柳贯之死，在民间还有这么一个传说：有一次明太祖朱元璋问宋濂的学问为何如此之好。宋濂回答说："我的老师柳贯先生的学问才是真正的好，我的学问与柳先生相比，简直是九牛一毛。"朱元璋听后，迫不及待地对宋濂说："既然柳先生学问这么好，赶快请他进京，朕要见他。"于是一道圣旨下来，要求柳贯速速进京，柳贯琢磨着自己是元代官员，明皇帝下旨召进京，不知此行吉凶，先让书童探探路，并嘱咐道："如果事情不妙，你就把雨伞挟在腋下；若是好事，则把雨伞打开来。"书童点点头，速速前去探听，结果是大好事，匆匆赶回来，可一高兴便忘记了先生的吩咐，竟挟着雨伞前来报喜。柳贯一看大事不妙，便吞金自尽了。朱元璋得报后，大为悲恸，赐给柳贯一个金头，并带十八口棺材，分葬各地。于是，至今都不知柳贯的真身葬在何处。

再说柳贯生有三子，老大柳卣、老二柳同、幼子柳因。

老大、老二一直居住在浦江的柳村，唯有柳因却在柳贯去世后不久迁居到金华潜溪伏龙山（今傅村镇上柳家村）居住，事出何故呢？这还得从宋濂说起。

刻苦好学的宋濂，曾受业于闻人梦吉、吴莱、黄溍等名师，25岁那年，又拜乌蜀山人柳贯为师，从此开始了一段他们的师生情。尽管两个人相差40岁，却一见如故，相见恨晚。宋濂对老师柳贯自是十分敬仰，而告老还乡的柳贯与宋濂一交谈就觉得很有机缘，有这样优秀的学生，他内心十分喜悦。他让宋濂住在自己家里，两个人常常谈论学问到深夜，柳贯的幼子柳因比宋濂大十来岁，也像亲哥一样喜欢宋濂，经常与宋濂在父亲跟前谈经论道。

这天晚上，他们用过晚餐，与往常一样在院子里的大树下聊天，宋濂为老师泡上一杯茶，柳因端出一张椅子让父亲坐下，宋濂与柳因也都拿了小凳子坐在柳贯跟前，旁边还有柳贯的学生戴良等人，柳贯呷了一口茶，话题开始了。

“《孔子家语》中记载：据说楚王打猎时不小心丢失了一张心爱的弓，侍从们要循原路去寻找。但楚王说：‘算了吧，不必去找了，楚人失之，楚人得之，到不了别处的。’侍从们都很佩服楚王的豁达与胸怀。这件事，在两个方面显示楚王宽广的胸襟：一方面，楚王不介意失去的弓；另一方面，他虽是君王，却不介意让一个臣民得弓，视君王与臣民都是平等的‘楚人’。”

柳贯停顿了一下，拿起茶杯喝上一口后问：“你们觉得楚王的心胸宽广吗？”

宋濂、柳因、戴良他们听了后开始讨论。此时宋濂接过话：“孔老夫子认为楚王的心胸不够宽广，他说：‘失弓的是人，得弓的也是人，何必计较是不是楚国人得弓呢？’”

柳贯听了很高兴，对学生们说："这就是楚王与孔圣人的区别，楚王作为一国国君，考虑问题是从国家的角度切入，意思是只要是我楚国人得到了弓，我就没什么损失，因为他们都是我的臣民，而在孔子的心目中，却认为不管是齐国人还是楚国人，每个人都与天下的任何人一样，都是平等的。因此，儒家学说的出发点和落脚点都在人身上，人是最为重要的，正因为儒家重视人，所以就讲'修身，齐家，治国，平天下'，而修身是一切的根本，儒家的精华在做人之道……"

柳贯娓娓道来，在闲谈中道出深刻的儒学本质，接着他又话锋一转说："老子听到孔子的说法后，提出了更宽广的说法，那就是把人这个范畴也消除掉，应该说人与天地万物都是一样的，都是造化和自然的产物，何必一定要人得弓、失弓呢？这就是'道'，道通万物，根本无所谓得到和失去，'日月之行，若出其中。星汉灿烂，若出其里'，一切得失、生灭的变化都在大道中……这就是'道'的境界。"

讲完了"道"后，柳贯又谈到了佛。他说，佛家认为楚王有"沧海之胸襟"，孔子有"乾坤之度量"，但还是言犹未尽，最终都"不能忘情于弓"，"不能忘情于我"，佛家讲的是缘起性空，万事万物都没有本性，也可以说是空的，不是真实存在的，既然说"我空""弓空"，乃至世界都是空的，何来得失？因此要"明心见性"。最后柳贯教育学生们说：做人要以"佛为心"，就是通俗意义上讲的"菩萨心肠"；"道为骨"，即要有道家的傲骨和眼界；"儒为表"，是为儒家君子的言行规范，不单指要有儒者的外表……

在轻轻松松的聊天谈话中，柳贯寥寥几句就点明了儒、释、道的个性和共性，宋濂等学生也听得明明白白，他们深为柳贯的学识所折服。

过了几天，柳贯又特地把宋濂和柳因叫到跟前，动情地说："人有千金之蓄，必留遗其子孙。亲之爱之，何尝不欲其贵且富哉？顾吾有重于千金，轻于鸿毛，无所待而长存，无所待而不灭，一言之训，贻之数十世。"其意是说："人有千金的积蓄，一定会留给自己的子孙。亲子孙，爱子孙，何尝不想他们地位高且财富多呢？不过，我有比千金还重，比鸿毛还轻的东西，不用依靠就可以长存，不用依赖就可以不消亡，一句话的教诲，可以留给几十代子孙……把一身清白留给子孙，是很丰厚的，不要认为我吝啬啊！"

他深深地看了一眼宋濂，对着柳因说："宋濂是一个值得信赖的人，你们以后要像亲兄弟一样相处。""谨记先生教诲。"柳因忙不迭地回应道。"那我们以后就是亲兄弟了。"柳因紧紧地抱住宋濂，时年柳贯已六十五岁，自此后宋濂与柳因相处得更加亲密友善。

柳贯去世后，宋濂与戴良一起编写了《柳待制文集》，还经常去柳因家训育柳因的儿子，帮助柳家处理一些家事。不久，柳因干脆就迁居到金华潜溪伏龙山，与宋濂做了邻居。

据《蜀山柳氏宗谱》记载，宋濂胞兄宋渊的孙女，即宋濂侄孙女还嫁给了柳贯的孙子柳檖，从此柳宋两家有了亲戚关系。

有诗曰：

亦师亦友情义深，谈经论道出同门。
德邻而居学孟母，留得清白惠子孙。

第11回

七星伴月耀北辰　水起风生六百春

诗赞：源溯姬周历史长，双峰灵聚畈田庄。
七星伴月宗祠灿，八卦环村人物芳。
武帅文魁娇子耀，湖波埠水丽珠镶。
堰河保姆闻天下，泰斗英名四海扬。
——蒋光成《畈田蒋村》

却说断尾龙目睹了柳、宋两家的深厚情谊，想起了“孟母三迁”择邻而居的故事，悟出了这样一个道理：人的本性是善良的，智慧是没有穷尽的，觉悟的程度也是无止境的，但个人的主观努力与客观条件是分不开的。孟母之所以教子有方，与尽可能为孟子创造良好的生活和学习环境是分不开的。柳因的择邻而居，也不正是因此吗？

离开伏龙山村，前方就是畈田蒋村了。

这畈田蒋村，虽然不算大，可一看就气度不凡。但见眼前西北方双尖山高大雄峙，主峰卓然拔起，俨然一支通天巨笔，好似一条行龙辞楼下殿，逶迤跌顿往东南而来，几经辗转，至畈田蒋村与伏龙山村，是一清逸秀丽的笔架山。旁边山峦叠翠，葱葱郁郁，文脉气蕴昭然眼前。右侧天马行空气势汹涌……杨公《逐吉赋》云:“巽见辛为文道之士，更得乾艮冲宵，富贵伊谁而道……三吉凌云，虽十余里何嫌于远；六秀插汉，纵数百步亦不为疑。”更有村西方的坤申水，辛戌方的冠带水，壬子方的潜溪水悠悠畅畅流淌而来，聚聚停停，曲曲弯弯，恋恋不舍绕村往南流去……

“如此符合法度的村庄布局，真是天人合一，恰到好处啊!”断尾龙暗暗称奇。

再往前行，断尾龙来到了“蒋氏宗祠”，一看，更是惊叹不已。这“蒋氏宗祠”，又名乔山凌水祠，坐落在村口的中心位置，门前星罗棋布大大小小七口池塘，从不同方位环拱着宗祠，呈现“七星伴月”之奇观。而这七口池塘都是贯通的，小星塘的水最后都汇聚到月塘里，形成了一条活的水脉，真是“玉带金城龟蛇会，七星伴月赐蒋公”。

说起这天造地设的“七星伴月”布局，还有一段传奇故事。

相传很古很古的时候，双尖山的那边住着一家曹姓员外，这曹员外有个儿子，天资聪明，三岁时就能诗书琴画，人们都把他视为神童。

曹员外望子成龙心切，找到了一个知识渊博的孔先生，教儿子读书写字，习文作诗。先生尽心尽力，儿子好学上进，很快就博览群书，曹员外别提有多高兴了。

九岁那年，正赶上京城开科，曹员外想让自己的儿子赴京赶考，一来是练练手脚，经历世面；二来是如果碰上运气，说不定还能拿个状元回来。于是他就找来孔先生，试探着问：

“先生，您也辛苦这么多年了，依我看，让我儿子赴京赶考，练练手脚如何?”

“员外，这恐怕考虑欠周啊，您看您儿子如今还是个小孩子，虽然四书五经倒背如流，但因年事尚小，许多事未曾历练，理解上总是欠妥啊，您最好不要心急，还是等到下一科再考为妥啊！”孔先生苦口婆心地劝导曹员外。

谁知曹员外破口大骂：“你这无能之辈，真是误人子弟啊，我把儿子交给你这么多年，白白花了这么多银子，你连让我儿子赶考的勇气都没有，我养你干吗？明天你就卷铺盖走人吧！”

先生见曹员外一意孤行，也就无话可说。

再说当夜曹员外躺在床上，翻来覆去睡不着觉，反复琢磨着孔先生的话，觉得似乎有些道理，于是决定去找知县，让他在全县范围内先举行一次县试，摸一下底，以便心中有数。

第二天一早，曹员外拿了满满的一包银子来到县衙的后宅，知县接报说曹员外前来拜访，急急出来迎接。

“老爷大安，曹某人有礼了。”员外向知县作了个揖。“不知员外大驾光临，有失远迎！有失远迎！”知县赶忙请曹员外进了堂屋，一双眼睛直勾勾地盯着曹员外手上的银子包。

双方坐定沏上茶后，曹员外递上银子包，笑眯眯地对知县说：“大人在上，今曹某人前来有一事相求，这点儿银子，不成敬意，请笑纳。”

“好说！好说！只要是曹员外的事，本知县定当效力，请问员外何事为难？”知县接过银子包，沉沉的，足足有二百两。

接着曹员外就把儿子如何聪明伶俐，如何饱读诗书的事与知县讲了一番，然后话锋一转：“大人啊，我想求您举行一次县试，看看我儿子水平如何，也好使我心中有数，我可得靠他光宗耀祖啊，拜托！拜托！”

“这有何难，举行一次县试，也算是本县兴学重教、为国选才的一桩美事吧，在下谨听员外吩咐。”知县觉得这是一桩好事，又能收银子，又得个兴学重教、为国选才的好名声，于是马上通知四镇八乡。

不到一个月，一切准备工作均已就绪，县试正式开始了，四镇八乡的秀才们纷纷赶到县城应试。考生每人一间考棚、一支蜡烛。试题发下后，随着一声鼓响，考生们就开始答题了。

一场考试下来，经过严格的评判，曹员外的儿子才得了第八名，前七名都是县东七个村的子弟。这个结果使曹员外十分恼火，在范围不大的县试内儿子才能考第八名，若是赴京城科考，还不名落孙山！于是他找来孔先生。

“你是怎么搞的，竟如此无能，连个县试都不能得第一，我还留你何用！”

见孔先生没说什么，曹员外又补充道：“到账房结账吧！”曹员外辞退了孔先生后，心里还不解气，他思来想去：“儿子怎么会考不过东乡的那几个穷小子呢？如果让他们一起赴京赶考，儿子不是就完蛋了吗？”

“不行，一定得想办法！”曹员外满肚子的嫉妒和坏水，于是决意不让他们赴京赶考，以免对儿子形成威胁。于是他又去城里找知县，自然忘不了带上银子。

他们经过一番密谋后，没过几天，知县令兵丁去东乡这七位秀才家收租缴税，然后又在考卷上找毛病对七个秀才治罪，最后还把他们的全部书籍和笔砚都收缴了。

曹员外见知县如此尽心，心里美滋滋的，里里外外为儿子忙活着准备赴京应试。

再说东乡那七个秀才莫名其妙地受了一肚子窝囊气，一天，他们聚集在一起，抒发着心中的不满。

郑秀才先吟了两句：

腹中皆白字，头上有黄金。

赵秀才接着吟：

眼前皆赤地，头上有黑天。

王秀才不紧不慢地说："两位大哥说的都不错，官府这帮混蛋为虎作伥，欺压百姓，总有一天上天会惩治他们的。不如改成：眼前皆赤子，头上有青天。"

其他几位秀才听了哈哈大笑起来，齐声夸道："改得好！改得好！"

但不管怎样，他们总是发泄不了心中的悲愤，于是一起来到江边的一家小酒店喝起酒来。

今朝有酒一起醉
莫把年少青春废
来一杯
再来一杯
我们痛快醉一回
……

他们边喝边唱，不觉中已酩酊大醉。七人跌跌撞撞来到江边，毫无目的地到处晃荡。

"救命啊！救命啊！"忽然，不远处有人在呼救，七个秀才都吓出了一身冷汗，赶忙循声跑过去。只见一白发老头掉进江中，正在挣扎着。

大家也没想那么多，纷纷跳进水里，一起救起老头。

但见这老头，白发白胡须，标准的鹤发童颜，相貌清秀高雅，眉目分明，瞳孔是纯粹的漆黑，好似宇宙无尽的深渊，看他一眼，你便有一种要被他吸进去的错觉，鼻梁挺直而柔润，肌肤不是纯白，而是温润细腻宛如玉石……

“真乃华夏意蕴，仙风道骨也！”七个秀才甚是好奇，酒气早已散到九霄云外了。

“书！书！我的书！我的书！”那老头被救上岸后，立马用手指了指江心，大声叫喊起来。

秀才们回过神来，七双眼睛齐刷刷地朝老头所指的江心看去，见水中有个大书箱，随着水波一上一下，忽浮忽沉地摆动着，郑秀才没多想，又重新跳回水中，把书箱捞上了岸。

大家七手八脚地把书箱打开，以为肯定是湿透了，可打开一看，因箱子密封得好，书籍只是弄湿了一点点。

秀才们赶忙把湿书拿出来，摆在江边草地上晒，可不知怎么的，他们一下子被这些书吸引了。

“这可都是好书啊，是我们平日里梦寐以求的，进京赶考都是用得到的。”赵秀才边看边晒。被他这么一说，大家的注意力也都被吸引了，他们手不释卷。不知不觉太阳已西坠，大家这才想起老头来。可他们四处寻找，也没见老头的影子，只在江边的大石块上发现了两行字：

苦读诗书取功名，气死员外害人精。

秀才们顿时明白了，个个都暗自下了决心，他们抬着书箱，准备回家好好看书备考。

一路上，他们翻山越岭，很快就来到了魁星山。这魁星山坐落在双尖山覆斧岩的东南，与青遒山相邻。这里风光秀丽，景色迷人，魁星岩隐匿于葱郁林木之中，岩与林相映成趣，居岩远眺金华畈，山川缭绕，丛林碧染。魁星岩的左侧

还有一个神秘的山洞。

走着走着，秀才们已精疲力竭，实在走不动了。

“在这山洞里歇歇吧。”王秀才擦了把汗，没等大家应声，就率先进得洞去。好在大家也都正有此意，就都进洞内休息了。

不进洞不知晓，一进洞吓一跳。这洞内的奇观让他们赞不绝口，里面长满了各种形状的钟乳石，一股细流好像是白色玉带随风拂动，散成千条万缕的珠链，在夕阳的斜射下，色彩绮丽、晶莹夺目，真是“赤壁千寻晴凝雨，明珠万颗垂画帘”。

天渐渐黑下来，他们只得退出洞来。大家都坐在洞口的岩石上，远处巍峨的山峦，在夕阳的余晖之下，显得格外瑰丽。

“我们回家后还会遭到知县的欺辱，不如就在这洞里住下，苦读诗书，反正进京赶考的日子也快了。”不知是哪位秀才提出了此建议。

“好是好，但这山洞里没个灯火，漫漫长夜我们无法读书，岂不可惜。”

“是啊，三更灯火五更鸡，正是男儿读书时。黑发不知勤学早，白首方悔读书迟。没灯火，难读书，多可惜呀。”

……

大家七嘴八舌，不知不觉中，天已完全黑下来。

正无可奈何之际，忽然一阵山风刮来，刮得秀才们睁不开眼睛，大家忙把眼睛闭上，心中袭来丝丝惆怅。可不知怎么回事，等他们睁开眼时，眼前却是一片光明，只见洞口上镶嵌着七颗灿烂的明星，把整个山洞照耀得通体透亮，如同白昼。

从此，七个秀才白天靠太阳，夜晚靠明星，日夜不停地苦读，学问也日见长进。

很快，京城科考的时间就到了，乡亲们为他们送来了鸡蛋，祝愿他们金榜题名，独占鳌头。

也真是吉人天相，待到开榜日，七位秀才全都高中，而曹员外的儿子却名落孙山。

再说知县与曹员外听到这个消息后，又气又恨，可也没啥办法。一日，知县在与乡绅闲聊中，得知是双尖山魁星岩洞口的七颗星星为秀才们照明，才使得他们能日夜苦读，高中金榜的。知县就立即差衙役去打探，衙役上山看了后，情况属实，就匆匆回城向知县禀报。知县听了后，眼珠子骨碌一转，露出了一丝狡黠的冷笑。他想，这洞口的星星可是难得的宝贝啊，如果把它摘下来献给皇上，岂不是美事一桩，说不定还能连升三级呢。

这天晚上，知县亲自带人来到魁星岩山洞，果然见七颗星星在洞口放出夺目的光彩。

“太好了！天助我也！”知县高兴地叫起来，“还不快动手！统统给我凿下来！小心点，要是凿破了，我要你们的小命！”

于是衙役们就七手八脚地凿起星星来，说来也怪，凿了半天，在岩石上只划出几道白痕，那星星却一颗也凿不下来。

知县在一旁恼火了，大骂衙役们无用：“都是一群废物，连这么一点点小事都办不好，真是混账！”于是就索性自己竖起梯子，握钎抡锤，狠狠地凿起来。可连凿了好几下，仍不见有动静，他气急败坏，抡起锤子，狠狠地向星星砸去……

“轰隆！”只听得一声巨响，岩石上碎石飞溅，七颗星星一起从石崖上跳出，飞向天空。

“快！快抓住！”知县伸手想抓住星星，可不想“吧嗒”一声，梯子倒了，连人带梯一起摔向万丈深渊。

再说这七颗星星一飞就飞到了金华畈的乔山埠水旁，变成了七口清澈的池塘，围绕在埠洋塘东南，形成了“七星伴月”的奇观。

时光是世界上成就一切的土壤。不知过了多少年，义乌山塘村的伯成公路过此地，他深谙堪舆之道:“此处必出贵人也!”伯成公深为这里的灵山秀水惊叹，于是开创了“畈田蒋氏”六百年的基业。

正是：

源溯姬周，伯龄封蒋，成公兴南，看祖考相嗣，宗荣族盛三千岁。

祥发宝地，双峰钟灵，田畈毓秀，喜英才辈出，武耀中华四百州。

第12回

八卦气中潜至宝　五行光里隐元神

诗赞：沈约后裔山头下，文化名村景致佳。
八水环流元气聚，五门连网宝光发。
蝶坡北枕双溪抱，沃野南接一川遐。
宝地先贤多俊彦，岑山嗣后再春华。

却说断尾龙正惊叹于畈田蒋村的“七星伴月”建村格局，不知不觉天色已晚，他不由自主地抬起头来看看天上的北斗七星。漫漫长夜，缥缈星空，周天群星环绕北斗，群星八卦环外旋转，天地之道尽在其中。

忽然，他发现北斗七星中的第四颗星一闪一闪的格外明亮耀眼。这北斗第四星，五行属癸阴水，是天权伐星，俗称文曲星，管科甲名声，文墨官场，文雅风骚。

“此村日后必出文坛巨星也！”断尾龙兴奋异常，深深为双尖山下，潜溪流域这片方圆几十里的神奇土地感到自豪。

前面就是东山古镇了，他本想早点儿去观音庙寻求观音菩萨的开示，以早日恢复自己的功力。可眼前的“七星伴月”使他触景生情，想起了潜溪、航慈溪交汇处的双溪山头下村。

早就听说那里是八水环流，双溪怀抱，何不早日过去先

睹为快？

于是断尾龙折转回东，沿潜溪顺流而下，很快就来到了双溪山头下村。

据《山头下沈氏族谱》记载，这山头下村是“一代词宗”梁代尚书令沈约后裔的聚居地。

提起沈约，当地还流传着许多故事呢！

沈约（441—513），字休文，吴兴武康（今浙江德清）人，南朝史学家、文学家、齐梁文坛领袖，提出诗歌创作的“四声八病”说，开创“永明体”，历仕宋、齐、梁三朝，曾力助梁武帝即任，官至尚书令。

沈约出身于南方豪族世家，早年丧父，因此“孤贫”。但是没有父亲管教的沈约既没有像其他世家子弟一样不务正业，也没有自暴自弃，他自小就酷爱读书，每天都要读到深夜，沈母担心自己的儿子身体吃不消，常常劝导他早点儿休息，但沈约总是手不释卷，仍旧挑灯夜读，沈母没办法，就偷偷减少灯盏里的油，以为油燃尽了沈约就会休息了。可沈约睡在床上后，还是默默背诵白天读过的书，功夫不负有心人，沈约年纪轻轻就成了一代文豪。

梁武帝萧衍在称帝之前颇爱附庸风雅，经常与一班文士相往来，当时的南齐竟陵王喜欢招揽名士，梁武帝和沈约、谢朓等八人经常出入于竟陵王府，被称为“竟陵八友”。沈约和梁武帝关系密切，后来萧衍取代南齐皇帝自立为王，据说也是沈约和“竟陵八友”之一的范云劝说的结果。可以看出，萧衍在称帝前，与沈约是好友，关系非同一般。

齐隆昌元年（494），沈约往东阳郡（今浙江金华）任太守，恰逢智者法师楼约也要回义乌夏演为父母修墓，就一起乘船南行，到义乌后，沈约赠送楼约好多钱财，帮助他修好祖坟，然后同游金华山。金华山道士丁德静刚被青蛇咬死，长山县令请楼约除妖，法师欣然前往道观，并在那里住了一年多，辟谷静修，只以麻枣为生。沈约在金华兴建“八咏楼”，楼约却构思在修行的地方修建寺庙（后来的智者寺）。两年后，沈约卸任东阳郡太守，回京任职，楼约法师也随沈约一起离开金华，回到京城草堂寺。

梁武帝萧衍夺取南齐政权，建立梁朝后，把灭齐有功的沈约升任为尚书，封建昌候。一次梁武帝在宫中宴请群臣，席间有一道菜是豫州进贡的栗子，肉厚味美，梁武帝兴致所至，就问沈约："关于栗子的掌故，卿知道多少呢？""臣全部知道！"沈约未加思索便脱口而出。梁武帝自以为是个博学多才的皇帝，他听到沈约如此大言不惭，便说："那我俩来比一下，看谁知道得多，怎么样？"沈约见梁武帝兴致勃勃，不敢扫了他的兴，只得答应。于是梁武帝吩咐内侍取来笔墨纸砚，与沈约分别写了起来。两个人都写好后，当场向参加宴会的大臣们揭示。结果，沈约所写的典故比梁武帝少了三个，梁武帝十分得意，吩咐侍者斟酒，一连罚了沈约三大杯。

宴会散后，有个大臣和沈约一起走出宫门，悄声问道："沈大人素称博学，怎么会忘了好几个典故呢？"此时，沈约酒已半醉，笑了笑，随口答道："皇上十分好胜，我如果不让他，那会把皇上羞死。"

沈约的话很快传到了梁武帝的耳中，梁武帝认为沈约是在贬低自己，犯上无礼，十分恼火。他本想把沈约立即下狱治罪，幸亏侍中徐勉是沈约的至交，极力加以劝阻，才使沈约免于身陷囹圄。

徐勉把梁武帝要治罪的事告诉沈约，沈约对自己的失言十分懊悔，知道自己失去了宠信，便多次请求离京到外地去

任职，但梁武帝就是不准。沈约知道梁武帝不会放过自己，便终日处于忧虑恐慌之中，没过多久，他的精神终于崩溃了，人也日益消瘦。沈约认为自己活不了多久了，就写信给好友徐勉，说自己从上次宴会后才几个月，腰身已经瘦了好几寸，而且胳膊一个月也瘦了，以此推算，就知道自己不久于人世了。

徐勉接信后几次前来探望沈约，见沈约果真一次比一次瘦得厉害，就劝沈约不要过分担忧，但沈约却仍然忧虑重重，腰身一天比一天瘦，这就是传说中的“沈约瘦腰”。

据《山头下沈氏家谱》记载：沈约后裔的一支，从湖州德清迁至婺州双溪沈宅，沈约三十一世孙沈永安兄弟三人因吕仙指以胜地再从沈宅迁居现地。

相传，有一天，沈约三十一世孙沈永安公正在家里闲坐喝茶，忽见门外有一人站立：“请问功德主，能施一杯茶吗？”

永安公见此人生得道骨仙风，鹤顶龟背，虎体龙腮，一对凤眼朝天，双眉入鬓，颈修颧露，额阔身圆，鼻梁耸直，左眉角一黑痣，身长八尺有余，头披纯阳巾，给人一种神异的感觉。

永安公赶忙起身，双手作揖礼：“上仙快快请进！”那人见永安公气宇轩昂，目光深邃，身穿青衣，头戴黑帽，一派隐士风度，心里也明白了三分。

进屋后，双方先后落座。俗话说“客人为上”，永安公请那人坐到上首，自己坐在下首，那人便毫不客气地在上首椅子上坐定。永安公奉上茶，寒暄了几句后，那人便起身要走。

“功德主好茶也，能否给贫道带上一壶？”那人说完，没等永安公回应，就拿出茶壶。

“这有何难，请！请！”永安公边说边拿大茶壶，往那人的茶壶里倒茶。可说来也怪，那人的小茶壶倒，就是倒不满。

“功德主好吝啬哦，一壶茶都不给倒满。”那人笑眯眯地瞧了一眼永安公，就出了门。“还是留给你自己享用吧。”那人一到门外就把那茶壶往空中一抛。

“哗”的一声，茶水四处飞溅，前方蝶山附近立即出现了八口水塘，浑然天成一幅“外八卦”图形，这就是山头下村周围的典塘、横塘、湾塘、安塘、经塘、柑塘、破塘和思姑塘。

永安公甚为惊奇，赶忙跑过去，只见那人身背清风剑，脚踏大白鹅，化为一道白光消失在蓝天白云之中了。

“哦！原来是吕大仙！”永安公这才恍然大悟，他的眼睛跟着吕洞宾空中的那道白光，脚一步一步地往前挪，久久不能回过神来，不知不觉中，他已到了村西的蝴蝶山顶。站在高处往下一看，只见在碧蓝如洗的晴空下，是一片连绵不绝的青山绿树，各种不知名的野花在丛林间争相盛开，绽放着如云霞般绚烂的色彩。东溪、潜溪像两条飘动的玉带，缓缓流过，在村南的航慈溪汇合。八口水塘在四周呈环状分布，俨然是一个八卦，又似一朵盛开的莲花。西北的双尖山高高耸立，直插云端，似一把坚实可靠的太师椅。东南潜溪、航慈溪两岸，一马平川，沃野十里。一轮金灿灿的太阳，似一个金色的光盘，不偏不倚正落在蝴蝶山顶，发出耀眼的光芒。

“如此胜形，这般美景，真是难得啊！”永安公心潮澎湃，热血沸腾。他站在山顶，久久不愿离去。

回家的路上，他若有所思：“何不将家宅建在此处？日后必定瓜瓞绵绵，子孙昌盛也。”

晚上，他请来永进、永计两位兄弟，将白天发生的事一一讲述一遍，并提出迁居的设想。两位兄弟听了，也都深信不疑，同意迁居，永进公更是深思熟虑：“既然外形八卦已然天成，那么内核也要与之相对应，还是请人看看，规划一番吧。”永安公、永计公也都十分赞同。

说来也巧，沈氏家族中沈遨、沈遒兄弟俩是建筑设计方面的专家，特别是沈遨，任将作监簿，掌管城郭、宗庙、桥梁等土木营造。于是永安公兄弟三人就请他们筹划，经过一番计议考量，兄弟三人就开始鸠工庀材，经过几年的辛劳，一座城堡式的村落就初步形成了。

整个村庄是“开”字形布局，有五个门出入，即东、西、南、北、中各一门，其意为金、木、水、火、土五行。外部进入村庄必须通过五门，内部则可相互通行，门旁还设可供观望的洞眼。五个村门分别连接五条街路，村头一条外围大道则为车马大道，这条大道连接着金华、义乌。以外围八口池塘为“砚”，塘边置放长条石以象征“墨”，进村主街笔直对向远方的双尖山，形似笔架山，以象征“笔”，而全村宅院屋瓦一片片，象征“纸”，从而在金木水火土五行的布局中，又形成了“笔、墨、纸、砚”“文房四宝”。这样，整个村落就以潜溪、东溪为腰带水，并汇合于航慈溪，呈双龙抢珠状，以岑山为头枕，八口池塘为八卦，与村内“五行”“文房四宝”相呼应，非常精准，可谓匠心独具，并且寓意也十分美好，可激励全村人发奋读书，勤劳耕种，努力向上。几百年来，山头下沈氏一族宗亲族和，永续祥福，人丁兴旺，谱写了许多动人的篇章，留下了许多感人的故事，其中仁寿桥由来的故事，就深深镌刻在沈氏后裔和周边老百姓的心中。

山头下村西有潜溪（俗称西溪）。那时，溪上没桥，人来往，都得蹚水而过。那一年的梅雨季，雨水特别多，一连下了一个月，山洪咆哮，像一群受惊的野马，从山谷奔来，势不可挡。暴涨的溪水裹挟着树木、砂石，汹涌地向航慈溪奔去。潜溪边一群十来岁的小孩，牵着几头牛，骑在牛背上，欲到对岸去放牛，看到溪水如此疯狂，有些惧怕。正犹豫之际，忽然一男孩豪言壮语："伙伴们，这点儿水有什么可怕的，我先下去，待我过去了，你们再跟着来！"话音未落，只见那男孩一挥竹鞭，就离开溪岸，往溪水里去了。

慢慢地，溪水淹没了牛的膝盖，淹没了牛的肚皮，很快就要淹没牛的脊背了，那头水牛把头抬得高高的，奋力向对岸游去，骑在牛背上的小孩，紧紧地拉着牛绳，一颠一颠地，开始摇晃起来。忽然，一个浪头过来，猛烈地向牛撞去，瞬间，连牛带人都没了踪影。"糟啦！糟啦！"岸上的小孩一片惊呼。片刻，浪过去了，只见牛还在溪水里挣扎，可牛背上的小孩却不见了……

一年又一年，潜溪几乎每年都要发大水。滔滔洪水，浊浪排空，人们隔溪相望，几百年来，多少人因过溪被洪魔吞噬，多少牲畜、财物被洪水卷走，村民望溪兴叹，愁肠百结，欲哭无泪，他们多么盼望有一座桥啊！

却说山头下村有一位富甲一方的绅士，系沈约第四十一代孙，人称感卿公，育有五子，子孙满堂，这年刚八十，子孙们张罗着要大办寿宴，风光一番。

那天用过晚餐，感卿公把五个儿子叫在跟前说："儿啊！你们张罗着为我祝寿，为父别提有多高兴了，足见你们的一片孝心啊！"

"应该的，父亲您辛苦了一辈子，给我们留下了这么多的财富，这点儿孝心是我们应该尽的啊！"五个儿子异口同声地说道。

"可是，你们可懂大德必寿、美德延年的道理？"感卿公话锋一转，反问五个儿子。

这一问，可真把五个儿子问倒了。于是感卿公就给儿子们讲起了鲁哀公请教孔夫子的故事。

有一次，鲁哀公向孔子请教："夫子，是聪明有才智的人比较长寿，还是心地仁慈、厚道的人比较长寿呢？"

孔子回答道："是这样的，人有三种死法，并不是他寿命到了，而是自己折损掉的。第一，比如起居没有定时，饮食没有节制，时常让身体过度疲劳，或无限度地放逸，这些都是因自己不懂爱惜身体，使身体受到损伤，这样，疾病就可以夺去他的生命。第二，居下位的人却无视君王，以下犯上；对于自己的嗜好欲望，不肯节制，贪求无厌。这样的人，刑罚也能夺去他的寿命。第三，人少却去冒犯人多的人；自己弱小，却还要欺辱强大的人；愤怒时不懂得克制自己，意气用事，或者不自量力，不计后果地行动。这样，刀兵战事就可以让他夭折。像这三种情况，病杀、刑杀、兵杀，是死于非命，也是咎由自取的。"

感卿公喝了口茶，接着说："而仁人廉士，他们行动有节，合乎道义，喜怒适时，立身行事有操守，懂得培养自己高尚的情操，他们得享长寿，这就是仁者寿的道理啊！"

五个儿子聚精会神地听着，可感卿公又话锋一转，意味深长地说道："我别无所求，夙愿是在西溪之上造一座石桥，以方便行人，你们还是把祝寿的银两用于造桥吧！"

"谨记父亲教诲。"五个儿子也通明事理，当场就在父亲面前承诺了造桥的事，并立即着手准备。

三年之后，感卿公弥留之际，仍念念不忘他的宏愿，对造桥公益耿耿于怀，至死萦绕，遂唤来儿子于榻前嘱咐："吾无所恨，所歉者，西桥未成。"

他的五个儿子谨遵遗嘱，料理完父亲的后事，继续造桥。

再说这造桥，最重要的是基脚，必须把表面松软的土层和泥沙淘尽，才能安砌石料。但这清土挖沙谈何容易？在挖基坑时，总是浸水不断，全靠人用木桶将浸水一担一担挑走。白天边挖边挑，还勉强过得去，一到晚上，停工了，水就越积越多，天亮后又把基坑填得满满的，要挑干才能施工，而这潜溪的水又特别旺，几十个人挑水都无济于事。“怎么办呢？”众人一筹莫展，感卿公的五个儿子更是心急如焚，“这样下去，桥何时才能造好啊。”可又能怎么办呢？

说来也怪，有一天早晨，工匠们来施工时，基坑里只有一点儿水了。

“难道是挑水工昨晚没休息，挑到天亮吗？”工匠们怀疑起来。可一问，挑水工们昨晚根本没有挑水。

“这就怪了，这水怎么一下子就变少了呢？”大家心里都不明白。

“嘿！这基坑边怎么有这么多龟鳖的脚印？”不知是哪位细心的工匠指着污泥中的道道印痕说。众人看了也甚觉奇怪，但也想不出个所以然来。

“不去管它，我们动工吧！”工头发话了。大家七手八脚地干起来。

就这样，一连三天，基坑里面都是这样，只留有少量的一点儿水。

第四天晚上，负责挑水的民工半夜起床观察，只见基坑边暗发金光，且听去有“吱，吱”的吸水声。“是怎么回事？”挑水工踮着脚尖，轻轻地走向前去看个究竟。

借着微弱的金光，挑水工看清了，原来是一只硕大的金龟把长长的头颈伸进基坑内吸水。

“哇！”挑水工惊叫起来，那金龟被突如其来的叫声惊着了，化作一道金光消失在茫茫夜空之中了。

原来感卿公积德行善，为民造桥的事迹惊动了天庭，玉帝见工匠们无法排水，难以施工，就派瑶池金龟下凡来帮助。

金龟象征着仁慈、吉祥、长寿。两年后，桥建成了，为了铭记感卿公，也感恩上苍的助力，沈氏子孙就把该桥取名“仁寿桥”，并把这三个字镌刻在石桥上，同时也刻上“沈感卿清道光二十三年”字样，真是：

麒麟岩边耕心田，航慈溪畔得永年。
未曾祖上播德善，哪有子孙福绵绵。

第13回

沈亭豪深山神游　小太公海上夺宝

诗云：苍木依峰雾如烟，袅袅扶摇在云间。

　　　敢问仙君往何方，遥指深山百丈潭。

却说断尾龙深深钦佩感卿公的仁义之举，他满怀敬意来到仁寿桥。这是一座长约20米，宽约2米的三孔石桥。桥面用几块条石平铺而成，桥墩形似两只激流勇进的船头，屹立在汩汩潜溪水流之中。经过岁月洗礼的桥体已斑驳陆离，桥面也被青苔覆盖。桥西头的六角亭，亭尖是深沉的枣红，亭柱是古老的墨绿。石桌、石椅灰中带白，组成一幅秀丽的图画。亭旁绿树掩映，流水潺潺，蜂歌蝶舞。几个顽皮的小孩围在一位白胡子长者周围，正津津有味地听着山头下村沈亭毫的故事。

这沈亭豪也不知是哪朝哪代人，只知他自幼父母双亡，孤身一人，生活十分清苦，靠砍柴为生。

这一年正月初一，沈亭豪起得很早。天还未亮，就磨好柴刀，背上柴冲，到双尖山砍柴。因为平时砍柴的人多，柴草已所剩无几，他从这坡爬到那坡，有时还攀上悬崖峭壁，不管是茅草还是刺藤，见柴就砍。不知是不是大年初一百事

顺利的缘故，快到中午时，一担柴就砍好了。他割来葛藤，把柴绑为四束，插上柴冲，一副担子就准备好了。下山前，他去拿炒米袋，想和着山泉水填饱肚子后再挑柴回家。可走近一看，一只金毛松鼠在一个劲地吃他的炒米，满满的一布袋炒米已基本上被吃光了。他怒火不打一处来，随即把手上的柴刀瞄准金毛松鼠“啪”的一声扔过去，不偏不倚，正中松鼠的头部，只听得“吱”的一声惨叫，松鼠立马口吐鲜血，倒在炒米袋旁边。

沈亭豪近前一看，炒米袋已空空如也，周边稀稀落落的一些炒米散落在岩沙中，已根本无法食用。那只金毛松鼠，肚子鼓鼓的，嘴角挂着红红的鲜血，双眼流露出乞求的目光。他本想一脚踹死这个与自己抢中饭吃的可恶家伙，可当他的眼光与金毛松鼠的眼光相撞时，不知何因，心里“咯噔”一下，恻隐之心油然而生。于是他蹲下身子，仔细观察了这只松鼠，断定是只快要生产的母鼠。

“怪可怜的，我下手太狠了。”沈亭豪自言自语，不由自主地抱起金毛松鼠，他用树叶擦去松鼠嘴角的血，又来到山泉旁，捧起水一口一口地喂，一个多时辰过去了，松鼠虽没断气，但仍然奄奄一息。

沈亭豪抬头看了看已偏西的太阳，依依不舍地放下松鼠，用树叶盖在它身子上，还不放心，又捡了些石头把周围垒起来。“听天由命吧，我已无能为力了。”他忍着饥饿，挑起柴担，一步一回头，离开了松鼠，回到家里，天已煞黑。

这天晚上，沈亭豪梦见白天那只金毛松鼠，头戴皇冠，脚踏辇车，由无数的小松鼠前呼后拥，来到他家门口。辇车停稳后，一列手执仪仗的士兵整齐地排列起来，站在沈亭豪家门的东侧，一动不动。还有一列随行仪仗，七手八脚地扶着金毛松鼠下辇车。看见这只偷吃了自己中饭的松鼠，沈亭豪一下子怒气冲天，三步两脚蹿出门去，一把将金毛松鼠抓住说："你偷吃了我的中饭还不罢休，现在还带了这么多士兵抢到家里来了，我与你拼了！"正用劲之间，一觉醒来，原来是个梦，吓出了一身汗。

"这松鼠怎么样了，难道死了不成?"沈亭豪再也睡不着了，越想越不对劲，干脆起来，扛起柴冲就往双尖山跑。

山路蜿蜒，狭窄的路径，两边都是野草荆棘，寒冷的风吹着。

约四更时分，他来到昨天砍柴的山岭，没来得及放下柴冲就急忙去寻找安置金毛松鼠的地方。

只见前方出现了一座高大的城楼，上面挂着一面金黄色的旗子，城楼中间是一扇深棕色的门，再后面，是一排排高大雄伟的宫殿……

沈亭豪不由自主地向城门走去，只见守门人正想关门。这时听见大门上面的一只鸟叫了起来："沈亭豪没到，城门不能关！"

叫了三声，守门人真的不关门了。

沈亭豪听到这声音，加快步伐向城门走去，看着很近，却总是走不到，守门人又想关门了，大门上面的那只鸟又叫了起来："沈亭豪没到，城门不能关！"

守门人一脸无奈，打着哈欠，又坐着等。

沈亭豪走啊走，终于来到了城门跟前，正想进城，可那守门人又在关门了。

"不要关上，不要关上，我还没进城呢！"沈亭豪大声喊起来，飞快地跑过去。

守门人一看，是个樵夫，穿着一身破烂的衣服，怒吼道：

“就你这个臭樵夫，还要我辛辛苦苦守大半夜，我还以为是什么大老爷未驾到呢！来呀！把他捆起来，关进柴房。”

守门人一声令下，四个卫士一股脑儿上前，给沈亭豪来了个五花大绑，他就这样莫名其妙地被关进了柴房。

这柴房布满蛛网，落尽灰尘，破烂不堪，岁月的斑斓在发黄的墙上刻画着裂痕，地面被雨湿润后更是滑腻至极。沈亭豪找来找去，竟没有一处能坐下歇歇的地方。

“沈亭豪，你怎么现在才到呀！”突然这屋里出现了一个须发花白的老者，这老者看上去衣着朴实，平易近人，慈祥可亲。

“您是……”沈亭豪甚觉奇怪，一脸疑惑。

“我是这柴房里的藏神，在此等你多时了。”那老者笑眯眯地对沈亭豪说。

“您等我有事吗？这是什么地方？”迷茫的沈亭豪一连串的问号。

“沈亭豪，你的好运来了，这柴房地下有数不尽的金银财宝，是萧皇太子留下的，你把它挖掘出来，有享不尽的荣华富贵。”

“什么？金银财宝，荣华富贵？我不是在做梦吧！”沈亭豪惊讶万分。

“记住，就在这堆石头下面，从这里挖下去。”老者指了指冷屋西北角的一堆石头，再三叮嘱。说完，就不知去向了。

沈亭豪自然地向西北角望去。突然，天已经大亮了，柴房也没了，自己已在双尖山背面的百丈龙潭边。

“有这等怪事，真的遇到神仙了！”沈亭豪心神不定，看龙潭西北角真有一堆乱石，横七竖八地摆着。

清晨的第一缕阳光照进了山谷，整个世界仿佛由地狱变成了天堂。山岭上花团锦簇，树木葱茏。空气中，荡漾着梅花的幽香和草木的清香。两股香气交织在一起，令人如痴如醉。一声鸟鸣划破了黎明的寂寥。火红的朝阳，正从山冈上冉冉升起。

“就在这堆石头下，从这里挖下去。”沈亭豪想起了老者的叮嘱，向那堆乱石走去。他不慌不忙地将石头一块一块移开，当搬开第九九八十一块石头后，奇迹出现了：他看到五颜六色的金银珠宝层层叠叠，不计其数。

沈亭豪的心怦怦乱跳，又激动，又惧怕。他砍来竹子，编成竹篓，把这些金银财宝装进竹篓里，然后用柴草遮掩着，一担一担挑下山来。每天太阳一上山冈就开始挖宝，一连半个月，终于把这些金银财宝如数挑回了家。

最后一次挖完宝，他点上蜡烛，虔诚地祭拜了天地日月，山神土地。

“行善积德，扶贫济困。”忽然，沈亭豪又听见城门上那只鸟的叫声，还是一连三遍，叫完后又消失在丛林中了。

再说沈亭豪得了这些金银财宝后，谨记“行善积德，扶贫济困”的教诲，四邻八乡的公益事业都有他的参与，扶贫济困就更不要说了。

也是命里有时终须有。那年，皇家寺院要造一口金钟，贴出了榜文，说谁能够捐一万两银子，就官封一品。沈亭豪得知后便揭了榜文，拿出十万两银子用于寺院造金钟，此举使得龙颜大悦，皇上亲自封沈亭豪为一品官。

沈亭豪在京城做了大官后，还是年年都回山头下祭祖，自然少不了亲自登上双尖山去祭拜山神，不忘生他养他的这片神奇土地。凡乡里人到京城办事或赶考，他都鼎力相助，所以就有了潜溪沈氏“十八个朝里官，一斗粟米官”之说。

断尾龙在仁寿桥头，听沈亭豪的故事，正听得出神，这时他想起了“命由己造，相由心生”的典故。据说唐朝的宰相裴度少年时也与沈亭豪一样，贫困潦倒。一天，在路上巧遇一行禅师。大师看了看裴度的脸相后，发现裴度嘴角竖纹延伸入口，恐怕有饿死的横祸，因而劝勉裴度要努力行善。裴度依教奉行，几年后又遇到一行禅师，大师看裴度目光澄澈，脸相完全改变，就告诉他以后可以贵为宰相。裴度脸相的改变，使大师甚觉奇怪，就问裴度是怎么改变的，裴度说他什么都没做过，只是归还了主人一条自己偶然拾到的玉带而已。于是大师就告诉裴度：“你前后脸相有如此大的变化，原因就是不断行善断恶，耕耘心田，相随心生啊。”

这“裴度还带”的传奇故事，说明了凡事都有转机，人生在不断变化，正是：

富贵荣华到处求，不知命运握手中。
机缘算尽时已过，行善积德总见功。

再说仁寿桥头六角亭的那个白胡子长者讲完了沈亭豪的故事后，小孩子还是嚷嚷着要他再讲一个，长者捋了捋长长的胡子，又讲起了山头下村小太公海上夺宝的故事，这断尾龙也不愿离去，听那长者娓娓道来。

相传，明朝时期，山头下村出了个奇人，他打小就聪明伶俐，常常兜着一个红肚兜在潜溪边玩石头，两岁时就已力大惊人，能搬动三五十斤重的石头。说起话来也有些老成持重，与他的年龄不大相符，因此大家都称他为“小太公”。五岁那年，他与小伙伴们在溪边玩耍，摔跤时不小心把邻居家的小孩子摔伤了。小太公的娘知道后，就立马煎了两个荷包蛋送过去，以示歉意。回到家后，不由小太公分说，就把他狠狠地打了一顿。小太公见母亲正在气头上，也就凭母亲怎么打，怎么骂，不哭也不闹。母亲见小太公如此倔强，更是火上加火，把他推出门外，扬言不要他了。

小太公坐在溪边的鹅卵石上，无精打采，不知该怎么办好。

"小崽子，你在想什么呢？"忽然，有人在背后问他。小太公转过身去，只见一个头戴方巾，身穿八卦衣的道士，站在他身边。道士笑眯眯地对他说："站起来吧，男子汉要像个样子，被娘打了一顿就这么窝囊，有出息吗？"

"你怎么知道我被娘打了？"小太公甚觉奇怪，立马就站了起来。

"男子汉当志存高远，保家卫国，你可知少壮不努力，老大徒伤悲？"那道士没正面回答小太公的问话。

两个人在河滩上谈了一会儿，不知怎的，小太公竟乖乖地跟着这道士走了。

原来，这是个凤阳的道士。他见小太公的身子特别强健，又聪明过人，就要把一身的武功传授给他。而小太公也果然是个可塑之才，每天鸡叫后就起床练功，十八般武艺，样样都练。春去秋来，寒来暑往，一晃十五年过去了，功夫不负有心人，经过长期的刻苦学习和训练，小太公终于成了能文能武的全才。

大明嘉靖年间，浙江沿海一带倭寇猖獗，一代名将戚继光受张居正派遣来浙江抗倭，但因兵力严重不足，作战能力较低，难以取胜，于是就在义乌戚家公祠招募义乌兵。小太公早有报效国家之心，因此就踊跃应征。几个月后，倭寇又大举入侵浙东沿海地区。他们烧杀抢掠，无恶不作，并攻占州县，杀死官员。不多时，倭寇就抢到了无数的金银财宝。

为首的小田得意扬扬，准备回国。可因海上风浪很大，怕翻船，只得再待些时日。此时，小田手下的一员副将来到他身边，奸笑着对小田说："听说天台城里有一姓董的富户，家有数不清的金银珠宝，更藏有一张东海宝藏图，何不乘此机会再去大捞一把，或许能抢到这张宝藏图，我们就发大财了。"小田一听，哈哈大笑，问副将："此话当真？""千真万确！"副将拍拍胸脯，"我敢以脑袋担保！"小田点了点头。

再说天台城西确有一董姓富户，因经商而致富。相传天台县衙有时都得向他借银交国赋，确实不简单。有一天晚上，有五十个人敲他的家门，准备抢劫。董财主不慌不忙地拿出酒，供这些人吃，酒足饭饱后，再给每个人发了五十两银子，对他们说："做人应该自爱，我难道不能将你们绳之以法？"这些人领了银子叩头谢恩走了。过了五年，这些人中好多都拿了银子和礼物上门来谢董财主，说："那天全靠您的接济，我们靠这些本金好好经营，都发了小财，现在的日子都好过了，今天是来还恩的。"此事在整个天台城一时传为佳话。

有这么肥的油水，小田自然不肯错过。这天晚上，他带上了百号人，在董府横冲直撞，杀的杀，抢的抢，珠宝金银确实是捞了不少，可就是找不到那张藏宝图，翻箱倒柜，挖地三尺，毫无收获。

"一群废物！"小田对手下人破口大骂，"赶快抓住董财主，一定要让他说出藏宝图藏在哪！"

"是！"这群豺狼虎豹更加凶狠，见人就抓，可就是找不到财主，只抓到了管家。

管家被这帮人五花大绑，推到了小田跟前，小田大声怒吼："赶快交出藏宝图，不然就杀了你！"

管家全身抖得跟筛糠似的，战战兢兢地说："老爷家确实有藏宝图，只听说过那图已作为老太爷的随葬品，被装在一只箱子里埋在坟墓里了。”

“坟墓在哪？赶快带路！”小田挥舞着刀剑。“是！是！我带路，我这就带路。”管家把这帮强盗带到了董家祖坟。

这董家祖坟，经过历代子孙的填土维护，已经相当高，上面也有许多古树，远远看去，就像一座小山。小田命令手下挖土搬石。三天后，墓葬被打开了，里面露出了一口巨大的棺材。小田迫不及待地命人打开。手下们用了九牛二虎之力，终于打开了棺盖，里面真的有一只小箱子。小田见了得意忘形，让手下拿上箱子走人。

回到驻地，小田逼渔夫们把在董家抢来的金银珠宝一一抬上船，自己亲自提着箱子到舱室坐定，关上门窗，准备打开箱子看藏宝图。

再说为小田抬金银财宝的那些渔夫，好些都是“戚家军”打扮的，他们上了船后，趁夜黑风高，就躲到了各个角落，没有下船，其中也有山头下的小太公。

足智多谋的小太公早就盯住了小田手里的箱子，谋划着怎样才能把藏宝图夺回来。他看看舱室四周也没什么特别的警戒，只有小田一个人在舱室里，心里就有了七八分把握，凭他这么多年在凤阳道士那里学来的武艺，对付个小田是绰绰有余的。

再说小田在舱室里，迫不及待地将箱子打开，拿出藏宝图，他激动地差点儿跳了起来。这是一张历朝历代在东海海域的沉船图，显示东海上百处海域存在的沉船，有的装的是金银珠宝，有的装的是工艺瓷器，而且范围十分确定，沉船的具体年代及时间都有标明。他一页一页地翻看，发现这些图上都附着一层绿绿的粉状物，好像是长了一层绿毛似的。

小田随手拍了拍，那层绿毛飞得满屋子都是，他呛得咳嗽了几声，但他越看越兴奋，哪里还顾得上微微的绿毛粉尘。说来也怪，还不到半个时辰，他就扑在桌子上一动不动了。

“这家伙睡着了，现在正是下手的时候了。”小太公见时机已成熟，飞起一脚踹开小田舱室的门，一个箭步冲上去，剑锋直指小田的脑门，可小田还是一动不动。

“这家伙睡得这么沉，难不成在装死？”小太公顺手抓起一张椅子扔过去，只见小田“吧嗒”一声，倒在了地上，鼻孔里流着鲜血。

“不好！这舱室里有毒！”小太公这才意识到小田是被毒气窒息而死。他飞快逃出舱室，到甲板上透气。然后又立即来到操舵驾驶舱，把几个昏昏欲睡的小倭寇全部控制住，自己掌起舵来。

夜一片漆黑，伸手不见五指，外面海风在呼啸，海浪在奔腾。小太公趁倭寇熟睡之际，掉转方向，折回到岸边，正当倭寇们“哇啦哇啦”叫个不停的时候，岸上的戚家军已一个个跳上了船，打死了船上所有的倭寇，夺回了所有的金银珠宝，那张“东海藏宝图”，也就自然回到了中国人的手里。

“哇！我们山头下还有这么优秀的人！”六角亭里的孩子们听完了小太公海上夺宝的故事后，欢呼雀跃，兴奋异常。那白胡子长者也捋了捋胡子，笑着对大家说：“爷爷讲累了，今天的故事就到此结束，明天继续。”

断尾龙也听得津津有味，听说明天还要继续，他盘算着明天还来不来。正是：

沈约后裔故事多，大海高山尽包罗。
岁月无痕如烟霞，是真是梦两不说。

第14回

足智多谋培土地　惩恶扬善多传奇

诗云：我心犹似天边云，忽远忽近无圆缺。
　　　爱怨情仇一肩挑，只为人间添和悦。

却说山头下村仁寿桥六角亭里，几个小孩子早就在等沈老爷爷讲故事了，他们有的躺在长椅上，一副悠闲自得、神态可掬的模样；有的坐在台阶上，互相嬉戏着，还不时用手擦擦额上的汗；有的干脆倚在树旁，学着小太公蹲桩的姿态，装出一副武林霸主的样子，神气极了。

不一会儿，讲故事的白胡子长者从村口优哉游哉地走过来了。

“爷爷来了！”不知哪个小孩眼尖，欢呼雀跃起来。大家立刻安静下来，一个个端端正正地在亭沿的长条凳子上坐下来。断尾龙此刻也像个小孩子一样，期待着沈老爷爷早点儿来，猜测着今天会讲什么样的故事。

“都来了吗？”沈老爷爷笑呵呵地扫视了一遍眼前这些孩子。在大家给他留着的靠柱子的位置坐定。“今天啊，就给你们讲讲‘培土地’的故事吧。”他像是在征求孩子们的意见。

“好啊！好啊！爷爷讲什么我们就听什么。”孩子们充满了期待。

“要说这‘培土地’，究竟是何许人也，谁也说不清，只知道他姓吴，名培土，在金东义西一带很有些名气，是个乡土秀才。他精书善文，上至天文，下至地理，无不通晓，特别有智慧，如果谁要是与他作对，准会把自己弄得狼狈不堪。所以有人贬他为‘鳖土地’。”沈爷爷对“培土地”做了大致的介绍。

“现在就开始讲培土地的第一个故事。”沈爷爷还是习惯性地捋了一把白花花的胡子。

每年八月，傅村一带的老百姓都习惯去永康方岩拜胡公大帝。这胡公大帝是享誉江南的地方神，他姓胡名则，婺州永康胡库村人，是北宋时期的一名清官，他在任官期间清正廉明，颇有政绩，百姓感恩戴德，有口皆碑。在胡则去世后，人们在庙中祭祀他，将他敬若神明，他仿佛成了“有求必应”的活菩萨，每年的农历八月十三胡则生日那天，当地人都要举行隆重的仪式纪念他，从八月初一开始，来自各地的香客就络绎不绝。

这一年，培土地也与同村的几个人一同步行到方岩拜胡公。从傅村到方岩，少说也有一百多里，来回须得两三天，一般都得起早摸黑，并自带干粮。往往去的时候还是兴致勃勃，有一股冲劲，可回来的时候，却是精疲力竭，拖不动腿。

培土地他们也是一样，当他们拜完胡公从方岩上下来后，已是有气无力，于是就很想找个地方歇歇脚，讨碗水喝。

他们来到缸窑村一座泥墙破瓦房前，只见门口有个妇人在哭，培土地好奇地走过去，那妇人见有人过来，忙止住哭声问道：“客人是来讨水喝的吗？”边说边用袖口擦了擦眼泪。

“正是。请问大嫂能给一碗吗？”培土地应声回答。

妇人也没说什么，就进屋在一张条石凳上的陶缸里舀了一碗水递给培土地。

培土地接过水，咕噜咕噜一下就喝完了。妇人又进去舀了一碗，其他几个人也都过来，喝完水后干脆在妇人家门前的石凳上坐了下来。

“刚才看见大嫂在哭，莫非有什么伤心事？”培土地关切地问那妇人。

妇人看了一眼培土地，哭丧着脸说：“客人，实不相瞒，今年我家老头子种的五亩玉米，眼看就要成熟了，却一夜之间因到公塘里戽点水浇灌，被应财主家全砍了，我家也没什么收入，靠这点儿玉米维系一家的生计啊，现在玉米被砍了，我们怎么活呀！”

原来，妇人的丈夫叫胡阿三,一向勤劳朴实，尽管身体不够好，但他很爱种玉米，在他的精心劳作下，五亩地的玉米长势喜人，快成熟的玉米齐刷刷地站在土地上，像军队里正在训练的士兵；玉米上的红缨子随风飘动着，像拿着红绸子的孩子，预贺着丰收。胡阿三看了，像喝了蜜糖似的，甜滋滋啊，这是他用辛勤的汗水换来的。

为了让玉米灌浆更加饱满，他盼望着老天能下一场雨，可这秋高气爽的，哪里有雨啊。于是他就背着戽斗到附近的一口公塘里戽水。可事有不巧，胡阿三的五亩玉米地与应老财家的一片玉米地正相邻，应老财家的玉米地多，用水量也大，见胡阿三去戽水，应老财看不顺眼，几次让家丁过去阻止，而这胡阿三脾气又犟，心想这水塘又不是你应老财家的，偏要戽。这样一来二去，应老财的家丁就蛮横地把胡阿三狠狠打了一顿，并把胡阿三的玉米拦腰斩了个精光。气恨交加的胡阿三病倒了。邻里们敢怒不敢言，官府就更不用说了，

根本不理这事。胡阿三的老婆每天只能以泪洗面。

培土地和几个同行人听了此事后，个个义愤填膺，但也无可奈何。看着妇人一副绝望的表情，培土地心里涌起了要匡扶正义、惩恶扬善的想法。他从石凳上站起来，在胡阿三门前的空地上踱来踱去。

“有了！”培土地走到妇人跟前，悄悄地嘀咕了几句，妇人一脸茫然。

“去吧，快去准备吧。”培土地大声说。

很快，培土地就背着一只纱麻袋，里面装满了煮熟后的嫩玉米棒，来到应老财的那片玉米地旁，鬼鬼祟祟地在玉米地里穿来穿去，并不时传出掰玉米的声音，还故意让别人看见。

这时，刚好应老财的管家来地里监督长工干活，看见培土地在玉米地里穿来穿去，顿生疑惑。当他看见纱麻袋里装的是玉米棒时，就立马断定是个做贼的，于是就唤来几个帮手，迅速把培土地给包围起来，过不了多久，应老财也赶到了现场，他看见培土地背着一麻袋的玉米棒，大声吼道："你这贼骨头，好大的胆，光天化日之下竟敢偷本财主的玉米，快给我绑了！"

此时，培土地不慌不忙地把纱麻袋往地上一放，笑嘻嘻地对财主说："应老财，你别急，千万别急，我这是熟的，熟的！"

“一派胡言，谁跟你熟的！”应老财不理睬培土地，他又看了看培土地，确定素不相识。

“老爷，不要跟他多啰唆，我们把他抓了去报官。”那狗腿子管家一脸媚态。

“应老财，不要听他的，我真是熟的。”培土地显得十分诚恳。“别来套近乎，把纱麻袋背上，跟我们走一趟。”应老财示意手下人拉培土地上路。

培土地与应老财及一帮狗腿子很快就来到了县衙。那县官见是应老财来告状，立马升堂，只见他把惊堂木拍得震天响："大胆刁民，敢偷应老财的玉米棒，该当何罪！"

培土地一点儿也不害怕，反而壮着胆说："回老爷话，是熟的，真是熟的。"

"你与这刁民熟吗？"县官转头问应老财。

"老爷冤枉啊，我与他素不相识，何熟之有，您可千万别听他胡说啊。"应老财回县官话。

培土地听了应老财的话，故作发火状，与县官说："老爷，假如真的不熟，我甘愿受罚，凡是应老财田里的玉米，不管是老鼠咬的，被人偷的，小民一概以一赔三，不相信可以用项上人头担保！但如果真是熟的，我有两个小要求：一是赔偿胡阿三五亩玉米地的全部损失，二是用轿子把我抬回家。"

"好的，好的，就照你说的办，不要说五亩地的玉米，五十亩我也照赔不误，至于用轿子抬你回家，那更不在话下。"应老财迫不及待地回应培土地。

"大胆刁民，口说无凭，立下字据为证！"县官又一拍惊堂木。于是双方就立下了字据，按了手印。应老财心想，培土地这回输定了，他吩咐管家赶快去统计损失。

这时，培土地不紧不慢地解开纱麻袋，叫手下捡几个玉米棒拿给县官看，县官不看不打紧，一看却吓了一跳，这玉米棒原来真是熟的。他立即从座位上走下来，把整个纱麻袋的玉米棒都翻了一遍，竟没有一个是生的，应老财及众人也都怔住了，知道上了培土地的当。

县官额头上冒着冷汗，回到审判桌上，又把惊堂木一拍："按签字画押的办，应老财赔偿胡阿三家五亩地玉米的全部损失，并用轿子抬培土地回家。"说完就灰溜溜地离开了公堂。

原来培土地说的不是人熟，而是指玉米是熟的，应老财

和县官因财迷心窍，被培土地迷惑了。

“太有智慧了，培土地真了不起！”孩子们听了个个喜笑颜开，断尾龙也暗暗佩服这个培土地。

“培土地的故事还多着呢。”沈爷爷开始讲培土地的第二个故事。

相传，在金东义西一带，有个姓张的财主，为人十分吝啬，直到晚年才得一子，自然十分宠爱。一晃过了几年，张财主的儿子已到要读书的年龄了。

一天，张财主一个人在家里想：“是把儿子阿宝送到外面私塾去读书呢，还是请个先生到家里来教儿子？送到外面去又不放心，万一有个三长两短的，张家岂不是断了后？可请个先生到家里，又舍不得银两，真是进退两难啊。”

这时，张财主的夫人发话了：“你这死老头，心里就只知道钱钱钱，没有阿宝，你钱再多有什么用？”

于是张财主下定决心聘个先生到家里来，但又盘算着如何花钱少一点儿。他决定来个公开选人，自己亲自面试。

报名的人自然很多，但因为张财主开的条件太苛刻，没有找到合适的先生。过了一些时日，先生还是没找好，急得张财主夫妇天天吵架。

这事被培土地知道了，心想，近来自己反正也没多少事做，何不去试试，一来这教书育人的事自己喜欢；二来还可以补贴一些家用。可这张财主是远近闻名的吝啬鬼，得用智慧与他纠缠才是。

做好了心理准备，培土地就来到了张财主家。张财主见是培土地，先是心里一怔，但很快就笑脸相迎。

“先生是来应聘的吗？”张财主明知故问。

“正是，正是。”培土地一脸正经。

“请问先生有什么条件?”张财主迫不及待。

培土地知道张财主的为人，什么话也没说，让张财主拿过纸和笔，随手写了一行字递给张财主，并告知这就是他选聘的条件。

张财主接过纸条，只见上面写着:“无鸡鸭也可无鱼肉也可青菜一碟足矣。”

张财主一看万分高兴，马上就同意聘请培土地。双方立了字据：聘用期限暂定为三年，如称职可续聘；酬金为一年一结付，并视其情况给以奖银。

第二天，培土地就到张财主家教书了。

古代启蒙教育的教科书有《三字经》《百家姓》《千字文》《弟子规》等。培土地决定先从《三字经》入手，因为《三字经》数百年来流传甚广，家喻户晓，其内容排列也有章法。《三字经》的作者认为教育儿童重在礼仪孝悌，端正思想，知识的传授则在其次，即“首孝悌，次见闻”。

张财主也自然同意培土地的安排。

一个上午下来，培土地已是饥肠辘辘，到了午饭时间，张财主端出了一碟青菜和一碗饭。

“怎么，打发要饭的?”培土地一脸不高兴。

张财主听了，虽然不是很舒服，心里却暗暗庆幸，对培土地说:“先生，此话差矣，这可是你自己说的，咱事先可有立字据的啊，更何况这白纸黑字是你自己写的，我可没强迫你啊!”张财主得意地拿出那张字据，“你自己看看，仔细看看!”

“这就对了，按字据办事嘛!”培土地笑着对张财主说，“你读读上面那句话。”

“这还用读吗?这上面明明写着，无鸡鸭也可，无鱼肉也可，青菜一碟，足矣。”张财主理直气壮。

“老财错矣，这上面分明是：无鸡，鸭也可；无鱼，肉也可。青菜一碟，足矣。也就是说，每餐应该有两荤一素共三个菜。”培土地寸步不让。

“这……这……这……”张财主哑口无言，知道自己上当了，但还想抵赖。

“张财主啊，雇个先生这样招待可能吗？就是雇个长工，也不可能啊，如果你觉得对就照此办理吧，觉得不对，那就去见官，看看官府支持谁。”培土地不紧不慢地对张财主说。

此时，张财主已是黔驴技穷，也就只好哑巴吃黄连，天天两荤一素招待培土地。

很快到了年关，张财主还没有给培土地结酬银的意思。腊月二十八，培土地就到张财主那里要工钱，张财主正与小老婆在膳厅里津津有味地喝酒进餐。

“张财主大年金安！”培土地施了个礼。

张财主知道是培土地要酬银来了，连看也懒得看培土地一眼，自顾喝酒作乐。

培土地只好耐着性子坐在竹椅上等候。

这时，刚好张财主的宝贝儿子阿宝跑了过来，见到培土地，就嚷嚷着要他讲个故事。

“阿宝乖，先生是来向你爹要酬银的，这不，就过年了，酬银没到手，哪还有心情讲故事呢！”培土地没好气地说。

阿宝一听，就跑到膳厅在张财主面前大吵大闹：“阿爹，你快把酬银给先生，我要听先生讲故事！”

张财主这才瞥了培土地一眼：“先生，那你就讲一个吧，如果讲得让我儿子高兴，我就付你酬银，否则，今年的酬银就再说吧！”

培土地听后感到十分气愤，但人在屋檐下不得不低头，俗话说，半个铜钱都能压倒一个英雄汉，更何况就要过年了，全家还要等着银子用呢！

“那我就讲一个，你说话可要算数。”培土地对张财主说。

只见培土地清了清嗓子，讲起故事来。

很久很久以前，山里住着一户人家，只有父亲和两个儿子，这年闹灾荒，日子实在过不下去了，为了各谋生计，父子三人要分家。

父亲对两个儿子说：“儿呀，爹这辈子无能，也没给你们留下多少财产，全部的家当就只有一面锣、一个鼓和一把竹椅，你们想要哪样就自己拿吧！”

两个儿子站在父亲面前一声不吭。

“那就按规矩办吧，老大先挑。”父亲发话了。

听了父亲的话，老大先挑了一面锣，老二拿了一面鼓，剩下的竹椅就归父亲了。

刚分完家，外面突然天黑了，原来是天狗食日。

“先生，什么叫天狗食日啊？”在一旁认真听故事的阿宝突然问了起来。

“说起天狗食日，还有另一个故事呢，那是目连之母变成恶狗，逃出地狱后，想将太阳和月亮吞吃了，让天上人间变成一片黑暗世界的传说，今天就不先不讲了，还是讲父子三人分家的故事吧。”培土地摸了一下阿宝的头，继续说。

按照风俗习惯，碰上天狗食日，人们要拿着器物敲打来惊跑天狗，太阳才能从天狗的嘴里吐出来。

于是两个儿子拿着锣鼓到门外敲打了起来。老父亲没什么可以助威，只好将竹椅子搬到门前坐下，长叹道：“唉，老汉没办法救日头，只好望着你这狗杂种贪吃了。”张财主听了，气得直发抖，可他的宝贝儿子阿宝却高兴得又蹦又跳：

"骂得好！骂得好！这狗杂种真的太贪吃了！"说完，阿宝硬是缠着张财主快付先生酬银。

张财主没办法，只得结清了培土地一年的酬银。

那仁寿桥头六角亭的孩子听了，兴高采烈，欢呼雀跃。

沈老爷爷看看已偏西的太阳，想回家了，可孩子们就是缠着他，不肯让他走，硬要他再说一个故事。沈老爷拗不过孩子们，又讲起了培土地改半字救一命的故事。

那是清朝年间，楼家村出了一起命案，佃户楼长寿的妻子，用柴刀劈死了财主金贵，很快就惊动了四邻八乡。

那年秋收季节，财主金贵来到楼长寿家门收田租，嘶哑着嗓子大喊："长寿！长寿！你个穷鬼快给我滚出来！"

大白天的，又是秋收忙季，长寿早就到田里干活去了，只有长寿的妻子在家里做饭，听到有人在喊，她慌忙扔下手里的活来到门口。

"哦，原来是金贵老财，我家长寿到田里干活去了，田租再宽限几天吧，等秋收了，我一定叫他给你送过来。"长寿的妻子吴彩花向金贵解释道。

金贵见长寿的妻子吴彩花黑眉秀目、芳容丽质，有沉鱼落雁、闭月羞花之貌，早就垂涎三尺，两只鱼眼珠子骨碌骨碌地从上到下打量个不停。

"嘿嘿，长寿真的不在家？是不是听到本老爷过来催租躲在家里不敢出来，让我进去搜一搜。"金贵说完，没等吴彩花同意就硬闯进了长寿的家。

俗话说：上门不欺客。吴彩花也没办法，只好随手泡了一杯茶，恭恭敬敬地给金贵捧过来。

金贵一双色眯眯的眼睛盯着吴彩花，在接茶杯的当儿，故意捏了一把吴彩花的手，笑嘻嘻地说："好说，好说，长寿娘子好客气，就凭你一句话，本老爷还能逼你吗？”

“那就多谢金贵老财了。”吴彩花脱开金贵的手，心怦怦直跳，本能地后退了几步。

金贵此时肆无忌惮地调戏起吴彩花来。

“我的彩花宝贝，本老爷今天既然来了，总得有所收获，你家是不是真的没有谷粮，可要查看一番。”说完，他要吴彩花陪他到房中看看，吴彩花也明白金贵的鬼心肠，左闪右躲，不肯进房去。

金贵见吴彩花不肯就范，早就按捺不住了，猛扑过去，死死抱住吴彩花，在吴彩花嘴上脸上狂亲乱吻，并动手扯其衣服。

“救命啊！救命啊！”吴彩花高声大喊，可金贵已经兽性大发，哪里还理这一套，抱起吴彩花就往床上按。

“住手！”正当金贵解衣宽带时，楼长寿从田里回来了，见此状，不由得怒火中烧，一个箭步冲上去抓住金贵，要与他拼命。

金贵松开吴彩花，看了一眼长寿，蔑视地哼了一声：“就你这怂样，也敢跟本老爷比试？”

谁知金贵学过几招拳术，只见他不慌不忙地避开长寿的拳脚，一下倒踢香炉，不偏不倚踢中长寿的丹田，楼长寿哪有招架之力，随即倒在地上。金贵紧接着又是一个鹞子翻身，一脚踏住楼长寿的脊背，大声吼道：“穷鬼！识相的就快叫你老婆脱光衣服，陪本老爷云雨一番，否则，我一脚踩死你！”

“花，不能，千万不能！”楼长寿被踩在地上奄奄一息。

长寿的妻子吴彩花在一旁吓呆了，眼看丈夫口吐鲜血，苦苦挣扎，而金贵还是不罢甘休。她怒火冲天，随手抓起墙角的那把柴刀，牙齿一咬，猛甩过去，正中金贵的后脑勺，顿时污血如喷，脑浆四溅，只听得金贵惨叫一声，就一命呜呼了。

吴彩花顿时傻了眼。这时，村里人已闻声而至，一看就知道楼长寿、吴彩花闯下了大祸，大家都为之捏一把汗。

不多时，金贵家的人也赶到了，不由分说，就将长寿夫妇五花大绑，送去了县衙。

杀人偿命是千古定律，更何况是有钱有势的金财主的命，眼看长寿夫妇性命难保，村民虽然同情但却无能为力。事有凑巧，这天培土地刚好路过楼家村，他听了村民们的议论后，觉得事出有因，决定站出来为长寿夫妇主持公道，减轻他们的罪责。

再说县衙那边接到报案，又是金贵老财的命案，县官格外殷勤，没几天就调查定性，案卷结论十分清楚："吴彩花见丈夫楼长寿被金贵打得奄奄一息，情急之下，见旁边有把柴刀，就用柴刀劈死了金贵……"这样的结论，杀人偿命，斩立决是无疑了。

长寿一家老小哭哭啼啼，四邻八乡也都为长寿夫妇惋惜。

宣判那天，县衙公堂外面被乡邻围得水泄不通，培土地当然也在场。

县太爷端坐在公案之后，衙役们分列两班，经过一番例行公事后，县太爷宣判午时三刻，斩立决！真是：

秋后收租本正常，楼家赋性太癫狂。
吴氏用刀劈金爷，千古定律把命偿。

"慢！草民有话要说。"县官正欲退堂，只听人群中有人高喊。此人正是培土地。他挤到公堂前，对县官说："老爷，草民以为您的判决书有一字用得不当。"

"大胆刁民，还敢挑衅本官，何字不当，你说出来，如果说错了，同样治你的罪。"县官趾高气扬，一副得意忘形的模样。

“老爷，其实也不是一个字，只能说半个字，或者更少一些。”培土地嬉皮笑脸，在场的人都呆呆地听着，偌大一个公堂，鸦雀无声。

“快说何字！不用卖关子！”县官有些不耐烦。“其实，老爷只要把‘用’字改为‘甩’就好，事实是吴氏情急之下把刀‘甩’过去，而不能说是‘用’刀劈。”培土地神情自若，不紧不慢地接着说，“用柴刀劈死金贵是故意杀人，得偿命。而甩柴刀劈死金贵，是过失杀人，不一定判斩立决，更何况金贵有欲强奸吴氏的暴行，还将楼长寿打成重伤。吴氏的行为罪不该死……”

“对！对！不该死！”此时堂前一片骚动，大家都觉得县官宣判不公。

此时的县官，被培土地说得哑口无言，他自知理亏，碍于面子只好改判：“楼长寿无罪，当场释放，妻子吴彩花因过失杀人，监禁一年。”

公堂前一片欢呼，从此，培土地修改半字救一条人命的美谈在四邻八乡传遍了。

正是：

才高八斗培土地，扬善惩恶多传奇。
天地正气胸中留，千磨万击任东西。

“孩子们，今天的故事就到此为止了。”沈老爷爷端起茶杯，在孩子们的簇拥下，回家吃晚饭去了。

断尾龙一连三天在山头下村的仁寿桥下听故事，虽然延误了一些时间，但心里美滋滋的，觉得很充实。他盘算着明天经杨家村到傅村观音花楼。

第15回 得道通神李九娘　龙山青岩共敬仰

诗云：得道通神李九娘，呼风唤雨美名扬。
圣母麻王万民颂，龙山青岩共敬仰。

却说断尾龙听完培土地的故事后，离开潜溪山头下村仁寿桥，只一步之遥，就来到了杨家村的杨塘殿。这杨塘殿坐落在杨塘的东北角，背靠巍巍双尖山，龙山一脉曲曲弯弯伸展至此，汇入潜溪，直奔义乌江。门前杨塘明净似镜，几十亩的水面，与蓝天白云交相辉映，水天一色。绿树丛中的小殿，杏黄色的殿墙，青灰色的殿脊，苍绿色的参天古木，全都沐浴在玫瑰红的朝霞之中。

穿过一片李子树树林，沿着鹅卵石和青石板铺就的小径，断尾龙来到小殿门前，一对大门八字儿开着，上面的对联是：

求雨借风拜日月　有花无酒开春秋

三间殿房，中间端坐着一尊女神，面相圆润丰满，敦厚温和，慈祥微笑，给人一种不怒自威的感觉。

“这就是传说中的李九娘吧。”断尾龙双手合十，顶礼膜拜。

要说这李九娘可真是个传奇人物。

相传，很久以前，杨家村有杨、李、周、童、金五姓。李姓也是个大姓。那是一个风和日丽的春天的早晨，百鸟群集，鸣声相和悦耳，各种花卉盛开。村东头的李家有一婴儿呱呱坠地了。这是李公的第九个女儿了，她生得眉清目秀，聪明伶俐，长到八九岁时，更是天真活泼，惹人喜爱，乡亲们都特别喜欢她，称她为“李九囡”。

李九囡九岁那年，与两个姐姐在村口舂米，可不知怎的就是舂不出米来。姐妹三人正焦急时，忽然对面走来一个人。只见此人一身月牙白的锦袍裁剪合体，身姿清瘦挺拔，说不出的尊贵。

“姑娘们在舂米啊？”那人带着浦江兰溪一带的口音微笑着走向前来。

“是啊，不知怎么回事，今天就是舂不出米来。”李九囡见此人和蔼可亲，也就笑脸相迎。

“是吗？我来帮你们看看。”那人近前看了看石臼，接过李九囡手里的舂碓。“砰砰砰”几下，就把米全部舂好了。三姐妹感到很神奇，对此人充满敬意。这究竟是怎样一个人呢？

原来此人姓刘，名大雅，字肇文，浦江县梅江刘源村人，系“桃源刘氏”第三世祖。大雅公自幼颖异，嗜读书，笃行孝悌，寡欲谨言，因举孝廉为国子监监生，后升为福建建安县知县。

建安是八闽第一郡，历史悠久，人杰地灵。出过一千多名进士，六名状元，十名宰辅大臣，是中国历史上出千名进士的十八县之一。刘知县上任时，正巧碰上天大旱，一连三个月未曾下一滴雨。一派“赤日炎炎似火烧，野田禾稻半枯焦。农夫心内如汤煮，公子王孙把扇摇”（施耐庵《赤日炎炎》）的凄凉景象。真是理发匠碰上大胡子，刘知县对此一筹莫展。

当天晚上，他坐在书房似睡非睡，忽然看见一头大水牛在地里啃庄稼，还边啃边糟蹋，不一会儿工夫，一片绿油油的庄稼地就被弄得乱七八糟。于是他赶紧跑过去赶牛。可那牛也奇怪，他追得快，牛也跑得快；他追得慢，牛也跑得慢；他停下来不追，牛也不跑。这样追追停停，过了很久，牛突然跑进了一个山洞里，刘知县也跟了进去。洞内黑乎乎的一片，但前面似乎有一道白光在闪烁，他随白光而攀爬，过了一个多时辰，来到了一处宽敞之地。这时，水牛突然神奇般地消失了，眼前出现了一块棋盘石，有两个白须老翁在下棋。他走近一看，感觉像是在什么地方看见过这两位老翁，再三回忆，确定其中一位正是赤松子。

据说赤松子是炎帝手下的一位仙人，因他经常赤身裸体，生活在森林之中，故被称为“赤松子”，他的本名已被人遗忘了。这位赤松子有呼风唤雨的本领，曾担任过炎帝的雨师。遇干旱之季，炎帝就让赤松子求雨，逢求必应。后来炎帝过世，赤松子想到自己早晚会死，到时就没人为民求雨了，于是他索性住进了仙洞之中，修炼亿万年的长寿仙丹，使自己长生不老，永远为民求雨。

“两位仙翁冒犯了。”刘知县轻轻地走过去，跪在赤松子面前。聚精会神下棋的两位老翁突然听到有人在打招呼，感到十分惊讶。

“你是何方神圣，怎么来到此地？”赤松子落定棋子，转过身来问刘知县。

“回仙翁话，本人是福建省建安县知县，今因天大旱三个月，百姓痛苦不堪，特来为万民求雨，还望仙翁赐雨。”刘知县跪地不起。

“哎呀，这事真糟了，下棋下得连求雨都忘了。”赤松子欲起身去求雨。

“喂！棋还没下完呢，你把求雨咒语教给他不就完了吗？”另一仙翁一定要赤松子坐下。

“那也行，刘知县你听着。我把咒语教给你，你自己求雨去吧！”于是赤松子开始教刘知县咒语。

“好了，你去吧！”只见赤松子把拂尘一甩，刘知县立马醒过神来，为刚才的梦境好奇，总想试着回忆整个过程。可脑子里除了求雨咒语之外，其他的什么也记不清了。

“不管怎样，明天一早就试试。”刘知县下定决心，于是他找来手下人，连夜在城东筑求雨法坛。选高坡地，除去瓦砾及诸秽物，张设青幕，悬春幡，香泥涂拭作一方坛，坛中画七宝水池，池中画龙王宫，龙宫中有释迦如来说经法相。佛右画观自在菩萨，佛左画金刚手菩萨等侍卫。法坛东西南北四方，皆画龙王，并于坛四角，置四只清水缸。一切准备停当。

卯时三刻，刘知县身穿道服，手持宝剑，登坛祈雨。坛高约三丈，顶上放一张桌子，桌上有一只香炉，炉中香烟霭霭。两边的烛台上，风烛煌煌。只见刘知县站在桌前，口中念念有词，把赤松子教的咒语原原本本地念了一遍，接着举起令牌，高声大喊：“风神雨伯，雷公电母请听令。一声令牌响风来，二声令牌云涌起，三声令牌响雷齐闪鸣，四声令牌甘雨至。”话音刚落，只见天上乌云密布，转眼雷电交加，风追着雨，雨赶着风，风和雨联合起来追赶着漫天的乌云，整个天地都沉浸在雨水之中。房顶上，街道上，都溅起一层白蒙蒙的雨雾，宛如缥缈的白纱。

“哇！这真是一场甘霖啊。刘知县太神了！”整个建安一片欢呼雀跃。街头巷尾，山村乡镇都在为刘知县歌功颂德。皇上闻报，自是十分欢心，册封刘知县为“雨泽庥王”。几年后，刘知县又得到皇上重用，委以婺州同知等要职，成为正五品官，分管婺州地方盐务、钱粮、捕盗、江防、河工、水利、清理军籍、扶绥民夷等事务。

再说这一天，刘知县因一些民间事务微服暗访来到了杨家村，刚好碰到李九囡姐妹三人在舂米，就发生了前面的一幕。可按理说，这刘知县帮着三姐妹舂好米，也就该忙自己的事务去了。但不知怎的，他的两眼久久凝视着李九囡，总觉得这个小女孩非同一般。

“唉，我要是有这么一个可爱的女儿就好了。”刘同知膝下虽有三子，但无一个千金，顿感伤心。

事有凑巧，此时刚好李九囡她爹出来呼唤女儿们回家吃饭。他见一位气度不凡的陌生人在帮助女儿舂米，自是十分好奇，就近前去打个招呼。一来二去，他们竟有相见恨晚的感觉。每个人来到这世上，都是匆匆过客，有些人与之邂逅，转身就忘；有些人虽是擦肩相逢，却是终生难忘。就这样，刘同知与李九囡家就结下了不解之缘。李家竟非常乐意把李九囡许配给刘同知的小儿子，并很快就定下了这门亲事。

这年，李九囡才九岁，就到浦江刘同知家做了童养媳。刘同知看李九囡天资聪颖、美丽脱俗，就暗暗地把赤松子教给他的祈雨咒语等传授给了李九囡。次年，刘同知因劳累过度，不幸仙逝。临终前，他抓着李九囡的手再三叮咛：“爹爹去世后，你要挑起重任，察民情，听民声，解民忧，千万不要忘记祈雨咒语及道术。”李九囡含着眼泪，点点头，暗暗下定了决心。

八月初十，李九囡回杨家看望父母，也是老天不作美，眼看秋粮快灌浆了，可一连十几天晴热高温。如果天再不下雨，庄稼就要被晒死，秋粮将是颗粒无收。李九囡的父亲为了养活一家十来口人，每天起早摸黑，在村东头的杨塘灌田，累得他精疲力竭，瘦得皮包骨头。李九囡的母亲见九囡回来了，自是十分高兴，做了许多好吃的。刚好是下午申时吃点心时，李母备了点心放在竹篮子里，盖上毛巾，准备叫七女给爹爹送去。

“娘，还是我去吧，这么长时间没见爹爹了，我想早点儿看到他。”李九囡从母亲手里接过竹篮子，向门外走去。

从家里到杨塘，少说也有一里地，太阳火辣辣地烤着大地，天上一丝云彩也没有，水田里裂开了弯弯曲曲的大口子。小河的水也不再流淌。

“唉！这个老天爷，怎么忘记了下雨了，一连十几天了，也不下一滴雨，庄稼都枯死了，叫贫苦农民怎么过日子啊？”

突然，她想起了公公的临终嘱咐，想起了公公教她的祈雨咒语和道术。

“今天何不试试这祈雨的本领呢？”李九囡边走边思忖着，“假如这招真的灵验，能解天下大旱，那是多大的功德啊。”她越想越开心，转眼就到了杨塘。

“爹，吃点心喽！”李九囡看到爹爹一个人在一脚一脚吃力地踏着水车，她就更坚定了祈雨的想法。

“九囡，你回来了。”九囡他爹看见女儿回娘家，自是十分欢喜，一番嘘寒问暖后，就狼吞虎咽吃起点心。

“爹，你这样踏水太吃力了，我去祈一场雨来好吗？”李九囡试探着想告诉爹爹自己祈雨的本领。

“你这个小囡娘，好大的口气。说得好听，可你有这么大的本领吗？真有的话，当爹的就体面喽。”九囡爹以为小女儿在开玩笑，也没把她说的话当成一回事，继续吃他的点心。

“爹，我是认真的，等会儿祈完雨之后，我睡在田塍上沐雨，你可千万别去动我啊！”否则……李九囡一本正经地说。

“九囡，你今天怎么啦，大白天说梦话。”爹爹满脸疑惑。

再说李九囡与父亲说完后，就地一跪，用盖点心的毛巾往头上一披，口中念念有词，灵魂出窍，上天求雨去了。

大约过了半个时辰左右，万里无云的天开始有了些变化，从村西北角的太阳岭方向飘来一片乌云。起初，这片乌云还没有一张桌子大。不消片刻，这片乌云越来越大，霎时布满了整个天空。紧接着，电闪雷鸣，大雨如注，足足下了两袋烟功夫。李九囡他爹高兴地一时说不出话来。时而捧着双掌去接雨，时而看看地里的庄稼，胡子翘得老高老高的。

“这次雨下透了，今年的好收成就不用愁了。”九囡她爹开始盘算起下半年的收成来：三亩地的玉米，四亩地的稻谷，再凑上些红薯、萝卜，接下来种些荞麦，一家人一年的口粮就解决了，说不定还有点多余的粮食可养头猪，年肉又有了。这种刻在内心的自信，扬在脸上的笑容，都是因为有了这场雨。

突然，他想起九囡来。透过密密麻麻的雨点，他看见九囡仰面躺在田塍上，一动不动，全身被雨淋得湿透，不知是死是活。

“九囡，你怎么啦？”她爹一个箭步飞过去，二话没说抱起九囡就往杨塘殿跑去。“宝贝囡，你醒醒！”她爹边跑边喊。双脚刚一跨进殿门，雨立即停住了。他也顾不了这么多了，把九囡安放在地上，掀起脸上的毛巾擦起雨水来。这不掀倒无事，可这一掀却非同小可，李九囡的出窍灵魂无处归依，造成灵肉分离。

只见李九囡浑身发抖，全身滚烫，嘴里吐着白沫，不到片刻，心脏就停止了跳动。这时，忽有一道银光，直冲云霄，驾着一团乌云，呼啸着往太阳岭方向飞去。

看见李九囡不能复活，她爹悲痛欲绝，后悔莫及。村民们此时也明白了雨是李九囡求来的，于是在杨塘殿里塑起了九囡的神像，称为“李九娘”。每年八月十三，杨家人都请来戏班，在杨塘殿前公演，以示纪念。而在前三天，即八月初十，村民们按惯例抬出李九娘的神像，面向太阳岭方向，点香烧纸，求神降雨。

再说浦江刘源村那边得知李九娘灵魂出窍，造成灵肉分离的消息后，立马赶到杨家村，将李九娘的肉体接回，妥善将其安葬，并在青岩山仙圣殿里塑造了神像，敬奉其为“刘九圣母”。

这浦江刘源村三水汇聚，六气氤氲，村北的回龙山海拔虽然不高，但一峰独矗，傲视四野，东南西北上下六面气流回旋，有龙腾于渊之气势。村南的青岩山，云遮雾罩，林木茂密，曲径通幽。村东有和尚源，是大唐时期的寺庙，大和尚贯休曾在此驻足。每年从正月十二到十八，村中树滋堂内，摆放着两座香鼎，内供奉着“刘九圣母”“雨泽麻王”的神像。自古以来，浦江刘源村以迎香鼎传承祖风，每年正月十二都要敲锣打鼓，把“刘九圣母”“雨泽麻王”分别从青岩山的仙圣殿和回龙山的回龙庙里接出来，抬香鼎的人身穿统一的红色马甲，时辰一到，鸣锣开道。“国泰民安”“风调雨顺”两排灯在前，接着是两座各四人抬着的香鼎，一前一后，旁边有花烛、旌旗等。一路浩浩荡荡走村串巷，热闹非凡。

而金华杨家村这边，每逢干旱，也总是去浦江的刘源村接“李九娘”回娘家降雨，每每都十分灵验，不时发生点插曲。

那是傅村镇西北的水阁村，有一座本保殿，殿中有本保老爷、本保娘娘等八尊神像。相传，这本保老爷胡氏是水阁本村人氏，他一生为水阁村村民治病，解忧去愁。而在水阁村村民心中，他就是一个慈祥的父亲。

据传，这水阁村的胡氏是在元代至正年间从源西的尖岭脚村出生，择地而居于此的。而尖岭脚的胡氏与浦江的刘源村又有一些亲戚关系，排起来李九娘还是水阁村本保老爷的表妹。

每年八月初十，雨神李九娘都要从浦江刘源村的青岩山仙圣殿来傅村杨家村的娘家降雨，而水阁村又是必经之路，李九娘驾云途经水阁村上空时，念其表哥，总要将雨留点儿在这里，而重点却是放在傅村杨家村一带。这对饱受干旱之苦的水阁村民来说是何等的伤心，他们眼睁睁地看着雨云都向杨家村方向飘去，水阁村即使下雨，也少得可怜。于是，村民们只好到本保殿去磕头烧香，请本保老爷、本保娘娘出点儿力，给水阁村多下点雨。

“这样吧，每到八月初十，我们把本保老爷、本保娘娘抬到殿门口的广场上来吧，这样李九娘路过时可以看到，会多下点雨。”一位村里的长者对大家说。

“这个办法好，就试试吧。”大家都表示赞同。于是，到了八月初十，水阁村人便把本保老爷和本保娘娘抬到殿门口的广场上，张灯结彩，敲锣打鼓。当李九娘驾着乌云途经本保殿上空时，低头一看，见表哥表嫂在为水阁村民求雨，便电光闪闪，雷声隆隆，不停降雨。以后每逢大旱年，水阁村的村民都是如此，而九娘也讲情谊，总是照样给水阁村降雨。

再说李九娘把雨降到了水阁村，可苦了杨家村。杨家村辛辛苦苦到刘源村仙圣殿接九娘，眼看快到了，却被水阁村中途拦截了。这可怎么办呢？有些村民甚至有些冲动，想到水阁村阻止他们把本保老爷和本保娘娘抬出来。但村里上了年纪的人发话了："我们强行去阻止恐怕不太好吧，水阁村也需要降雨啊，能不能求求李九娘，给水阁村另定个时间再辛苦一趟。"于是杨家村、水阁村两村就商定时间，八月初十来杨家村，八月十三去水阁村。而李九娘为了泽雨家乡，觉得辛苦一点儿也理所应当。

为了践行与杨家村的诺言，八月初十那天，水阁村还拿着绳子把本保老爷和本保娘娘围起来，不让他们出去。

这样一来，不管是水阁村还是杨家村都化解了旱情。从此大地不再遭旱，百姓不再受苦，群山披绿，到处郁郁葱葱，一派生机。傅村一带的人们都过上了富庶的生活。正是：

感恩九娘显神灵，一场甘霖大地新。
浦江金华心连心，风调雨顺遍地金。

第16回

纤纤不伐成大盗　咬断乳头悔当初

诗云：一毫之恶须提防，如不制止上大当。
养子不教酿大祸，咬断乳头痛煞娘。

却说断尾龙在杨塘殿膜拜了李九娘后，出来已近中午时分。他要穿过杨家村到傅村观音庙。眼前是一片李子林，一簇簇洁白如雪的李花已悄然绽放，远望如皑皑白雪，近看似凝霜冰花，李子林以最自然的姿态包围着整个村落，他感觉每走一步，都是在领略春天的深情。

这杨家村，地处金东义西，刚好在金华与义乌的接壤处。东临蜿蜒潜溪，绿柳夹岸；西接东山古镇，人杰地灵；起源于双尖山的龙山地脉自北而南贯通全村。整个村落四周，都是密密匝匝的李子林，香花遍野，芳草依依。杨家李，学名嘉庆李、红心李，在麦收时节成熟，饱满圆润，玲珑剔透，色泽美艳，口味甘甜，是当地人最喜欢的果品之一，曾是享誉江南的水果品牌。

村里主要有“杨”“李”两大姓，杨家村的人自古以来热情好客、抱素怀朴、彪悍正直。

可不知是哪朝哪代，杨家村出了个李金玉。

据说金玉父亲早逝，和母亲过着衣不蔽体、食不果腹的生活，这年梅雨季节，山塘小溪都涨满了水。俗话说：涨水鱼，落水虾。大雨过后涨水是抓鱼的最好时机。小金玉和几个小伙伴们在龙口塘附近的小溪里抓鱼。他们先用一块门板将塘里流出的水截住，然后在小溪的下游拦着一只网兜，水退时，鱼就纷纷落入网中。没多时，就抓了满满的一篓。小金玉高高兴兴地拎着鱼篓回家了，还没踏进家门，就高声大喊："娘！我抓了好多鱼，今天我们有好菜了！"

李金玉的母亲是一位地地道道的农村妇女，一生都在辛苦地忙碌着，年纪虽不大，却已银发丝丝。她的皮肤灰暗，常年累积下的风霜在她的脸上留下深深的皱纹，一双眼睛满是经历风霜后的沧桑和无奈，仿佛早已习惯了苦难。

"儿呀，这么大的雨，你怎么去抓鱼了，看你满身都湿湿的。"李母看着儿子手里拎着的鱼篓，并没有露出欢悦的神色。

"娘，快把鱼烧起来。"小金玉把鱼篓递给李母。李母迟疑了片刻，慢慢地伸出手，接过了小金玉的鱼篓。"好沉啊，有好几斤呢！"李母看了看鱼篓，有活蹦乱跳的鲤鱼，有玲珑雅致的鲫鱼，还有长须阔口的鲶鱼，更多的是身形修长的小白条。

"儿呀，不是娘不给你烧鱼，而是我们家太穷了，连煎鱼的油也没有，不信你自己去看看油瓶。"李母面带难色，叫小金玉把菜厨里的油瓶拿出来看看。

"有了鱼，没有油咋办呢？"小金玉两眼骨碌骨碌地转个不停，想到鱼的鲜美味道他直流口水。

忽然，他转身走到了灶台前，拿起平常盛饭的竹碗，二话没说就往外跑，弄得李母丈二和尚摸不着头脑。

杨家村的老街上有间油盐店，平日里村民们的油盐酱醋都是这里买的。小店只有两间小房子，看上去有些东倒西歪，十分陈旧。一进店门，正面是柜台，柜台的后面置一橱柜；柜上有架子，架子上放满了各种陶罐，内置酱菜；柜台下面有几个大抽屉，抽屉下面的坛坛罐罐、小木桶等都盛着盐酱醋；靠北的墙根边有几只油缸，装着满满的菜籽油，香气四溢。

小金玉赤裸着上身来到油盐店前，看到里面有的顾客在挑物品，有的在付铜钱，店主忙得不可开交。他灵机一动，把夹在腋下的竹碗在空中抛来抛去，并看准油缸，故意一失手，竹碗掉进了油缸里。

“呀！我的碗，我的竹碗掉进油缸里了！”小金玉大哭大喊。“竹碗掉进油缸里有什么好哭的，你自己捞起来就是了，你看还浮在上面呢。”店主用手指指那油缸，自己又招呼顾客去了。

只见小金玉边哭边快步飞到油缸边，乘机舀起一碗油，往肚皮上一蒙，就飞快地往家跑。“娘，油来了！”小金玉到家后小心翼翼地把吸在肚皮上的油拿下来，递给李母。

“儿呀，你光着上身，没有一文铜钱，这油是哪来的？”李母接过小金玉满满的一碗油，好奇地问道。

小金玉把刚才的事一五一十地与李母说了一遍，一副沾沾自喜的模样。

“儿呀，你真是聪明机智，是娘的好孩子，娘这就为你煎鱼。”李母一边把竹碗里的油装进油瓶里，一边得意地夸奖小金玉。这年，小金玉刚满十岁。

从此以后，娘俩就靠小金玉的小偷小摸过日子。

转眼又到了年底了，邻居们都开始置办年货，有的买肉，有的切冻米糖，有的剪布做新衣裳。小金玉家却依旧冷冷清清，没半点儿过年的气氛。

腊月初八这天，李母满脸无奈地对小金玉说："儿呀，别人家都在准备年货，而我们家这个年该怎么过呀，娘特别想给你剪点儿布做件新衣裳，可娘手头哪有铜钱啊。"

小金玉心领神会。第二天，他来到山头下村染布坊的晒场上。只见那一排排的晒架上，挂着各色各样的布匹，有茜草红，有荩草黄，有靛青色，真是琳琅满目，五彩缤纷。小金玉看到这些布料后，便灵机一动，走到晒场，大模大样地把一条靛青色的布一卷，背起就跑，嘴里不断喊着："大儿子穿得，我小儿子怎么就穿不得？"看守人被小金玉弄得莫名其妙，呆了半晌才醒悟过来，拼命地喊："有人偷布啦！"边追边喊。小金玉在前面也是边跑边喊："大儿子穿得，我小儿子怎么就穿不得？"周围的人听到了，都以为是他们自家兄弟在吵闹，不便阻拦。看守人眼睁睁地看着小金玉背着布匹跑得无影无踪了。

古语有云："勿以恶小而为之。"小恶小害，如不及时纠正，就会影响愈深，如在湖中投下一块小石头，涟漪不断地扩大，导致整个湖面水纹的波动，其影响的层面绝非自己所能事先预料的。李金玉也是如此。当他长到十五岁时，其偷盗的本领已登峰造极，偷盗的胃口也越来越大，已经不能满足于小偷小摸了。

有一次，他来到了东山古镇，见一位富人在自家门前的大树下乘凉，躺在竹椅上摇着扇子睡着了。脖子上的金项链细腻柔润，闪闪发光。李金玉心想："要是能得到这条项链，换上几百两银子，我们娘俩今后日子就好过了。可大白天的，这富人又似睡非睡的，怎么才能把这项链弄到手呢？"李金玉站在墙角的绿篱笆后面，两眼紧紧盯着那位富人。忽然，不知从哪里飞来一只蜜蜂，在富人的头顶上盘旋，嗡嗡嗡地吵个不停。富人在睡梦中不停地用扇子赶蜜蜂，后来干脆把扇子盖在头上又呼噜呼噜地睡过去了。

李金玉觉得机会来了，他一个箭步蹿到富人面前，一把将项链从富人的颈脖上拉下来，没等富人醒来早就跑得老远了。

李母见金玉这次偷回来如此贵重的东西，心里慌慌的，总觉得不踏实。可一想，这项链如果拿到城里卖了，以后我们娘俩还愁吃穿吗？于是又夸奖起金玉来。得到母亲的夸奖，看到她眉开眼笑的样子，李金玉心里别提有多高兴了。

再说李金玉有个姑姑嫁到塘雅含香村，含香村虽然不算太大，也是个古镇，距婺州城不到三十里地。其东临孝顺，西接东孝，东南临义乌江，与浬浦镇隔江相望。李金玉自小就喜欢到姑姑家玩，特别喜欢到江边的柳树上取鸟蛋。

这一天，李金玉又来到姑姑家，他照样在江边的柳树丛中攀来跃去，惊起群群飞鸟，正嬉戏间，只见不远处走来两个彪形大汉，龇牙咧嘴，面目狰狞，其中一个是刀疤脸，另一个长着铜铃大眼。李金玉躲在茂密的柳枝中，一动也不动。说来也巧，那两个人走到李金玉藏身的树下，就在草地上坐了下来。

“听说明日御林军护送十八桶库银从江边过，到婺州招兵。”刀疤脸神秘地告诉铜铃大眼。

“此事当真？”铜铃大眼问道。

“千真万确。我们何不抓住机会劫船！”刀疤脸显得十分有把握。

“有御林军护送，又是皇上招兵用的库银，万一有个闪失，我们自己一命归西不说，还要满门抄斩啊！”铜铃大眼有些顾虑。

就这样，两个人一个说能动手，一个说不能动，争执不下。李金玉在树上听了后，大为振奋，心想："十八桶库银，那是一万八千两白花花的银子，如能成功，将是怎样的富贵啊！"

"能动手！能动手！"李金玉在树上脱口而出。刀疤脸听了后，环顾四周，看看都没人，甚觉奇怪，就对铜铃大眼说："你听，老天都说话了，你还迟疑什么？"话还没说完，李金玉一个筋斗从柳树上跳下来。"嘿嘿！你俩的话我全都听见了，该怎么样你们自己看着办吧！"李金玉用威吓的口吻对刀疤脸与铜铃大眼说。

"你！你是从哪里蹿出来的？你是什么人？"铜铃大眼死死盯着李金玉，并给刀疤脸递了个眼色，刀疤脸心领神会，一个箭步蹿到李金玉后面，与铜铃大眼形成犄角之势。"怎么，想在老子面前表演表演？"李金玉一个浮云出岫，跳出他俩的犄角之势，紧接着一招白鹤亮翅，动作紧凑严密。

"不！不！不！小后生误会了。既然你听到了，那就说明咱们有缘，有话好说，好说。"刀疤脸看看这个乳臭未干的小白脸身手不凡，于是满脸堆笑地对李金玉说。

铜铃大眼也赔着笑脸，附和着刀疤脸："对的！对的！咱们一起谈谈。"

于是三个人坐在江边的柳树下谋划起来，并商定事成后三人平分库银。"据说这十八桶库银运到婺州后就临时存放在临婺江的银库里。我们究竟是劫船好还是劫库好？"刀疤脸双眼一会儿看看铜铃大眼，一会儿看看李金玉。

"我看还是劫船吧。你们看啊，船从我们家门口经过，如能在这里劫下，那不是方便了许多。"铜铃大眼看着刀疤脸，可刀疤脸没有附和。

“在我们自己家门口劫船，方便当然是方便。可你想过没有，官府一旦查起来，我们马上得败露，到头来恐怕人财两空啊。”刀疤脸看上去十分沉重。

“那库房是什么情况？”李金玉看着他俩，一时半会拿不定主意，就急切地问。

“听说这库房在婺江上浮桥头，因是临时存放点，所以看管没正规银库那么严密，但三面临江，四周墙壁用二十四斤砖双层砌筑，没有窗户，朝北留一大门，有重兵把守。”铜铃大眼看来对库房比较熟悉。

“那这库房有多高，屋顶怎样？”李金玉开始切入重点了。

“库房倒是不高的，也就一丈多点儿吧。屋顶自然是盖着瓦片喽。”刀疤脸扫了李金玉一眼。

“那就劫库吧，到时我从屋顶入室，你们在船上架好葫芦吊接应。”李金玉斩钉截铁地说。

一切都商定好之后，三人各自去准备作案工具，等天一黑就在柳树下集合，一同出发。

酉时刚过，天已完全黑下来，江上雾气开始升腾。三人划着两条小船悄悄地向婺州方向进发，正是：

夜里浪涌水浮空，极目江湖一望中。
迷雾漫天宇宙深，舟如竹叶信浮沉。

迷雾笼罩着江面，把周边的一切都隐去。天上一片乌云，渐渐弥漫开来，把整个天空覆盖得严严实实。时至亥时，雷鸣电闪。紧接着，风声雨声的赫赫声势，把水天风雾浑然融为一体，两条小船在风雨中飘摇……

子时初分，他们来到上浮桥头的银库边，四周漆黑一片，看不见一丝灯光。

“天助我也!”刀疤脸似乎在风雨中看到了以后的人生。

两条小船急速靠近，葫芦架很快在小船上撑起。

“小子，是你显示身手的时候了，事成之后，多分你一桶银子也无妨!”铜铃大眼好像在做战前动员。

“你们可得说话算数!”李金玉好像有些不放心。但不管怎样，巨大的利益诱惑驱动着他年轻的心。

“看我的!”话音刚落，只见李金玉一招云另升天，飞到葫芦架顶，紧接着又一招蜻蜓点水，平平稳稳地落在了银库的屋顶。凭他的身手，很快就顺利地进了银库。

这银库内的排列简单得让李金玉有些不敢相信。三间一统的房子，中间整整齐齐地摆放着十八桶库银，共分三排，每排六桶，其余的除了几根木柱外，什么也没有了。

一道闪电从屋顶钻进库房，紧接着一声响雷，把李金玉吓了一跳。他定了定神，没见什么动静，就按原计划拉动了三下绳子，两个铁钩子立即随绳子放了下来。李金玉把钩子套进银桶两边的铁环上，又拉动了三下绳子，只见银桶慢慢升起，离开地面向屋顶升去。见第一桶银子顺利地吊出库房，李金玉内心异常激动。借着屋顶的天光，他蹑手蹑脚地走到库房门口听听动静，除了风声雨声雷声外，什么也没有，一切平安无事。

过不多时，铁钩子又放了下来。就这样，不到半个时辰，就吊出了十六桶银子。忽然，“砰”的一声响，打破了库房的沉寂，李金玉一个箭步，飞上了房梁，准备从屋顶逃出。可仔细一看，只是屋顶掉下了一片瓦片，原来是虚惊一场。此时，一个念头在李金玉的脑海里闪过。于是他立即跳下屋梁，镇定自若地走到第十七桶库银前，用力打开盖子，白花花的

元宝暗发银光，他用手摸了摸，一咬牙，就捧起元宝一个一个往外搬，把整个银桶都搬空。然后自己坐进去，待铁钩子放下来后，他扣好钩环，按上银桶的盖子，不多时就到了船上。

“快！放好银桶立即行船。”刀疤脸在铜铃大眼的耳边急促地说道。

“不是还有一桶吗？”铜铃大眼不解地问。

“你真是个木瓜脑袋，听我的，快走！”刀疤脸不由分说用命令的口吻对铜铃大眼说。

“还有那小子没出来，我们给他个暗号吧。”铜铃大眼有些犹豫，可刀疤脸哪里肯听，说走就走。

这一切都被躲在银桶里的李金玉听得一清二楚，他暗暗庆幸自己的果断决策。

丑时刚过，船就到家了，刀疤脸与铜铃大眼准备分赃。

“一共十七桶银子，你五桶，我五桶，还有七桶我另有他用。”刀疤脸开口了。

“这算怎么回事，我八桶，你九桶还差不多，为什么偏要留七桶，你不讲出用处，我是不会同意的。”铜铃大眼坚决不同意。两个人你一句我一句，最后吵得不可开交。正在难分难解之时，只听得“哐当”一声，李金玉甩开桶盖，“呼”的一下跳出来，一把抓住刀疤脸，“啪啪”就是两巴掌。

“好你个没良心的狗杂种，竟敢陷害我？！”

刀疤脸和铜铃大眼都被这突如其来的场景吓呆了，等定下神来后，两人都满脸堆笑，轮番夸奖起李金玉来，并愿意平分银子。

经过一番讨价还价，最终三人一致同意刀疤脸得六桶，铜铃大眼和李金玉各五桶，并说好从此各走各的路，相互不再往来。

再说婺州府十六桶征兵库银被盗一案，很快就传到朝廷那里。皇上大为震怒，即刻下旨将张知府削职为民，暂留婺州府，待案情查清后再作处置，又命京都刘臬台立刻赶赴婺州府，全力调查库银被盗一案。

奉旨后，刘臬台不敢耽搁，立即带领随员马不停蹄直奔婺州府。这一日，一行人马刚进旌孝门，迎面走来一彪人马。为首一人身材矮胖，圆墩脸儿，颔下几绺花白胡须，高声叫道："敢问阁下可是刘臬台大人？"刘臬台驱马上前应道："正是本官，不知阁下……"来人扑通一声跪倒在地："下官张某叩见刘大人。""原来是张大人，快快请起。"刘臬台急忙下马去扶张知府。张知府却不肯起身，叫道："刘大人，请为下官洗刷冤情啊！"刘臬台笑道："张大人请放心，下官上承圣恩，必将全力以赴，只是婺州府境内风土人情，下官多有不熟，还望张大人指点。""这个自然，愿效犬马之劳！"张知府应道。

两个人并肩行走，张知府自然是一五一十详细介绍了库银被盗的案情。

"当夜虽然是雷雨交加，可这么多库银被盗，把守的士兵就那么没有警觉，竟丝毫没发现？"听了张知府的介绍后，刘臬台陷入了沉思。

张知府看到刘臬台沉思不语，心里增添了几分惊慌。"此案疑点甚多，今日天色已晚，明日我们再作商谈吧。"说话间刘臬台已与张知府进了酒楼。当夜，张知府备下酒宴，请刘臬台入席自不必多说。

第二天一大早，刘臬台带领张知府等人来到银库查看。这银库墙高一丈多，宽九尺，用细黏土层层夯筑而成，墙体光滑坚固，用利矛猛刺也不过进入半寸，并且没发现有撬洞，大门锁具也完好无损。走入银库，只见屋顶有个窟窿，不到一张八仙桌面大。

“盗贼是从屋顶进的银库。”刘臬台做出了基本判断，他从银库出来，到江边看了看，心里就有底了。回到府衙，他问张知府：“皇上库银临时存放婺州上浮桥银库一事，有多少人知道？”

“就下官及搬银子入库的守卫。”张知府答道。

“那当夜银库守卫是哪些人？谁是领班？婺州域内有偷盗作案前科的人有哪些？”对于刘臬台一连串的问题，张知府都一一回答。

再说李金玉分得五桶库银后，也不敢贸然往家里搬。他瞒着姑姑把银子藏在牛栏屋的草堆里。为了孝敬姑姑，他打开箱子拿出两个元宝来到姑姑跟前：“姑姑，自小您就关照我，也没啥孝敬您，今儿送您两个元宝，请您收下。”

李金玉的姑姑虽是个农村妇女，但淳朴安俭，通情明理，一看侄子手捧两个大元宝奉上，甚觉惊奇：“你是从哪里得来的？”姑姑急切地问。

李金玉支支吾吾，心里慌慌的，忙丢下银锭借个理由走开了。姑姑心里有底了，但她不敢去想，于是就把两个银锭拿去给金玉的姑父看。金玉的姑父略通文字，在含香村里也算是个土秀才。他接过银元宝一看，神色立即慌张起来。“这是官银！”

“这下可闯祸了，难道这几天传的纷纷扬扬的库银被盗是金玉所为？”金玉姑姑心怦怦直跳。

夫妻俩一合计，要找金玉好好问问，可找来找去就是见不到金玉人影。

“难道他回杨家了？”金玉姑姑又匆匆赶到杨家，可一问李母，金玉根本没回过家，也不知是真是假，金玉姑姑只得回去。

几天过去了，深明大义的金玉姑姑夫妻俩决定赶去婺州府报案。

接待他们夫妻俩的正是刘臬台。听说是来报案的，他屏退左右，单独接见。

金玉姑姑与刘臬台说明来意后，就小心翼翼地解开方巾，将两个银元宝送上。刘臬台看到银元宝，眼前为之一亮。他看了看元宝底部的印鉴，正是官银。这几天来，为了破案，可谓是煞费苦心。虽然理出了些头绪，可离水落石出还远着呢，今日竟有这等好事。他立即吩咐随从带领捕快将李金玉秘密缉拿归案。

经不住严刑拷打，李金玉将作案的经过和盘托出。刘臬台又命捕快去抓捕刀疤脸和铜铃大眼。但事有蹊跷，两人一天前在江上行船时，因浪急船翻不幸溺水身亡了，搜遍了所有可疑地点，都没发现库银，只能说是死无对证了。

事到如此地步，刘臬台心里明白了七八分。他叫随从到张知府那里放点儿风声，说案子已基本告破，不日将禀报皇上。

再说张知府这边一听刘臬台已破案，心里七上八下的，很想探个究竟。这天太阳快要落山时，他又在府衙设宴款待刘臬台。一开始便想探听案子进展的消息。可刘臬台总是吞吞吐吐。酒至半酣，刘臬台在张知府的耳边说了几句悄悄话，只见张知府脸色立马青一阵白一阵，豆大的汗珠从额头上滚下来。过不多时，刘臬台屏退众人，对张知府说："俗话说，一任清知府，十万雪花银。婺州府人杰地灵，物华天宝，老兄在此多年，不像兄弟我在天子脚下，花每一文银子都要从俸禄中取，手头实在紧得很啊！"

“这个兄弟明白。”张知府微微一笑，从怀中掏出一张银票道：“兄弟已备下两千两银子的礼物，还请刘兄笑纳。”

“哈哈哈！”刘臬台朗声大笑，“张兄把兄弟当成叫花子了。”

“岂敢，岂敢！”张知府一脸苦笑。

“张大人，你不感到库银被盗一案离奇吗？内中还有许多疑点，值得推敲！”刘臬台厉声问张知府。“有官银从江上经过，临时存放上浮桥银库，这消息盗贼是怎么得知的？用葫芦吊把库银从屋顶吊出，守卫就一点没察觉？刀疤脸、铜铃大眼怎么就意外翻船溺水身亡了？”

“您说的是，您说的是。”张知府脸色煞白。刘臬台笑着说：“张大人，不必紧张。人为财死，鸟为食亡！看着白花花的银子，谁不动心？想必是张大人、守卫总管早有贪念，一拍即合，合谋盗银。只是你们贪胆包天，竟一下子贪得一万多两银子，还害了两条人命，你可知皇上刑律，此罪当满门抄斩！”

“大人，刘大人，是小人一时糊涂，罪该万死！”张知府扑通一声跪倒在刘臬台的面前，“小人愿倾囊所有，求刘大人救小人一命！”

刘臬台哈哈大笑：“张兄受惊了，快快请起，待你我二人商量一个万全之计。”

张知府瑟瑟发抖，给刘臬台又塞五千两银票。

几天后，刘臬台、张知府联名奏书朝廷，经两人通力合作，库银被盗一案已经查明：“系江洋大盗刀疤脸、铜铃大眼、李金玉三人所为。刀疤脸、铜铃大眼在行船时遇风浪溺水身亡，库银不知去向。李金玉已缉拿归案，择日正法。所分得库银追回。守库兵丁守卫不严，均流放边关。”

婺州库银失盗大案告破，龙颜大悦。皇上厚赏刘臬台，张知府官也复原职，正是：

官仓老鼠大如牛，江洋大盗有何求。
公正廉明朝朝倡，不尽江水年年流。

再说李金玉开斩正法那天，刑场人山人海。快到午时三刻，监斩官问他有什么要求。此时的李金玉含着泪花，向监斩官哀求见一下他的母亲。监斩官点点头，满足了他的要求，把李母带到李金玉面前。李金玉看了看眼前的母亲，禁不住眼泪流了出来。“娘！我就要处斩了，能让我最后吃一口奶吗?”李母早已泪眼迷糊，看看眼前就要生离死别的儿子，不禁放声大哭起来。只见她解开布衫，一把抱住李金玉。李金玉顺势一口就将李母的乳头咬了下来。李母当场就晕倒在刑场上，有诗为曰：

养子当以教为先，岂能放纵任其然。
纤纤不伐成大盗，咬断乳头悔当年。

第17回

杨正公凉亭行义　赤岸张皇城蒙冤

诗云：天下风云酒一杯，一入江湖岁月催。

帝王霸业三更梦，不胜人生走一回。

却说江洋大盗李金玉临刑咬断其母乳头的故事，不但成了四邻八乡养儿育女的一例教材，也使断尾龙深有感触：一个婴儿出世后，简单犹如一张白纸，最初为其着色描绘的七彩笔握在父母的手中，父母供给他吃穿的同时也教会他如何在这个世界上生存。孩子在父母的言传身教中慢慢地走向成熟，有朝一日，会推开父母的双手，大胆地投入社会的洪流中去。从此，他也承担起了社会责任。在不断发展中，历史给了人们一个深刻的经验：溺爱孩子就等于虐杀孩子。正如诸葛亮所说："纤纤不伐，必成妖孽。"即小恶不惩治，就一定酿成危害。

却说断尾龙徜徉在杨家村的古街上，前面一座低矮破旧的老屋立在街旁，岌岌可危。炊烟从老屋后面袅袅升腾，宛如一条扯不断的舞动的白绫，缓缓攀上一棵枯树的梢头，将它无声包裹。

"这大概就是李金玉曾经的家吧，现在不知住着何人？"

看着这老屋，断尾龙心里五味杂陈，他不想在此地多逗留。

穿过一条小巷，正前方就是登丰米行。这米行坐落在杨家村的西南，门前是一片宽阔的晒场，晒场的西头是一条通往东山古镇的石板路。米行有五间排房，正中间的双开大门上有一副对联：

良米作粮君任选　言人有信我遵行

断尾龙正在欣赏这副有趣的对联，只见从大门里走出一个人来。此人剑眉星目，腰杆挺直，方脸厚唇，面色黝黑，穿着虽然土里土气，但眉宇间洋溢着一股英气。

“此人非同一般也。”断尾龙暗暗称奇。

原来这是登丰米行的一个伙计。人们只知道他叫赤岸张，是被米行老板杨正公从义乌赤岸一个过路凉亭里救回来的。

那是一个风雨交加的日子，随着一道闪电下来，天空被撕裂了一个大口子，豆大的雨点噼里啪啦地敲打着大地，树被风吹得东倒西晃，树上的叶子飘飘扬扬地落下来。去赤岸一带进货的杨正公慌慌张张地从江边跑过来，到路边的穿心亭躲雨。可当他一跑进凉亭，就看见石凳上躺着一个人。此人衣衫褴褛，黑漆漆的脸上已看不出本色，在石凳上瑟瑟发抖，嘴里还不停地吐着白沫。

“这位客人，你怎么了?”杨正公顾不得湿透的衣衫，赶紧走上前去询问。

“怎么办呢？这么大的风雨，周边又没有一个人。”杨正公十分焦急。他从行李担里拿出竹筒壶，扒开那人的嘴先灌了几口水。然后掐住人中，只过片刻，只见那人微微睁开双眼，已经苏醒过来。

“我饿……饿……”那人声音十分虚弱。杨正公赶忙打开行李担拿出一块麦饼递过去。那人一把夺过麦饼，狼吞虎咽吃起来。杨正公又递过竹筒水，微笑着说：“慢慢来，先喝口水，我这还有麦饼。”

就这样，那人和着水一连吃了五块麦饼，身体已完全恢复过来。

“谢恩公！救命之恩容日后报。”那人双手抱拳，欲跪下向杨正公行大谢礼。杨正公赶忙把他扶起来。“要不得！要不得！举手之劳何足挂齿。”于是两个人就坐在石凳上攀谈起来。

从那人口中得知，他姓张，安徽阜阳人，因家乡遭灾，一路逃荒过来的，途中家人走散的走散，饿死的饿死，现在就只剩他一人了。

“张兄遭此不幸，在下十分同情。请问接下来有何打算？”听完那人的讲述后，杨正公关切地问。

“还敢有何打算，本人漂泊他乡，举目无亲，只能是走一步算一步了。”那人一脸无奈。

杨正公站起身来，看看凉亭外面，这雨下得快，去得也快。没多时，鲜艳的阳光又斜照下来。霎时间，大地间似乎涂上了一层金色的光芒，天边也出现了一条如梦如幻的彩虹。小草低着头，粘在它们身上的雨水不断滑落，洗去往日的尘埃。

“请问张兄愿意跟我走吗？我那米店虽然不大，家里也不算太富裕，但混口饭吃还是没问题的。”杨正公转过身来，面对那人问道。

“那太好了，谢恩公！”那人又是一个抱拳礼。

就这样，杨正公把赤岸张带回了杨家，在登丰米行当伙计。赤岸张也知恩图报，在米行干活十分勤快，几乎都闲不下来。没多久，就成了杨正公不可或缺的帮手。只是这个赤岸张平时少言寡语，更不喜欢与人交谈沟通。

光阴似箭，日月如梭，很快就一年过去了，又到了新米上市的季节。这天，杨正公把赤岸张叫到跟前说："你来我米行也一年了，从来没出去过。明天跟我出去一趟。""恩公要去哪儿?"赤岸张问。

"新米上市了，我们到佛堂镇上去进些新米。"说完，杨正公就叫赤岸张去准备些米袋。

第二天一大早，俩人就赶着驴车出发了，从杨家村到佛堂镇要三十里地。卯时过后，他们来到米市。

再说这佛堂镇，因佛而名，因水而商，因商而盛，历史文化底蕴深厚，素有"小兰溪"之称，享有"千年古镇，清风商埠，佛教圣地"的美誉，为浙江四大古镇之一。镇上有一粮霸，名叫冯万财，多年来一直称霸佛堂米行。每日，凡到佛堂镇卖粮者，都要先由他挑选。只要他说一句"此担米我要了"，就再也不敢有其他人问津。但他指定要的米，既不及时过秤付银，也不许卖主挑走另卖。如有卖主催他过秤付银，走运者一顿骂；背运者，受其一耳光。一直要待到下午，卖米者急着要回家，只好降价卖米给他。因此，众多米贩都敢怒不敢言。

杨正公和赤岸张一来到米市，就看上了十多担上等特级好米，正谈好价格准备过秤付银时，冯万财来了。

"慢！这米我要了。"这冯万财生得豹头环眼，说话恶声恶气，眉宇间露出一股杀气腾腾的凶光。

"冯老板，这几担米就先给我吧，我们还有几十里路要走呢！请开个恩吧。"杨正公笑脸相迎。

“什么？你算什么东西，敢跟我叫板！”话音刚落，就一巴掌打下来。此时的赤岸张眼疾手快，只见他一个箭步上前，借力将冯万财的手轻轻一抓，冯万财一个踉跄，失去重心，“啪”的一声，趴倒在地上，来了个狗啃泥。众人皆被这一幕惊呆了。

冯万财恼羞成怒，一个坐盘蹲捶，跃起身来，大声呵斥：“你是什么人，敢对老子如此无礼！”紧接着，一招冲步横拳，直逼赤岸张胸口。

赤岸张知道自己无意间露手了，正为自己的定力不足而后悔。见冯万财的横拳直逼过来，就本能地轻轻一躲，冯万财又扑了个空，狠狠地摔倒在地上。

周围的人越来越多，都暗暗为赤岸张捏了一把汗，杨正公更是怕得瑟瑟发抖。一年多了，他从来都不知道赤岸张有如此神功。

此时的冯万财简直就像是一头受了伤的猛兽。他一贯横行霸道，哪里受得起如此羞辱，便不顾一切地一次次向赤岸张冲去，而赤岸张总是能轻轻松松地避开冯万财的招式。

“让开！快让开！”随着一阵喧哗，只见四个彪形大汉手持木棍一字儿摆开架势，凶神恶煞地站在赤岸张面前，原来是冯万财的四个保镖来了。这四个恶棍是佛堂一带臭名昭著的四大恶魔。

赤岸张定了定神，蹲了个马步，依然面带微笑，轻轻地向他们招了招手：“来啊！来啊！”

只见四个大汉一个立正起势，随后转身提步，犹似青龙出水。“呼”的一声，飞到赤岸张头顶，手起棍落，犹似乌云盖顶，眼看赤岸张就要粉身碎骨，只见他一个退步鹰捉，顺势一招乌龙绞柱，四根棍子立马断成八节，四个彪形大汉也纷纷从空中摔下地来。痛的哭爹喊娘，一骨碌起来就抱头鼠窜，狼狈逃跑了。

“好！好！”场上传来阵阵喝彩声，整个米市都沸腾了。冯万财见势不妙，也不知何时灰溜溜地跑开了。听说打那以后，冯万财再也不敢在佛堂米市横行嚣张了。

杨正公这边也急急将十多担米过好秤，付了银两，与赤岸张匆匆离开佛堂。一路大步小跑地回到了杨家。当夜用晚餐时，杨正公想请赤岸张过来一起吃饭，而赤岸张却以主仆有别婉言谢绝了。可佛堂米市上的一幕幕总是时不时地浮现在杨正公的眼前，他开始对赤岸张的身世怀疑起来。

“赤岸张真是一个流离失所的难民吗？他有这么了不得的武功，为何屈居在我这小小的米店？”一连串的问号，使得杨正公彻夜难眠。

再说赤岸张自佛堂镇上露了身手后，知道自己已经暴露了，心里七上八下的，总觉得不踏实。眼下有两条路可走：一条是立即离开米行，离开杨家村，另谋生计；另一条是索性把自己的身世告知杨正公，继续在登丰米行干下去。更重要的是如果就这么走了，一时半会儿也找不到一个合适的地方，更不容易碰上杨正公这么厚道的人。于是他下定决心继续留在杨家，继续在米行当个伙计。

第二天一大早，他就来到杨正公跟前，谈起了自己的身世。原来，赤岸张是江苏徐州铜山县小尖山村人，梅花拳龙门派掌门人张山的后裔，自幼天资聪慧，习练梅花拳十二载，内外兼修，在梅花拳大架的基础上取其精华，加上自己独到的见解，独创小架梅花拳，并秉承“天下梅花是一家”的传统思想理念，使梅花拳得到了空前的发展。

俗话说：人怕出名猪怕壮。赤岸张的功夫越来越出名之

后，前来求师拜艺的人也络绎不绝。一天，赤岸张与另外几个高手商量扩建梅花拳练武堂之事，突然有徒弟来报："师傅，外面来了一群青年小伙子，说是来求师拜艺的，请您出去看看。"

赤岸张来到门外一看，足足有五六十人，个个都是生龙活虎般的小伙子。当徒弟介绍眼前这位就是大名鼎鼎的梅花拳传人张大师时，呼啦啦一下子，五六十人齐刷刷地全部跪了下来。

"请师傅收我们为徒！"大家异口同声，喊声震天，弄得赤岸张骑虎难下，忙上前躬身施礼："请诸位先站起来，我再与你们说话。"话音刚落，大家又呼啦一声全部站了起来。赤岸张提高嗓门问大家："你们都是从哪里来的？为什么非要拜我为师呢？"只见一个皮肤黝黑的高个子从后面走了过来，向赤岸张抱拳施礼道："张大师，我们都是从徐州附近赶过来的。久闻张大师威名，武艺高强，行侠仗义，除暴安良，救贫济困，我们就是想拜大师为师，将来也为国家，为百姓做些好事，还望您收我们为徒吧！"

赤岸张听了他们的来意，又看看眼前这些热血青年，也就不好意思推辞了。"那就请大家先住下来吧！"接着又话锋一转道，"诸位学武艺没话可说，但我们梅花拳是有规矩的，学武功必须要经过武德的考验。今后，我们要根据规矩逐一考察大家，谁合格就收谁为徒。"

"好！谨遵师傅教诲。"大家一片欢呼雀跃。从此以后，赤岸张有一支数百人的梅花拳队伍的名声也越传越神。一传十，十传百，不久，这个消息就传到了皇上那儿。

那是一个风云变幻的春天，赤岸张正在教授弟子们梅花拳的拳训，忽有徒弟来报："师傅，门外来了一队朝廷命官，带着皇帝圣旨，请您出去接旨呢。”“什么?”赤岸张满脸惊讶，旋即来到了门口，没等站稳，就听得一声呼叫:“赤岸张接旨!”赤岸张连忙跪下磕头，吏部侍郎就开始宣读圣旨:“奉天承运，皇帝诏曰：太始之初，混沌未开。盘古开天，娲皇造人。阴阳和合，万物乃兴。本朝自太祖开国以来，顺天安民，至于今朝。天命浩浩，其势昭昭。时下，北有番邦入侵，犯我疆土。南有贼寇作乱，对抗朝廷，祸害黎明。现正值朝廷用人之际，朕闻徐州铜山赤岸张，敬天地，敬君主，敬双亲，敬师长，品德高尚，武艺高强，救贫济困，爱护百姓，甚慰朕心。朕封赤岸张为镇京总兵，佩京师将军印，赐二品乌纱。良田万亩，家丁百人，月俸禄六十一石。镇守京师，保卫朝廷。即刻上任，不得有误，钦此。”吏部侍郎宣读完毕后，赤岸张接旨谢恩。

再说众人听说赤岸张要离开梅花武馆去京师出任总兵，都有些舍不得。有的就干脆对赤岸张直言，不要去当这种官。师兄弟们也都劝说不去为好，因为当官有违梅花祖师的规矩。

当天晚上，赤岸张也没什么动静，没说要出任，也没说不出任，只是一个人在房间里，三更时分还出来练了一套梅花拳。

第二天一早，赤岸张召集师兄弟及众弟子开会，把武馆的事作一一安排，要求大家坚持好好练习梅花拳，将来造福百姓，并对大家说:“我赤岸张一生的目标就是传承梅花拳，为国分忧，救苦济困。我向大家保证，决不违背祖师的训诫，请大家放心。”说完，就告别了众人，踏上了进京的征程。

来到京师，进了紫禁城。这紫禁城就是皇城，四周城墙有三丈多高，红墙黄瓦，金碧辉煌。城中三步一哨，五步一岗，戒备森严。吏部侍郎领着赤岸张来到了乾清宫。

乾清宫为黄琉璃瓦重檐庑殿顶。坐落在单层汉白玉石台基之上；连廊面阔九间，进深五间，自台面至正背高20余米；殿内明间、东西次间相通；后檐两金柱间设屏，屏前设宝座；宝座上方悬“正大光明”匾。这里是皇帝召见朝廷大臣，批阅奏章，处理日常政务，接见外藩属国陪臣和岁时受贺、举行筵宴的重要场所。

“赤岸张觐见！”随着宦官一声长喊，赤岸张在宫内磕头跪拜面见皇上：“小民拜见皇上。”

皇上见赤岸张前来，龙颜大悦。“张爱卿，快快平身，坐下说话。”

赤岸张哪里敢坐，跪在地上对皇上说：“启奏皇上，在下一介草民。梅花拳弟子，师祖在世时曾有规训，一是必须做到皈依佛门，一辈子修道传艺；二是学梅花拳必须要有良好的武德，坚持做到敬天地亲君师，不追逐名利，不求升官发财；三是学梅花拳必须做到文武双修，文武兼备；四是坚定人生目标，必须做到救苦救难，除暴安良，普度众生。草民非常感谢皇上的信任和赏识，保证帮朝廷扶贫济困，除暴安良，但草民必须遵守师训和承诺，无论如何也不能出任这个镇京总兵。”

“什么？朕如此器重你，没想到你居然抗旨不遵。来人，将赤岸张打入天牢，择日处斩，以免日后投靠反贼，夺我江山。”皇帝勃然大怒，一声令下，四名侍卫上前将赤岸张五花大绑送进天牢。

次日，刑部侍郎由牢头带路来到了大牢，传皇上密旨，对赤岸张说：“皇上说了，只要你能保证担任京师总兵，保卫朝廷，可既往不咎，不但不杀你，还要嘉奖你。”

赤岸张回道：“我们梅花拳弟子，心志在于传艺修道，不能当官发财。如我上任，那就有违师训，是要受到惩罚的。”

“你也太傻了，皇上给你这么大的官都不做，全世界都没你这样傻的人。”刑部侍郎继续开导。

“我心已决，大人不必多劝。”赤岸张十分坚定。

“真是个呆子，你就等死吧。”刑部侍郎拂袖而去。

当夜，赤岸张待在牢里思前想后，怎么也不能入睡，索性就摆起了周易八卦。他用梅花易数起卦法，以“生死”起卦，以年之天干、日月之数相加之和作为上卦。他得出结论：他在今夜子时有生机。得到此结果，他不由得心中一惊。

他百思不得其解，时至三更，忽然牢门被打开，一个蒙面佩刀的黑衣武士飞进牢房，不由分说，一把将他抓住拉着就往外跑。

“你是何人？为什么救我？”赤岸张边跑边问。

“别说话，我也是梅花拳弟子，跟我来！”蒙面人十分严肃。

他们绕过内朝御花园，来到了乾清宫，一个飞身便跳到了殿顶的横梁上，看到皇上正在伏案批阅奏折。

“今晚，我们要把这狗皇帝杀了为我父亲报仇。本来是我自己一个人来的，只怕有所闪失，就先把你救出来，为我做个帮手。”蒙面人轻轻地对赤岸张说，“不瞒你说，我曾三次到京师紫禁城刺杀狗皇帝，都未能得手，这次有你帮我，必定万无一失。”

“兄弟，这事要不得！”赤岸张十分紧张。

“别啰唆！看我的。”只见蒙面人一个燕子抄水，飞刀刺向皇上头颅，赤岸张立刻使出一招猛虎扑食，只听得“哐当”一声，利剑挡住了飞刀。

“有刺客，保护皇上！”乾清宫外一声高喊，几十个锦衣侍卫冲了进来，将那蒙面人团团围住。可蒙面人毫不惧怕，用刀

逼着皇帝说:“十八年前，你这狗皇帝听信谗言，杀死我全家五十余口人，父仇必报，兄债弟还。今天我就是来报仇的。”

皇上龙颜大怒，把龙案一拍:“原来你是犯上作乱的贼子。来人，将他给我拿下。”

蒙面人一个箭步向前，瞄准皇帝，手起刀落，就在这千钧一发之际，只听得“啪”一声，一支梅花镖正好击中蒙面人的手腕，蒙面人没刺中皇帝。赤岸张随后一个鲤鱼打挺从殿顶的横梁上翻转下来，拉着蒙面人就往外跑，后面锦衣卫一片追杀声，但哪里追得上赤岸张和蒙面人。

“你这忘恩负义之徒，竟敢坏了我的大事，受我一刀!”蒙面人边跑边怨恨赤岸张，挥刀便向赤岸张砍去。赤岸张一声不吭，默念法语真言，做到人佛合一。他使出大力金刚手，伸出钢钳一般的两个手指，咔嚓一声将刀锋夹住，使刀动弹不得。蒙面人右手握刀，左手从腰间拔出匕首又向赤岸张的丹田刺去，赤岸张右手夹着蒙面人的钢刀，同时又伸开左手将匕首夹住。蒙面人感觉遇到了劲敌。后面的锦衣卫还是紧追不舍。两个人都觉得先逃离紫禁城为上，为分散锦衣卫的注意力，他们决定分头行事。不一会儿，赤岸张就飞身跳过了两丈多高的紫禁城城墙，向京师西南逃遁，消失在了茫茫黑夜之中，蒙面人也不知去向，从此两人再也没有会面。

第二天，京师到处贴满了通缉榜文，通缉对象正是赤岸张，罪名是犯上作乱，刺杀皇上。

赤岸张真是跳进黄河也洗不清了，明明是保护皇上，变成了刺杀皇上。他有苦难言，只得扮成难民的模样，一路南下。风餐露宿，忍饥挨饿，昏迷在赤岸镇江边的穿心亭，直到被杨正公救起。正是:

梦已逝，心已碎。留下只为离开做准备。

付出过，微笑过。何惧流不尽的辛酸泪。

再说杨正公听了赤岸张的陈述后，对他肃然起敬，从此后再也不把他当伙计看待。

第18回

三白起家肇基业

巧解“赢”字旺子孙

诗云：安庆棉花东阳市，傅公牵手两相顾。

财缘道生好发家，利自义取方致富。

却说断尾龙在杨家登丰米行巧遇赤岸张后，为赤岸张与杨正公的传奇故事打动。古人云：“居利思义，在约思纯。”（《左传》）人在获取利益的时候，要思考是否符合道义，身处贫困当中，要时刻保持思想的纯洁，行为的端正，为人处世，要把道义放在第一位，把物质财富放在次要位置，时刻注意用道义来约束自己的言行。只有如此，才能为完成大事奠定坚实的基础。

断尾龙离开杨家登丰米行后，沿着一条弯弯曲曲的石板路，不一会儿就来到了东山傅村。这傅村可是一个千年古镇，早年间，始祖傅世杰就在这里开疆拓土，以“勤耕种，苦读书，诚做人，忠为国”为族训，建造了上百幢厅堂，厅堂皆是雕梁画栋，祝湖也别具一格。西苑公园，楼台亭榭鳞次栉比，东山八景美不胜收，特别是“惟善堂”，更是远近闻名，声震八方。其有着大气的格局、精湛技艺和“天人合一”的设计理念，称得上江南古镇的一座名宅。

断尾龙穿过古镇喧嚣的市集，顺着一条悠长的小巷，来到了古镇的东北角，在一个闹中取静的空间，他很快就看见了白墙黑瓦映衬下的“惟善堂”，犹如一幅大气精致的水墨画。

这“惟善堂”俗称“铁门厅”，坐西北朝东南，平面布局呈长方形，前后分三进，第一进为大门，大门前置照壁一座。大门与照壁之间两侧各置侧门，每扇大门用铁皮帽钉包镶，第二进为正厅，一进大门，世界仿佛就精彩了起来，像是进了另一个时空。大厅里宽敞明亮，张灯结彩，厅堂里陈列着红木家具，坚实的柱子上有一副对联，引人注目，上联是“善为至宝终生用”，下联是“心作良田百世耕”。大厅一侧，有一条幽深的陪弄，陪弄里光线昏暗一些，乍一看，没有尽头，左边的墙上点着几盏油灯，更有一种庭院深深的感觉。左右厢房还有六开间两层单檐，分别是北厢房依次三座，南厢房二座，中间设天井，格局完整，规模宏大，整个呈扇形，系正统的“中轴对称”建筑，占地面积足足有两亩。更为称奇的是，厅内柱子里有手工打制的铁皮下水管，柱子底部的柱石上开凿有孔洞，屋顶上的雨水从天井檐口沿下水管落到柱石里，再落到地下排水沟，水流就是这样从屋外流入屋底的暗道，再沿着暗道排出屋外，即使外面暴风骤雨，屋内都听不到一点声音。往后走，就是闲静素洁的后花园了，翠竹摇曳，鲜花斗妍，青青的小草点缀着一条迂回的小径，一块玲珑剔透的太湖石矗立在鱼池里，为花园添了几分灵气。

“这人间竟有如此美妙的建筑！”断尾龙暗暗为惟善堂的磅礴气势和细腻精良称奇叫绝。

说起“惟善堂”，还要从鼎元公谈起。

鼎元公为东山傅氏第十八世孙，名为鏊，字鼎元，号君进，生于康熙十三年（1674），小时家境贫寒，一家老少靠几亩薄田度日，碰上灾年，往往吃了上顿没下顿，农闲时靠做小商小贩补贴家用。其时，东阳县织布业方兴未艾，据《东阳县志》载，早在明代，东阳人就已经开始织土布，并形成了一定的规模，到了清康熙年间，东阳南乡一带的民间纺织十分盛行，素有“千家夜机鸣，万户纺纱声”之说，而东阳土布的制作过程需要经过绞棉花、弹棉花、纺丝、浆丝、拢纱、织布等过程，大量的棉花都要从外省产棉区购买。而立之年后，鼎元公立志改变小商小贩模式，做大买卖，为东阳织布业供应棉花。

这一年九月，金风徐来，秋高气爽，鼎元公带着两个帮手不远千里来到了安徽安庆市宿松县，这宿松县位于安徽西南边陲的皖、鄂、赣三省交会处，地处长江下游之首的北岸，一向以盛产棉花而著名。这里的棉花绒线长，织出来的布匹光洁细腻，人们穿在身上感觉舒服，再加上水运条件优越，鼎元公信心十足。

“知地取胜，择地生财，这是商家的基本常识啊。”他长长地舒了一口气。经商如作战，鼎元公以战略家的眼光，认为宿松是一个理想的棉花贸易之地，因此就与两个帮手安顿下来，准备收购此地的棉花。

由于买卖公平、价格公道，鼎元公的棉花收购可谓旗开得胜，当地棉农一传十，十传百，前来卖棉花的棉农络绎不绝、摩肩接踵，甚至夜里都排起了长队。

“鼎元公，该停停了，我们收了这么多棉花，存放在哪里。”两个帮手好心提醒。

“是啊，再继续收购，没地方存放，如果露天堆放，还要雇人看管，一旦下起雨来又怎么办呢?”鼎元公听了两个帮手的劝告，心里也嘀咕起来，他下意识摸了摸腰包里的银子。

这天晚上，他跑到了城东一家较宽敞的旅店，租用房子，把棉花寄存在旅店的大厅里。

再说鼎元公来宿松收购棉花后，当地的几家棉商不但压不下棉花价来，而且收购的量也明显比往年少了。

“这人太猖狂了，敢在我们的地盘上撒野，收拾收拾他!”当地的霸王胡老三这天叫几个地头蛇到他家喝酒，这么多年来，他横行霸道惯了，岂肯任人宰割，于是就与这帮臭味相投的人密谋起来。他们琢磨来琢磨去，决定首先从鼎元公存放棉花的旅店下手。

第二天一早，几个五大三粗的莽汉就到了城东旅店。“泡茶！泡茶！老子口渴了!”这些家伙一进店就嚷嚷起来，这边一脚踢翻凳子，那边一把推倒桌子。“来了！来了！各位爷请坐，请坐!”店小二满脸堆笑给他们泡上了茶。

“砰！砰!”只听得几声清脆的摔打声，刚泡上的茶都被这帮人摔在地上了。

“你是要存心烫死老子啊?这茶怎么这么烫!”一个歪嘴独眼的恶棍狠狠地拧住了店小二的耳朵。

“还不赶快叫你们老板出来!”“是！是!”店小二吓得屁滚尿流，赶快跑进里屋找老板。老板哪里经得起他们软硬兼施，不一会儿就派人去找鼎元公，鼎元公急匆匆地来到了旅店。

“这位客官，真不好意思，您这棉花存放在小店里不安全啊，万一发生了火灾，我可就倾家荡产了，还是请您尽快搬走吧!”没等鼎元公进店，店家老板就迎了出去。

鼎元公在路上已经听了店小二的诉说，心里早就明白了三分，于是就对店老板说："是啊！是啊！我这就去码头，把这些棉花搬走。"他不想让店老板为难。

于是鼎元公又火急火燎地赶到了码头，准备装船启货，可他找了好几条船，都说船老大不在，开不了船，有的还说不知因何船老大被官府缉拿了，好不容易碰上一条刚进码头的船愿意装货，可当他离开码头去找车马行装载时，尽管运费比平时高许多，也没人敢接这批货。

"在家千日好，出门一时难啊！"鼎元公初来乍到，人生地不熟，他真正进入了"上天无路，入地无门"的处境。

这么多的棉花堆积在露天野地，退不回，无处存，运不走，看管人员风餐露宿暂且不说，一旦天下起雨来怎么办？遇到强人抢劫怎么办？鼎元公急得嘴角上都生出了热疮，两眼通红通红的，却又想不出一个万全之策。

更可气的是宿松本地几个棉商老板，竟在鼎元公堆放棉花垛的旁边也搭了个临时茅草棚，整天在里面高谈阔论、饮酒作乐，他们想看看鼎元公怎么处理这批棉花，还放出风声，说："除非价格压到四成，他们才可以接手这批货。"

人太急则无智。几天来，鼎元公吃不下饭，睡不好觉，坐立不安，没了一点儿招数。

这天夜里，风带着几分寒气，旅店的油灯被风吹得摇摇晃晃，忽暗忽明。在寂寞、无奈中，鼎元公在露天堆放的三个棉垛旁，看见了一个黑影举着火把向棉花垛扔去，霎时，火光冲天，浓烟滚滚，热气逼人……很快，衙门的官兵就赶到了现场，可那黑影早已无影无踪，棉花也只烧了一小垛。一觉醒来，原来是一场梦，鼎元公吓出了一身冷汗，不顾月黑风高，就冲出旅店向棉垛跑去，只见几个看管人在寒风中直打哆嗦，三个棉垛安然无恙。

"老板，这么晚还来啊，这里好着呢，平安无事，您就放心地睡觉吧。"看管人一边用惊讶的目光打量着鼎元公，一边瑟瑟发抖地对鼎元公说。

"你们辛苦了！没事就好，我睡不着，过来看看。"鼎元公随机应和着，心里总是忐忑不安。回到旅店，他反复地推敲着刚才的梦，迷迷糊糊地进入了梦乡。可万万没想到，在次日寅时初，鼎元公的棉垛真的起火了。风助火势，火借风威，棉垛一时成了一片火海。鼎元公和看管人泼水的泼水，搬棉花的搬棉花，手忙脚乱。隔壁那几家棉商听见这边人声鼎沸，都起来看热闹，他们袖手旁观，幸灾乐祸。

说来也怪，火很快就灭了，三大垛棉花只烧了不到半垛，其余的还算幸运，完好无损。

第二天，鼎元公写好一纸诉状递到了宿松县衙，说当地那几家棉商放火烧了他的棉垛，要求官府伸张正义，缉拿凶手。

话说这宿松县的县令，姓张，名成，是个有名的清官，尤其体恤普通百姓，在他任内，曾经判过著名的"斤鸡斗米"案，深得百姓拥戴。

有一天，张县令带着两个随从微服私访，当来到米市时，看见一间米店的门口围聚着上百人，不时发出喧闹声。

"快过去看看，发生了什么事？"张县令叫随从前去。

不一会儿，随从回来报告说："禀告大老爷，一乡下农民因踩死米行老板家的一只小鸡，为赔偿而发生争吵。"

"你俩再过去，把那乡民与米店老板一起带过来。"张县令觉得这事应该管一管，就吩咐随从去叫乡民和米店老板。

很快，随从带来两个人，他们立刻俯伏在地，喊着："青天大老爷，为小民做主。"

张县令叫他俩起来说话。

“禀告大老爷，小民父亲因患病卧床，因此一大早来到城里抓药，因心急慌忙，在路过米店门口时不小心踩死了米店老板的一只小鸡，这老板立即赶出来揪住小民的衣领，要小民赔九百文钱，而我袋中只有为父亲抓药的三百文钱，哪里拿得出那么多，因此就吵了起来。”这乡民看上去老实巴交，一脸愁容。

“一只小毛鸡值九百文钱吗？”张县令不解地问，“青天大老爷，您可得为我做主啊，我这小毛鸡是特种鸡，只要喂养三个月，就可重达九斤，按市价计算，一斤鸡可卖一百文钱，九斤鸡岂不就是九百文了吗？我一点儿也没坑他啊……”米店老板头戴瓜皮小帽，身穿青绸衫裤，满脸狡黠地对张县令说。

“此话当真？”张县令问米行老板。

“回老爷，一点儿也不假，小人的鸡确实与一般的鸡不同啊，还求大老爷秉公决断。”米店老板善于察言观色，见县令并无愠怒之色，就狡猾地回答张县令。

张县令心中暗想，如此奸商，何愁不发财。

此时，围观的人越来越多，他们要看看张县令如何秉公判案。张县令见此情景，淡淡一笑说：“果真如此，索赔九百文也不为过。”他转过头来对乡民说：“你走路不慎，踩死了人家的小毛鸡，理应赔偿，还有何话可说？”

“大老爷，我实在没那么多的钱赔啊。”乡民听了张县令的话，急得潸然泪下。

“赔钱不足其数，也可典衣作押，本官念你一片孝心，与你凑足九百文。”张县令不动声色地说。

乡民听了甚感委屈，但又无可奈何，只得听命，脱下身上的布衫，连同抓药的三百文钱，全部交给米店老板，剩余部分张县令叫随从在自己的包裹中取出，一并交给了米店老板。

“昏官！踩死一只小鸡居然要赔九百文，这样的糊涂官，百姓今后可怎样过活啊！”围观的百姓见张县令如此判决，都愤愤不平，交头接耳骂张县令昏庸。

此时，大街上的人越聚越多。

再说米店老板拿了九百文钱，眉开眼笑，千恩万谢张县令后，正要起身回米店。

“且慢！”张县令叫住米店老板。

米店老板停住脚步，心里忐忑不安，只听见张县令慢慢开口道：“这案件，本官只判了前半段，还有后半段未判。”众人皆目瞪口呆，不知张县令葫芦里卖的什么药。

“你说你这小鸡毛三个月可养至九斤，但如今尚未达到九斤，俗话说‘斤鸡斗米’，饲鸡一斤需米一斤，现在小毛鸡已死，不再需要饲养，不是为你省下九斗米了吗？今天乡民既然赔了你九斤鸡的钱，你也应该将剩下来的九斗米还给他，这才算公平合理，你说对吗？”张县令一脸严肃，两眼瞪着米店老板。

“对！青天大老爷说得对，还米！还米！”围观的人听了后，不禁竖起大拇指，高声叫好，“张大人实在是包公再世，判得让人服服帖帖。”

米店老板的脸立马耷拉下来，全身筛糠似的瑟瑟发抖，哪里敢说半个不字，只好派人取来九斗米，赔给乡民，一斗米的价值是六百文钱，九斗米的价值是九百文钱的好几倍，米店老板真是火烧乌龟肚里痛，只好闷闷不乐地回到了米店，听说足足气了三年又三个月。

从此，张县令的名声大振，“斤鸡斗米”案也一时传为佳话。

再说鼎元公把诉状递到县衙后，张县令自是十分重视，立马就把当地棉花行的几个老板传唤到县衙讯问此事，而这几个棉商却大呼冤枉。

公堂之上，鼎元公把在当地收棉花、租房存放、车马行运输、码头拒运等受到的种种干扰、阻挠、刁难都一一陈述给张县令，情绪十分激动，声泪俱下，把一肚子的委屈似竹筒倒豆般全部倾诉出来，听得张县令都为之动情。

“原告说了这么多，可有人证?”张县令一敲惊堂木，继续追问。

早有准备的鼎元公就把城东旅店的老板、码头的船老大、车马行的老板一等人证都在公堂上告知张县令。张县令立刻派人将这些人传到公堂讯问。在县太爷面前，旅店老板、船老大都支支吾吾，不敢讲真话。

“青天大老爷，我们真的不知道。”旅店老板对张县令说。只有车马行的老板承认了因受到当地棉花行老板的威胁，最后放弃了这桩业务。

“那这棉花也是他们烧的吗?”张县令继续问车马行老板，“我不知道。”车马行老板战战兢兢。

“青天大老爷，常言道，同行是冤家，不是他们放的火还有谁会做这种缺德事，难道是我自己放的不成?”鼎元公此时十分气愤，几个看管棉垛的雇工也在一旁附和。

鼎元公说的句句在理，张县令也对本地几个棉商老板十分怀疑，但又苦于没证据，也就不能有什么判决。“从本案审理情况来看，被告存在放火的嫌疑，因证据不足，今天暂且缓审，但从今往后，谁也不许对原告刁难、阻挠和干扰，如有不从，本官定当重重惩罚……”张县令宣告退堂。

“是！是！是!”几个本地棉商鸡啄米似的点着头，早就吓出了一身冷汗。

鼎元公虽说没尽人愿，但也只能如此了，他一面安排两个帮手继续收棉花，一面与车马行、码头联系运货。经过这次公堂对簿，当地的几家老板再也不敢做手脚了，他们知道先前的案子还没结，一旦再惹上麻烦，那可就有牢狱之灾了。

就这样，鼎元公在宿松、安庆真正站稳了脚跟。过了一年又一年，当地几家棉花行倒开不下去了，有的索性贱价卖给了鼎元公。宿松的棉花市场就完全变成了傅家天下了，这也给鼎元公奠定了坚实的基业。后来他在谈起这桩惊心动魄的经历时，不禁感慨地说："商战如兵战，遇事不怕事是商家必备的素质。如果一个经营者有长期的理性和智慧，他必不会用恶劣、卑鄙之手段去获利。恶性竞争，最终将会失去自己的一切。"

此后，鼎元公还涉足药材、食盐等生意，特别是白芍、白盐，仅用十多年时光，就田连千石，富甲一方，有诗为证：

诚信经商终有道，良心做人基业长。
富贵荣华莫强求，时来运转谁可挡。

至晚年，鼎元公家大业大了，有四子二十二孙，上百人共同生活，而他信奉的是"忠厚传家久，诗书继世长"。他时常对子孙们说："凡人进德修业，事事从读书起。有田不耕仓廪虚，有书不读子孙愚。仓廪虚兮岁月乏，子孙愚兮礼仪疏。"因此他非常注重对子孙的教育，要求他们知书达理。他告诫子孙，家有良田，可能要被大水淹没；家有宫殿，可能要被大火烧掉；而肚子里有知识，有文化，大水难淹，大火难烧，谁都拿不走。于是，在他的张罗下办起了私塾，并一有时间就亲自到私塾为孩子们上课。

这一天，鼎元公又到私塾给孩子们讲课。

一开始，鼎元公对孩子们说:“咱们今天不学‘四书’，不读‘五经’，就学一个字。”

“爷爷，今天学什么字呀?”孩子们迫不及待地问道。

鼎元公不慌不忙，笑眯眯地铺开纸，双手举起:“大家认识这个字吗?”

“赢!”孩子们没等鼎元公把纸举好，就异口同声地念了起来。

“好!大家都认识这个字，那知道这个字的意思吗?”鼎元公又接着问。

孩子们你看看我，我看看你，七嘴八舌地议论起来。

“谁能站起来说说吗?”他使了个手势，孩子们立刻安静下来。“我来说!”志直站起来，学着先生的模样摇头晃脑地说，“赢有两层意思，一表示胜利，二表示盈利。”鼎元公满意地点点头说:“回答得很好。”并继续问，“从这个赢字上，你们能想到什么?”

“干什么都不能服输，志在必得，要有必胜的信心。”志直又抢先做了回答。

“志直说得全面吗?有没有人补充?”鼎元公期待其他子孙的回答。

停顿了一会儿，看看没人补充了，鼎元公就自己侃侃而谈起来:“你们看，‘赢’字是由五个字组成的，亡、口、月、贝、凡。将这五个字依次可以理解为牺牲精神、口碑传播、日积月累、爱财取之有道、有平常心。这五个词语，涵盖了所有成功人士的必由之路，可以称之为初入社会的‘人生宝典’。”鼎元公娓娓道来，孩子们也听得全神贯注。

“首先是‘亡’字，也就是牺牲精神，我们想要得到的东西好比藏在石头里的金子。但是，在得到金子之前，我们特别是你们年轻人，得花时间去寻找，花精力去准备，花体力去挖掘，凡此种种，都需要付出和牺牲。”

鼎元公呷了一口茶，继续说：“其次是‘口’字，良好的口碑对一个人的发展来说是至关重要的。在通往成功的道路上，勤奋、激情、机遇等都非常重要，但关键因素是良好的性格带来的口碑。‘口’也代表沟通能力，我们任何时候都离不开与人交往，沟通是人的一种生存方式。沟通的本质在于交流，而沟通的目的在于消除一切障碍，使人际关系、环境氛围变得融洽而令人愉悦。”

“大家明白了吗？”

孩子们都似懂非懂地点点头。

“你们看看，‘口’字上面是‘亡’字，而下面却连着‘贝’字，也就是说，学会与人沟通就能得到财富，不会沟通则永远只能两手空空。也许你们现在不明白，但只要记住我今天说过的话，以后总会理解的。”

“爷爷，我们都记住了。”孩子们异口同声地回答。

“接下来我们讲‘月’字。”鼎元公继续说，“‘月’字是表示时间的，时间既不能贮存，又不能买卖，也不能转借，所以时间才是最珍贵的。古人云：‘一寸光阴一寸金，寸金难买寸光阴。’就是充分说明了时间的价值，在这个世界上，有太多的不公平，但时间是公平的，我们无法挽回昨天的时间，也无法提前支配明天的时间，我们只有把握好当下的分分秒秒，既不为昨天后悔，也不为明天担忧，把当下的事做好，才是最重要的。”

鼎元公看看孩子们听得很认真，就更来劲了。

“任何赢都需要时间的积累，需要在岁月上下功夫，许多知识是很难在书本上得到的，只有在一次一次地尝试中才能取得，这就需要时间。”志直又插话了：“爷爷，那么这个贝字又怎么解释呢？”

鼎元公捋了捋胡子，微微一笑，接着说：“这个贝，也是我们中国最早的钱币。因此，简单地说，贝就是钱，就是财富，但有钱就一定会赢吗？这倒也不一定，有时，贝也不一定是钱，它可以是智慧，可以是人际关系，还可以是为自己加分的筹码，比如说，像今天这样，我们认真读书，探索知识也是贝。这贝字还有更深一层的意思，那就是表示取财有道。俗话说：‘君子爱财，取之有道。’君子指的是有才德的人，君子要通过正道得到财富，不能要不义之财。这些道理，爷爷平时也与你们说了不少，今天就不多说了。下面，我们就讲讲最后一个字。”

“这个‘凡’字，是暗示我们要有平常心。所谓平常心，不过是我们在平常生活中处理周围事情的一种心态，‘不以物喜，不以己悲’，日常生活中要有无取、无舍、无骄、无求、无执着的心性，为善不执，老死不惧，吃亏不计，逆境不烦……总之，生于忧患是一种赢，和谐共处是一种赢，坚持到底是一种赢，自我充实是一种赢，乐观豁达也是一种赢。孩子们，明白了‘亡、口、月、贝、凡’这五个字的含义，并身体力行地做到位，你们的人生就一定能赢，就一定会比爷爷的更精彩！好了，爷爷今天累了，就讲到这里了。”

鼎元公的这堂课，让子孙受益终生，二十二位子孙中有十八位是“太学生”，一时名噪婺州，传为佳话，有诗曰：

东山傅氏人上人，主干成林叶茂深。
英才辈出世代盛，千秋万载永留根。

第19回

一米一豆思不易　救急救难大出手

诗云：蚕丝吐尽春未老，烛泪成灰秋更稠。

春播桃李三千圃，秋来硕果满神州。

却说断尾龙在惟善堂对鼎元公的创业史感叹不已。为克服困难，获得成功，鼎元公勤奋、刻苦、发奋图强，创造了一生的辉煌。勤奋是一个人生命的筹码。成功，不是凭梦想和希望，而是凭奋斗和力行。二十二位子孙中有十八位是“太学生”，则体现了鼎元公的深谋远虑。任何的物质财富都不能成为个人最终的生命价值，只有文化知识和智慧才能源远流长。一个国家，一个民族，一个家族，如果不重视教育，那就没有未来。

鼎元公因专注于子孙后代的教育，就把持家经商的重担交给了三子德登。德登公，名光渊，号莲茹，自小聪明好学，长于诗书，私塾先生每每称他有宋景濂公之聪颖天资，应走仕途之路。然因鼎元公年事已高，出门经商多有不便，且又有“恒久”“恒丰”“恒泰”三处当铺和两家粮行需打理，因此二十岁行弱冠礼后，德登公子承父业。没过几年，就成了行家里手，由此闻名四邻八乡，生意十分红火，家业日渐更裕，有良田几千石，山、塘、地几千亩，厅、堂、亭、榭近400间，堪称婺州四富之一，特别是其六个孩子皆是“太学生”，可谓功成名就，荣耀八方。

德登公四十七岁那年，婺州地域惨遭旱灾，粮食歉收，到次年青黄不接的三荒春头，乡民们纷纷来傅村镇上赶集买谷，那天正逢初七傅村市日，义乌黄山一行四人，肩背扁担箩筐，匆匆赶往傅村市。

事有不巧，那天来傅村买谷的人多，而卖谷的人少，没几担谷子，刚到粮市就被抢购一空了，有的甚至还没到市集就在路上被拦截了，这四人只得两手空空，坐在市集东头恒丰当铺的屋檐下石阶上歇脚。他们已经很累了，起了个大早，翻山越岭走了三十多里路，已是饥肠辘辘。

“到当铺讨碗水，我们先吃点儿干粮吧。”说话的人叫黄金山，大约三十出头。只见他解开腰布，从行囊中取出了一个小布袋，布袋里面装的是炒米和炒黑豆，这就是他的午餐。

其他三人也都解开行囊拿出自己的干粮，和着当铺讨来的水狼吞虎咽起来。四人边吃边谈边休息，一时间当铺屋檐下的石板上散落了许多炒米和黑豆。

这时，从街上走过来一个半老头，身穿一件稍有褪色的蓝布衫，一张饱经风霜的脸，两只深陷的眼睛，深邃明亮，看上去很有神。他走到当铺门口，见屋檐下的石板上散落着一些炒米和炒豆，就瞥了那几个吃得津津有味的黄山人一眼，也没说什么话，弯下腰一一捡起。

“老人家，您是不是吃不上饭，肚子饿了？”黄金山赶忙从自己的布袋里抓起一把炒米、炒豆递给半老头。

半老头摇摇头。

“那您……”黄金山一脸疑惑。

“客人到傅村有何贵干？”半老头反问黄金山。

“唉！这三荒春头，还不是想来买点儿谷吗？”黄金山叹息着回答道。

“买到了吗？”半老头关切地问。

“我们是从义乌黄山来的，听说傅村粮市大，可谁知也是买的人多，卖的人少啊，买不到谷，只好空手回去了。”黄金山回答半老头。

半老头听了，皱着眉头沉思良久，对着黄金山一行四人说：“既然你们都买不到，那就到我家吧，我可以满足你们。”

“此话当真？”黄金山四人起先是又惊又喜，转而又满脸狐疑。惊的是半老头刚才还在地上捡他们掉下的炒米、炒豆，明明是个穷得连饭都吃不上的人，哪来的谷出卖？喜的是如果他们没听错的话，那今天也不至于空跑一趟了。但就是这么个平平无奇的半老头，家里还会有谷子出售？

半老头见黄金山四人一个个惊疑不定，就笑着对他们说：“我家就在前面不远，你们如果真的要的话，就跟我来吧。”说完，只见半老头背着手顺步跨下石阶，缓缓向北而去。

岁月悠悠，傅村的老街巷子深深。高高的瓦房，雕花的屋檐，风永远不急不缓地吹着。四人背着扁担、箩筐，跟在半老头的后面，不到一百米，就远远看见街的北头有“丰盛米行”四个大字。

原来这半老头就是富甲一方的德登公。他在米行门口止步，转过身来，笑眯眯地等着黄金山一行四人。

“请进，这就是我家。”德登公向四人招了招手。四人很快就进了“丰盛米行”。只见白墙青瓦，画栋雕梁，正房五间为上，前出廊，后出厦，东西厢房。迎面大堂上摆丈八条案，案前摆硬木八仙桌，一边一把花梨太师椅，墙上挂着许多名人字画，柱子上的对联更有意思：

饮水要思源，吃饭当节俭。

粒粒盘中餐，皆是辛苦换。

“哇！”黄金山等四人一时说不出话来。目之所及，很有气派，刚才还在地上捡炒米、炒豆的半老头形象怎么都和这里联系不起来，他们几人不由得一个个瞠目结舌。

德登公看着他们四人的模样，忙打招呼：“进来，进来，先喝口茶。”只见丫鬟已把热气腾腾的茶奉上。

稍后，德登公招呼一伙计过来，叫他陪同黄金山等四人到后屋粮仓看谷。四人很快就到了粮仓，映入眼帘的是一排十二间厢房，每一间房子上都开了个小窗，金灿灿的谷子堆得齐窗高。

“哇，谷仓真大，这有多少谷子？”黄金山不由自主地问起伙计来。

“这是西厢房，共十二间，每间堆放八十多石谷子，这里大概是上千石吧。”伙计一边回答黄金山，一边遥指东厢房，“那边也都堆满了谷子，大概也有这么多吧。如果这些都卖完了，还可以从桐庐桐江码头的粮行运过来，那里要多少就有多少。”伙计打开了话匣，滔滔不绝地介绍起来。

黄金山等四人很快就装好了谷子，准备去结账。这时，德登公又出现在他们面前，并招呼他们坐下，丫鬟奉上茶，并摆上了些糕点。

“四位辛苦了，看你们中饭只吃了点炒米、炒豆，想必也饿了吧，这里准备了糕点，你们随便吃些吧，待会还要挑着谷子回那么老远的家呢！”德登公一脸慈祥。

"谢老伯!"黄金山他们四人也顾不了那么多了,看见上等的糕点,四人吃了一会儿,那黄金山早就熬不住了,好奇地问:"老伯,你家既然这么发达,怎么还捡我们掉在地上的炒米、炒豆呢?"

德登公微微一笑,语重心长地说:"古语说得好,粮仓系国脉,民心定乾坤。一粒白米一颗珠,都是用血汗换来的,'一粥一饭当思来之不易,半丝半缕恒念物力维艰'啊,你们在这三春荒头,从黄山步行三十几里来傅村买粮,为的是救饥荒,却把炒米、炒豆散落一地,是暴殄天物啊,这不符合勤俭之道,我捡起你们的炒米、炒豆,又卖谷给你们,就是要你们珍惜粮食啊!"

黄金山一行四人听了,一个个感动不已,连连称谢。

当日下午,德登公送走四人,正想喝下午茶,忽有当铺伙计进来:"老爷,当铺那边有人来拜访您。"

"知道了,我这就过去。"德登公放下茶杯,快速出门,不一会儿,便来到了恒丰当铺。

"德登公多日不见,近来可安?"此人年约五十,脸如雕刻般五官分明,有棱有角,外表看上去好像有点儿放荡不羁,但眼里不经意流露出的精明让人不敢小看,他手里拎着一个胀鼓鼓的布袋。

"荣华公久违了!"德登公上前一步,行了个抱拳礼,"今日光临,有何贵干?"

这荣华公姓鲍,名荣华,是义乌义亭人士,与德登公曾是生意上的朋友,今天来傅村找德登公,说是手头有点儿紧,想麻烦一下德登公,弄点儿银子救救急。

"进去说话。"德登公还是笑眯眯的。

宾主坐定,丫鬟泡上了茶,德登公很爽快地对荣华公说:

“既然是朋友，又都是生意上的人，谁也不敢保证手头不紧的时候，说吧，你需要多少？”

“谢谢德登公美意，不过，我这次不是来借银子的，我有一件祖传的汝瓷，想送给你。”荣华公把随手拎的布袋小心翼翼地打开。

“汝瓷？好！好！”德登公万分兴奋，两眼紧紧盯着荣华公手中的那个布袋。

汝瓷是宋代汝、官、哥、钧、定五大名瓷之一，因产于汝州而得名，在中国陶瓷史上有“汝窑为魁”之誉，分天青、天蓝、豆绿、月白等釉色，而天青釉瓷，釉中含有玛瑙，色泽青翠华滋，釉汁肥润莹亮，釉如堆脂，视如碧玉，扣声如磬，质感甚佳，其色泽素雅自然，有“雨过天晴云破处”之誉，“似玉、非玉而胜似玉”之说。

荣华公的这件汝瓷，正是天青釉瓷。德登公平时就爱好收集名人字画和古玩珍宝，汝瓷更是他的最爱，因此，不少人就投其所好，经常弄一些稀奇古怪的玩意来迎合他。当然，大部分都是一些赝品，真货并不多。其中一些人是不识货，而也难免有些人是故意为之，骗取钱财。这些年来，德登公在古玩上不知交了多少学费。

“真是稀世珍品啊。”看着荣华公手上的汝瓷，德登公心里痒痒的。

这是一只玉壶青瓶，系汝瓷十八件传世器品之一，撇口、细颈、圆腹、圈足，是宋瓷中具有时代特点的典型器件。相传，有一年苏东坡来汝州看朋友，喜欢了解各地民风民俗的苏东坡这天信步来到一汝瓷作坊，见一老翁正在拉坯成型，觉得十分惊奇，想不到汴梁城里官民们争购的“光致茂美”、有“假玉器”之誉的瓷器，竟是在这简陋的轱辘车的旋转中，随着老翁手的提、拉、捉、放做出来的。于是，他用十分赞许的口气对老翁说："久闻汝窑瓷器贯通文化，诗词歌赋皆能以绘画描述，但不知道这瓷器造型能否表达出此种文化？"

说完，苏东坡就吟诵了唐代王昌龄的一首诗：

寒雨连江夜入吴，平明送客楚山孤。
洛阳亲友如相问，一片冰心在玉壶。

老翁听了，略一思忖，随即拨动轱辘车盘，须臾间塑出一个撇口、细颈、腹圆如倒置鸡心状的器皿来。

"此器如心倒置，谓之'心到'了，撇口寓示'敞开心扉'，拙器抒志示节，客官以为如何？"老翁指着器皿问苏东坡。

苏东坡一见，顿时敬佩之至，连声称赞："这真是清如玉壶冰，贞见玉壶春！"

这玉壶春瓶因苏东坡的出题而成，从此名声大震，吸引着人们争相购买。

德登公从荣华公手中接过玉壶春瓶，翻来覆去一遍遍地欣赏着，爱不释手的样子，荣华公早就看在眼里。"荣华公，这玉壶春瓶你打算要多少？"德登公边端详边问。

"说实话，要不是等着用银子，我哪里舍得出手呢！"荣华公谦谦一笑，"德登公，我们是老朋友了，你看着给几两就是了，我哪敢跟你讨价还价呢！"

德登公放下玉壶春瓶："荣华公，这哪能由我说了算，既然你急着要用银子，就直爽快说个价吧。"

"那……那就五十两银子吧。"荣华公一边说一边观察着德登公的脸色。

"好！就依你的，五十两吧。"德登公一口定价，一点儿

也不还价。

“不过，有点儿不巧，今天钱柜盘账，你把这春瓶留下或先带回去，明天来取银子如何？”

“好的！好的！既然你如此慷慨，我还把春瓶带回去干吗，就留在你这儿了，明天我再回来。”荣华公点头抱拳，千恩万谢。

送走荣华公后，德登公回到当铺。钱柜伙计急忙上前问德登公：“老爷，今天钱柜没盘账啊？您是否没看准这件汝瓷，还要再斟酌斟酌，甄别一下真伪？”

“你现在就赶去义亭，打听一下荣华公家发生了什么。”德登公没有回答伙计的问话，而是要他赶去义亭。

这义亭镇位于义乌境西南部，清时属智者乡十八都和同义乡十九、廿都。唐贞观初年，鲍氏由山东平阳迁居于此，在周围建有五个亭子，故名五亭，后将五亭改为义亭，离傅村只有十多里地。钱柜伙计很快就来到了义亭镇上。

这鲍荣华，也算是义亭镇上的大户，一座“口”字形的四合院，里面由正房、东西厢房、倒座房、耳房、后罩房合围起来，庭院像模像样，石刻花纹的影壁、抄手游廊、垂花门等，是规规矩矩地坐北朝南。

很快，钱柜伙计就通过熟人摸清了荣华公家的事情，连夜赶回傅村，向德登公回话。

原来，荣华公是专门做白芍药材和金华火腿生意的，在东阳、金华一带收购火腿到安徽亳州，然后换取当地的白芍等药材回来销售。天长日久，他在亳州的产业反而比义乌这边还大，不但有自己的药材基地，还在亳州城里开了家当铺，取名荣泰典当。

这天傍晚，天阴沉沉的，偶尔飘着几丝零星小雨。荣泰典当和对面的兴隆典当门口都冷冷清清，整条街上也稀稀拉拉的看不到几个人。荣华公正准备打烊，忽然门口来了个瘦小的青年，风风火火的，一进门便火急火燎地说："掌柜的，求您了，家中有急事，万望您能接济一下。"

荣华公打量了一下这个小青年，一身破布粗衣，头发蓬乱，怀中抱着一只精致的木箱，一脸慌乱。

"别急！别急！有事慢慢说。"荣华公安慰他坐下说话。

那小青年也不坐，把怀中的木箱子往柜台上一放，说："这是我所当之物。"

荣华公看了看箱子，箱子通身镂刻着云龙之纹，端庄大气，十分精致，用料也是正宗的海南黄花梨。

"不知小哥想当多少银两？"荣华公问。

"家中有急事，能给二两即可。"小青年十分急切。

荣华公看了看小青年，在柜台前来回踱步。

"那就给你三两吧。"荣华公想想这小青年也是穷苦之人，便给了小青年三两银子。

"多谢掌柜！"小青年战战兢兢接过银两，拔腿要走时，又回过头来看看荣华公，然后三步并作两步出门而去，消失在夜幕中。

荣华公把木箱子往货架上搁，只听得里面有东西晃动，但也没想那么多，箱子上也锁了一把大铜锁，不能随意乱动顾客的东西是当铺的规矩。

五天过去了，十天过去了，一个月过去了，那小青年再也没回来，荣华公几乎把这事忘了。

很快就到了第二个年头，一个春光明媚的晌午，荣华公正在当铺整理货柜，忽见一群衙门的官兵横冲直撞闯入店铺，荣华公从来没见过这种场面，赶忙问道："敢问老爷，来小店有何事？”

“滚一边去！”为首的官兵一脸凶相，“有人举报你店里私藏国宝，我等前来搜查。”

“官……官爷，这当铺开门不拒客，他们典当什么物品，与我都没关系……”

“有没关系是你能说了算吗？别啰唆！搜！”为首的官兵把荣华公一把推开，五六个官兵就开始翻箱倒柜。荣华公早就吓出了一身冷汗，站在旁边一点儿也不敢出声。

“长官，这只小木箱子看上去就是图画中的那只。”一个小官兵抱着一只小木箱往为首的长官这边跑来。

“这不就是去年那个小青年送来的小箱子吗？”荣华公脑子里忽然闪现那个小青年的模样，他当时就觉得这小青年有些异常，现在果然出事了，荣华公心里七上八下的，忐忑不安。

“快撬开箱子！”为首的官兵呵道。

“慢！各位官爷，这木箱是他人所当之物，不能随意开启。”荣华公不知哪来的勇气，上前欲阻拦官兵开箱，这是他们的职业操守。

“找死啊，你！要是在这木箱里搜出真家伙，我看你小命都难保。”为首的长官凶神恶煞。

荣华公全身筛糠似的发抖，两眼直愣愣盯着木箱。

不一会儿，官兵就撬开了黄铜锁，一道耀眼的金光立刻从箱子里射出来，整个屋子充溢着一股香气。

原来是一只青玉云龙纹炉，这是一件宫廷珍藏的仿古玉器，以古代玉器为蓝本进行模仿，无论是雕琢工艺还是艺术风格都达到了炉火纯青的水平，体圆形，侈口、无颈、垂腹、圈足外撇，两侧对称饰兽首吞耳。行龙势态为后双肢与尾部支于海涛之上，龙首前视，胡须后披，炉底内阴刻清乾隆御题七言诗：

何年庙器赞天经，刻作飞龙殿四灵。
毛伯邢候异周制，祖丁父癸似商形。
依然韫椟阅桑海，所惜徙薪遇丙丁。
土气羊脂胥变幻，只余云水淡拖青。

“这是国宝，你知道吗？这下你还有什么话好说？”为首的官兵手一挥，“带走！”

五六名官兵就押着荣华公到了县衙，他当夜就被关进了监牢，次日便升堂断案。

荣华公被押进气势威严的公堂，跪定后，反倒镇定起来。他知道自己是清白的，这青玉云龙纹炉即便真是国宝，也不是他偷的，是有人想加害于他罢了，自己只要如实陈述，应该是平安无事的。

“堂下所跪何人，报上名来！”县太爷猛地一敲惊堂木。

“草民姓鲍，名荣华。”荣华公十分平静。

“大胆刁民，你偷盗宫廷国宝，现证据就在此，还不认罪！”县太爷一只手托着下巴，一只手捏着八字胡。

“回大老爷，若那玉炉是我所盗，何不将它藏于隐秘之处，还堂堂正正地搁在柜台后面的货架上？这木箱确实是他人所当之物，草民真的不知情啊。”荣华公沉着应对，理由十分充足。

“既然是他人所为，那当物之人现在何处？姓甚名谁啊？”县太爷又反问道。

“大老爷，来店当物之人，我们并不需要知道他的姓名和住处，这是行业规矩啊！”荣华公理直气壮。

“大胆！既然不知道当物之人的住处姓名，就是你自己所为。来人，拉下去严刑拷打。”不容辩解，荣华公便被衙役拖入刑房拷打。

就这样，荣华公每天都被提审，尽管他每天都喊冤枉，宁死也不认罪，但县太爷硬是认定他偷盗国宝。

这天夜里，荣华公在狱中翻来覆去，一点儿睡意也没有。忽然听见牢门铁链的声响，他抬头一看，有一瘦小的书吏打开牢门进来了。荣华公又是一惊，难道晚上还要拷打，只见那书吏进来也不说什么话，只是盯着他看，荣华公甚觉奇怪，也盯着书吏看。

“你是官府之人，为什么要无缘无故加害于我？”原来这瘦小书吏正是一年前到他荣泰典当当木箱子的那个小青年。

“嘘，轻点儿，你先别问这事，我先问你，你五年前可在亳州郊外救过一人？”

“亳州郊外救人？”荣华公皱起眉头想了想。

“是有这件事，那是一个进京赶考的穷秀才，因天热中暑昏死在郊外三里亭的路旁，我因采购药材刚好路过这里，就把他背到凉亭刮痧治疗，并给他服用了自制的清热解暑丸。约过了半个时辰，那秀才慢慢苏醒过来，临走时我还送给他一些麦饼和身上仅有的一两银子。”荣华公记忆犹新。

“我就是当年被您救起的那个穷秀才，恩公，请受我一拜！”只见那书吏“扑通”一声跪在荣华公面前。

“有这等巧事！”荣华公仔细端详起眼前这个书吏来，怎么也不能把他与当年那个秀才连在一起，只是觉得身材和容貌有些依稀相似而已。

“那你为何会在此当书吏？”荣华公又追问起来。书吏就把此后发生的事一五一十地告诉了荣华公。原来那日两个人分别后，秀才就急匆匆赶路，不过十里，路上就碰到了几个拦路抢劫的强盗，把他身上所有的银两和衣物都抢劫一空，秀才没办法，又折回到亳州城里，摆了个代人写书信的文字摊，后来又被县衙的师爷招到衙门当了书吏，混碗饭吃。

“恩公啊，果然是您啊！我对不起您，对不起您啊！”书吏跪在地上打起自己耳光来。荣华公见状忙拦下他，并把他扶起来。

“既然我是你的救命恩人，那你总该告诉我缘由吧！”荣华公急切想知道是谁加害于他，为什么要加害于他。

“恩公，我这就把一切都告诉您。”

原来，荣泰当铺每天都顾客盈门，而对面的兴隆典当却冷冷清清。这兴隆典当的老板陈万财可是本地人，又是恶毒的小人，眼看着自己是本地人，生意还做不过一个从浙江义乌来的外地人，气不打一处来，早就对荣华公怀恨在心，就千方百计买通了县太爷，自己暗中去买了个假青玉云龙纹炉，与县太爷商量了歹计，要嫁祸于荣华公。于是就有了一年前傍晚当木箱子的事。

荣华公听完仰天长叹：“没想到这光天化日之下竟有如此冤枉之事啊，太歹毒了！”

“恩公啊，我也是被逼无奈啊，万请恩公千万别记恨于我。我发誓，既然您救过我一命，我也绝对不会不管您，一定要把您救出来！我不能在此待得太久，以免引起他们怀疑。”书吏跪在荣华公面前挥泪告别。

说来也怪，自那天升堂断荣华公的案子后，这县太爷的胸口就开始阵阵发疼，而且是一天比一天厉害。一发作起来，黄豆大的汗珠淋漓不止，痛得他在地上打滚，方圆几十里地

的老郎中都来开过方子，就是不见有一丝好转。

这天午后，县太爷又发起病来，痛得哭爹叫娘，正满地打滚时，书吏来到了县太爷的房间。

“大老爷，也许我能治你的病。”书吏看上去很真诚。“什么？你能治老爷的病？”县太爷的家人感到十分惊奇，“那你还不赶快给老爷看看！”

县太爷虽然不太相信这个无名小书吏，但此时也只有死马当活马医了。

“快……快……”县太爷气息奄奄。

“老爷别急，在医治之前，小人有一事相求。”书吏摆起了架子。

“何事？快……快说。”县太爷说。

“如果我医好了你的病，请老爷网开一面，放过荣华公。”书吏用期盼的眼神看着县太爷。

“你……你说什么？放过鲍荣华，你……你与他有何关系，竟……竟替他求情。”县太爷不屑一顾。

书吏就把五年前荣华公救他一命的事一五一十地告诉县太爷。

“哟，真是感人肺腑啊，可他救了你，与我何干？”县太爷的胸痛这阵子好多了，“你可别忘了，那箱子是你送过去的！”

“老爷，你可要清醒啊，那只木箱子里装的所谓的青玉云龙纹炉完全是你们伪造出来的，是一只完完全全的假货，只不过是你串通兴隆典当的老板陷害人家罢了，这事一传出来，看你怎么收场啊？”书吏见县太爷顽固不化，就直截了当地戳穿了他们的阴谋。

“再说了，你这病……”没等书吏说完，县太爷的胸痛又开始发作起来，这次看上去更严重，连白沫都吐出来了。

“好……好，依你，依你，先……先给我看病。”县太爷痛的实在难熬。

只见书吏从口袋中拿出一粒药丸，用麻线吊着，探进县太爷的喉间，不住地牵着拉扯，像在泥穴边钓黄鳝一般，另一只手不停地按压着县太爷的肚子。过了好半天，县太爷的口微微张开了，书吏一只手在县太爷的肚皮上按压，另一只手提着麻线仍在扯动，突然间，他将麻线拽出，有一团东西随着丸药一块带出来，同时他猛地往地上甩……

“呀！是一条蛇。”在一旁观看的家人惊叫起来，县太爷的胸痛也就立马治愈了。

“这……这蛇是怎么进我肚子里去的?”县太爷一脸疑惑。

“这是老爷你歹毒之气所结而致，今后千万要做一个公正廉明的好官啊!”书吏直话直说。

“放屁！你算什么东西，敢跟我喝五吆六！当年不是本老爷收留你，你还不知道死在哪呢！给我滚!”县太爷刚好了伤疤就忘了痛。

“你身为官员，居然出尔反尔！而且你收受兴隆老板贿赂，助纣为虐!”书吏勃然大怒。

那县太爷听了书吏的话，嘿嘿一声冷笑，更加威风起来：“你别给脸不要脸，你只不过是我身边的一条狗，你治了我的病又怎样？信不信我照样把你关进大狱!”此时的书吏反而十分冷静，他心平气和地告诉县太爷：“这丸药是我家乡华龙寺的老方丈给我的，他算定我带着此丸必有大用。见利忘义，不懂感恩，这是造作罪孽。我如果连救命恩人都不还报，还算是什么人！即使你让我把牢底坐穿，我也要救荣华公。不过，我也奉劝你别得意太早了，老方丈早就吩咐过，我也留了个心眼，知道你会出尔反尔，蛇虽然取出来了，但毒液还在你体内，不过三天就会发作，没有我的解药，届时你还是必死无疑！”

“什么？”县太爷心头一紧，连忙点头哈腰，“好说好说，我马上放人。”

最终，荣华公安全出狱了。书吏托人给县太爷送去一丸药，自己跟着荣华公连夜远走高飞了。

真是“屋漏偏逢连夜雨，行船恰遇顶头风”，荣华公与书吏在途中又被歹人劫了道，从亳州带回来的银两细软都被抢劫一空，还差点儿送了命。回到义亭后，荣华公的爹娘又先后暴病身亡，把家里仅存的一点儿积蓄也折腾了个精光。

为了东山再起，他只得把祖传的玉壶春瓶给德登公送来了。

“原来是这样，如此坎坷，实乃不易也。”德登公听了伙计的回报后，对荣华公的为人大加赞赏，而对其不幸遭遇深加同情。

再说义亭的荣华公第二天一大早就来到了恒丰当铺，伙计匆忙跑到里屋问德登公：“老爷，义亭的荣华公来了，昨天的玉壶春瓶给他多少银两？”

“五百两。”德登公语气十分肯定。

“什么？他自己只要五十两，你给他五百两，那瓶子是真的？”伙计以为自己听错了，不解地问。

“是真货，按照我说的办。”德登公再次肯定，并吩咐伙计把玉壶春瓶包裹好并珍藏起来，不能让外人看见，更不能出手。

这玉壶春瓶肯定是价值连城，伙计心里琢磨着。可天下之事就是这么稀奇，越是小心越容易出事。半年后，伙计在珍宝库整理东西时，一不小心把这玉壶春瓶给打碎了，这可吓坏了小伙计，他脸上冷汗直流，双腿直打哆嗦，站都站不稳，这可是他几辈子也补偿不了的啊，他诚惶诚恐地跪在德登公面前请罪。

“快起来，快起来，别害怕，这个春瓶是假的。”德登公笑眯眯，一脸无事的表情。

在场的人都吃了一惊，都以为德登公在为小伙计开脱罪责，故意说是假的。因为他们知道，德登公一向体恤下人，是个很有度量和涵养的人。

“好了，该干啥就干啥吧，大家都别谈这事了。”德登公自己也优哉游哉地走开了。

两年后的一天，义亭的荣华公突然来到恒丰当铺，又是送野山参，又是送燕窝，千恩万谢，弄得德登公怪不好意思的。

原来荣华公从德登公的当铺得到五百两银子后，又重操旧业，与书吏一起做火腿和白芍生意，因为诚信经营，加上经商有术，很快就家业重振，富胜于前，俗话说：饮水不忘掘井人。因此，他这次是专程回来感恩德登公的。

“恩公大德，没齿难忘。小弟此次前来拜访，一是表示谢意，二是赎回那只祖传的玉壶春瓶。”荣华公向德登公抱拳施礼，并示意书吏从包裹里取出银子：“恩公，这是一千两银子，请笑纳。这春瓶实在是我家祖传，我不能当不孝子，不能让它在我手里失传了。”

一旁的伙计听了，像只热锅上的蚂蚁，急得团团转，不知如何是好。

“荣华公，古语说得好，君子不夺人之爱，我现在就物归原主。”德登公不紧不慢地往屋里走去。

现场静得可怕，大家都瞪着眼珠子瞅着德登公，大气也不敢出，那伙计更是担心，老是嘀咕着：“这可怎么办，让老爷丢脸了。”

不一会儿，德登公就出来了："荣华公，请查验！"他把那只布袋递给荣华公。

此时的荣华公，早已热泪盈眶，又高兴又激动，镇宅之宝终于重回鲍家，自己终于没给祖宗丢脸，他慢慢打开包裹，只简单地看了一眼又赶快包回去："恩公，此生有你这样的朋友，小弟知足也。"

这感人的一幕，把众人弄得目瞪口呆，那伙计更是云里雾里。

送走荣华公后，只见那伙计急切地跑到德登公面前，再三追问还给荣华公的玉壶春瓶是真是假。

德登公淡淡一笑，说了一句充满玄机的话："假作真时真亦假，真作假时假亦真，这个世界真真假假难分难解，假者自假，真者自真。"

有诗为证：

锦上添花终易得，雪中送炭实难求。
一丝真诚胜万金，几多情谊暖千秋。

第20回

还千金诚信至上　建书院尊道贵业

诗云：内正其心外正容，德行善举乐融融。

和风贮芳惠乡里，泽流遐裔百世功。

却说断尾龙在惟善堂流连忘返，不仅仅是因为它精湛的建筑艺术，恢宏的布局气势，更是因为其彰显了博大精深的文化，光是中柱上的对联，就可以看出这个大家族的精神内核：几百年人家无非积德，第一等好事只是读书。

是啊，人生最大的痛苦就是心灵没有归属，不管你知不知觉，承不承认。心存美好，则无可恼之事；心存善良，则无可恨之人；心若简单，世间纷扰皆成空。做好人，身正心安魂梦稳；行善事，天知地鉴鬼神钦。你若不疑，人间不寒；你若不离，世界不远；你若不恨，苍天有暖；你若不语，四海升平。

断尾龙依次看完中柱、金柱、山柱上的对联后，来到了门前的檐柱继续欣赏。只见不远处的院墙外有两个人在对惟善堂指指点点，轻声细语地在对着话。

“大师，都说你看风水很准。”这是个中年男子，一身长衫马褂，眼露委屈，看上去就是个落魄商人，一脸皮笑肉不笑的样子。

“阿弥陀佛，施主过奖了。”这分明是个禅师，慈眉善目，和颜悦色，因与世无争心平气和，因修禅学佛而双眼睿智。

原来这两个人一个是商人万大利，另一个是禅定寺的禅师，人称云水师傅。

“大师，这就是东山傅氏的惟善堂，您应该知道吧。”万大利问云水禅师。

“怎会不知道，这惟善堂闻名遐迩，远近皆知。”

“那您看他的风水怎样？”

“自然是个好风水，你看它背靠双尖山，布局为长方形，前后分三进，一进为大门，大门前置壁照，二进为正厅，三进为后堂，两侧各置厢房九间形成院落，一看就是高端的布局。”云水师傅越说越有劲头。

“老和尚，你是看人家傅氏现在发迹了才这样说的吧？”万大利打断云水师傅的话。

看到万大利有些不怀好意，云水师傅不急不慢地说：“施主，有话慢慢说，不要焦急嘛！”

“当年我老父亲要搬到东山镇时，也请你来看过这片地方，可你却让我父亲把房子建到万家西山冈头那边去……”万大利再也忍不住了，气喘吁吁地说。

云水师傅这才明白万大利的身份，便点点头：“是啊，万家西山冈头是东山镇最好的风水宝地，旺财又旺丁，还旺官呢……”

“老和尚，别再信口开河了，记得当年老父亲作为酬谢，给禅定寺捐了十两银子，你现在该连本带息还给我了。”万大利看上去很窝火。

“要还也可以，但你得说个理由，我当年可没看走眼。”

云水师傅还是那副不紧不慢的样子。

这时的万大利再也憋不住了，大声质问云水师傅："老和尚！你说说看，我们万家在那里住了几十年，怎么没见发迹呢？弄得我现在四处奔波，生意连年亏本，连养家糊口都这么难。"

"阿弥陀佛。"云水师傅双手合十说，"命由天造，福由己求。造恶就自然折福，修善就自然得福。你父亲好杀生，爱吃野味。可是，上天有好生之德，凡是有生命的，都会爱惜生命而且怕死，杀别的生命来养自己的身体，这是不合天理的，既造了滥杀生的罪孽，怎会不减少自己的福报呢？再看你自己，做生意不规矩，短斤缺两，以次充好；不讲诚信，有时甚至还偷鸡摸狗，这些都属于恶。作恶多了，就可以使福变成祸，富贵长寿变成贫贱短命……因此，种福种祸全在自己，作恶多了，即便拥有了再好的风水宝地，也一样发挥不出应有的福报来……"

"你……你……你这个秃驴！"万大利气急败坏，脸色变得铁青铁青。

"别急，别急。"云水师傅一脸慈笑说，"一个人做事处处受阻，都是因为自己的德性没修好，功德没修圆满，心量不够大啊！应该要好好自我反省，行有不得，反求诸己。你看人家傅氏做了多少善事啊，与人为善，成人之美，救人危机，兴建大利，护持正法。俗话说：千年真地等福人，即使他命里注定要吃苦都可以避开，即使他家的风水不是太理想，这些善事的力量，都可以弥补，苦会变成乐，贫贱短命会变成富贵长寿。所以，你应该时常想想自己的所作所为合不合天道。如果合天道，很多福报不用求，自然就会降临到你身上；如果不合天道，即使原来应有的福报也会离开你，因此，求祸求福，完全在于你自己啊！”

听云水师傅的一番话后，万大利的心情渐渐地平静了下来，脸色也正常了起来。

“阿弥陀佛！造命者天，立命者我，力行善事，广积阴德，何福不可求哉？”云水师傅察言观色，心里明白万大利已有了悔改之意，双手合十，微微鞠了一躬。

“大师，那您给我指点指点，我如何才能改变万家的命运呢？”万大利心中一动，智慧大开，对云水师傅说。

“阿弥陀佛！”云水师傅双手合十，“断恶修善，灾消福来。苦海无边，回头是岸。改过是最好的方法，是最好的修心，因为犯过失，都是心上动了种种坏念头的缘故。《金刚经》云：‘善护念。’即好好地保护善念，不为虚妄所惑。一旦产生坏念头，自己就要及时发觉，并立即把心停住不动。心不动，那么坏念头便会消失，也就不会再犯了……”

“好！大师，我听您的！”万大利当下就发了誓愿，要到禅定寺学佛修禅，痛改前非，诸恶不做，众善奉行。

从此，万家的家境也就渐渐地好了起来。

断尾龙听了云水禅师和万大利的对话，对“向阳门第春常在，积善人家庆有余”的檐柱对联理解更加深刻了，他又看了看门楣上方“惟善堂”三个正书楷体，这个大家族更多的善举一一展现在他的眼前。

傅从墉，名谦光，字贤章，是德登公的三子，他富而不骄，乐善好施，在金东义西一带有极高的名望。谦光公十八岁那年，跟父亲德登公去湖州进丝绸，生意上的事，自然由父亲做主，他只是听听看看而已，他此行的目的，实际上是为了“湖笔”。

毛笔是我国一种独特的传统书写、绘画工具，它与墨、纸、砚一起被称为“文房四宝”。据说毛笔是秦将蒙恬发明的。相传蒙恬驻军边疆，经常要向秦始皇奏报军情，而当时的文字书写，是用刀镌刻的，由于军情瞬息多变，文书往来频繁，用刀契刻速度太慢，不能适应战时需要，蒙恬急中生智，随手从士兵手中的武器上撕下一撮红缨，绑在竹竿上，蘸着颜色，在白色的丝绫上书写，由此大大地加快了书写速度。此后，又因地制宜不断改良，根据北方狼、羊之多，便利用狼毛和羊毛做笔头，制成了早期的狼毫和羊毫笔。因此，旧时制笔行业中，蒙恬被供奉为祖师爷。

湖笔被誉为“笔中之冠”，一般都用上等的山羊毛经过浸、拔、并、梳、连、合等近百道工序精制而成。白居易曾以“千万毛中拣一笔”和“毫虽轻，功甚重”来形容制笔技艺之精细，所以有“毛颖之技甲天下”之说。谦光公自小饱读诗书，早就想看看制笔工艺，又听说湖州善琏镇建有蒙恬庙供之，因此要专程来拜谒这位制笔的祖师爷。

这天，他一个人来到善琏笔庄，按大楷、寸楷、中楷、小楷规格分别挑选了湖笔的羊毫、狼毫、兼毫、紫毫四大类，并在制笔作坊亲自看了制笔的工艺后，准备回到旅店跟父亲一起吃饭。刚走出笔庄门口，就看见路边有一个包裹，他前后左右仔细看看，街上也没一个人影，便扯起嗓子高声喊起来:“是谁掉了包裹?”一连喊了几声，就是没人应腔。他怕失主回来找不到，干脆站在包裹边等了起来，约过了半个时辰，才看见一个中年男人匆匆赶来，他自称名叫钱多多，这包裹是他的。

谦光公松了一口气，终于有人来领失物了。“那你就把包裹拿走吧，我也要回旅店了，我父亲肯定等急了。”说完就要动身。

“别忙！”钱多多拦住了他，“我还要检点一下包裹里的物品和银两呢。”

“这位先生，我一下也没动这包裹，你自己看吧，我真的要走了。”谦光公对钱多多说。

“嘿，这哪行啊，要是我这包裹里的银两少了呢？”钱多多边拦着谦光公，边打开包裹。谦光公也没办法：“想不到好心得不到好报了。”他心里很不舒服。

“哎！还真的被我说中了，我这包裹里的物品，一点儿也没少，就是少了十两银子。”钱多多像是一本正经的样子，两眼紧紧盯着谦光公。

“你……你没搞错吧，我真的一下也没动你的东西。”谦光公涉世不深，还从来没碰上过这样的事。他气得手脚颤抖，有口难辩。于是他就与钱多多争执了起来。

“真是好心被当成驴肝肺了，包裹还给他还要敲诈，这个小伙子也太冤枉了！”“我们又没看见，谁知道这小伙子有没有拿银两啊，知人知面不知心啊。”

这时，街上的人逐渐多了起来，见他俩争执不下，大家围在旁边七嘴八舌地议论着。

“要不就去报官吧！”不知谁喊了一声。

“对！去衙门，跟你这种人讲不清楚。”谦光公理直气壮，拉着钱多多去报官。

“去就去，谁怕谁呀。”钱多多看着大家伙都盯着他，也强打起精神与谦光公一起走。

就这样，两个人闹到了县衙。

县令摸清了事情的来龙去脉后，把惊堂木一拍：“钱多多，你包裹里究竟有多少银子？”

“二……二十两。”钱多多结结巴巴地回答。

“那么，这小伙子是在路边等你，还是他拿着你的包裹已走，你追赶上他的？”

“他……他在路边等的。”钱多多支支吾吾，不敢大声说。

“那这小伙子如果要是拿你的银子，为何不把你的包裹拿走呢？他为什么要在原地等你半个多时辰？”县令义正词严，“小伙子好心等你，你却说少了十两银子，按你说的，你的包裹里有二十两银子，而这小伙子捡到的包裹里只有十两银子，如此看来，这个包裹不是你的，是另外的人丢的。”

“对！老爷说得对，这包裹不是他的，是他冒领的！”在场看热闹的人都为县令拍手称好，为谦光公抱不平。

钱多多一听县令的话，又听听众人的评议，急忙改口说：“大人，这包裹确实是我的，我情愿领走这个包裹。”

“大胆刁民，数目不同怎能冒领？这只包裹暂无人受领，就先放在县衙，马上贴出告示，让失主前来认领，你的包裹，你自己再去找吧！”县令果断判案。

“至于谦光，真者，精诚之至也。其行为感天动地，其心至纯至美，本县特批奖赏官布两匹，湖笔两套。”县令对谦光公大加赞赏。

钱多多听了判决后，只能哑口无言。而谦光公这趟湖州之行，既长了不少见识，又载誉而归，父子俩自是十分欢心。

佛说：你若善良，人会欺你，但老天会保佑你。神明在上，老天有眼，好人坏人，有赏有罚，你做了好事，老天会赏你福报，你做了坏事，老天会罚你走厄运。

却说谦光公父子俩回到傅村后，更加乐善好施，捐资修桥铺路，养育幼孤，救济贫困户，捐资丽正书院，崇尚尊师重教，施舍棺椁以慰藉亡灵，其义举善状，名闻婺州，并得到郡府的表彰。谦光公也就很快成为一个名副其实的儒商，德登公仙逝后，谦光公就子承父业，挑起了家族的重担。

一天，谦光公正在考虑谋划东山傅村创建书院之事，忽有伙计来报说有安徽亳州老友来访。

“快请进！”谦光公赶紧放下手头的活，快步向大门走去。

“仁兄近来可安？”来人姓赵，名春儒，四十开外，安徽亳州人士，与谦光公做白芍生意相识、相知、相交。一见面便向谦光公请安，后面还跟着一位伙计，肩上挑着两只箱子。

“稀客！稀客！”谦光公满脸笑容迎进老友，双方坐定，泡上茶，随从将担子放下退出门外。

“傅兄久违了，小弟今登贵府拜访，有一事相求。”赵春儒开门见山。

“仁兄尽管吩咐，不必客气。”谦光公亦十分爽快。

“好的。”赵春儒呷了一口茶，就说起事来。

原来他这一次是来婺州、处州一带做白芍生意的，因这批货质地很好，价格又适中，加之他在婺州一带的口碑，货物很快就被抢购一空了，剩下的一点儿，是答应要给处州一位朋友的，今天就要启程给送过去。可处州一带山多路险，他收的一千多两银子的货款实在不方便带上，就来东山傅村，想先寄存在谦光公家，待处州回来后再来取。

“就这两只箱子，差不多也就寄存半个多月，还望傅兄给予方便。”赵春儒指指箱子对谦光公说。“好说！好说！承蒙赵兄信任，小弟何敢推辞，定当遵命，届时完璧归赵。”谦光公一边应允，一边请伙计来把堂屋把箱子抬到银库保管。

说话间，后厨那边已备好一桌酒菜，两位好友双双入席。

“‘日出江花红胜火’，祝兄生意更红火。”谦光公先干为敬。“四季平安祝福你，四方来财四杯酒。”春儒公也频频回敬，双方觥筹交错，甚是欢心。因春儒公还要早早赶路，酒过三巡，菜过五味后，就起身告辞了。“那就半个月后再聚！”谦光公也不强留，一直送春儒公到门外。

时光飞逝，半个月很快就过去了，谦光公惦记着春儒公：“这几天总会来了吧。”可谁料二十天过去了，一个月过去了，一年过去了，春儒公竟一去不回。这可急坏了谦光公，到了第二年，他亲自到安徽亳州，找到了春儒公家，可人有旦夕祸福，春儒已经去世了，家中只有春儒的妻子和儿子，孤儿寡女的，日子十分难过。

原来那天春儒公与谦光公告别后，就与伙计不分昼夜地往处州赶，因贪于赶路，错过了旅馆，一直走到半夜也没见到有村庄，伙计走得实在太累了，就对春儒说想要停下来歇歇再走。

“不行，这荒山野岭的，又是走夜路，绝对不能停，如果停下来，遇到了坏人不说，很可能会碰见不干净的东西，再坚持下，前面很快就会有村庄的。”赵春儒劝导伙计，伙计听春儒公这么一说，也就只得遵从了。

大约又走了半个时辰，伙计突然大叫起来：“掌柜的，前面有些灯光了，你看看，肯定是个村庄了。”赵春儒一听，朝前面望了望，随后对伙计说道：“那就快走吧，找户人家歇歇去！”俩人不由自主地加快了脚步。

可没过多久，凭空卷起了一阵旋风，吹得他们睁不开眼睛，还好风很快就过去了，当他们睁开眼睛时，看见前面不远处有一双绣花鞋在发红光。

伙计赶忙跑过去，刚想捡起那双绣花鞋，只听得“嘻嘻”一声轻笑，一位美丽的白衣少女突然出现在他面前。

伙计着实吓了一跳，随后上下打量起这位陌生的女子来，只见那女子一袭白衣，长相十分俊俏，身材高挑，正对着伙计微笑。

伙计刚想与那女子说话，赵春儒大喝一声："小兔子，别跟她讲话，赶紧闭上眼睛，低下头，快点儿！"伙计被春儒公突然的喊声吓了一跳，他本能地闭上了眼睛，此时，春儒公已走到他身边。

"牵着我的衣服，跟在我身后，不许说话。"赵春儒又吩咐伙计。

伙计不知发生了什么事，牵着春儒的衣服，乖乖地跟在后面。

过了没多久，赵春儒对伙计说道："好了，没事了，放开手，睁开眼睛吧。"

"掌柜的，究竟发生了什么事，这么神神秘秘的？"

"那女子已不在阳世，你险些被她勾魂了。要记住，以后走夜路碰到这样的事，千万不要随便搭理，也不能喊名字，人家喊你的名字也不能应声。"

"那您刚才不是喊我'小兔子'的名字了吗？！"伙计倒清醒起来了。

"糟糕，你快把衣服脱下来烧掉。"赵春儒喊道。

伙计不由分说，就立即将衣服脱了下来，赵春儒把它挂在路旁的树枝上点着，又念了几遍"阿弥陀佛"。

俩人不知不觉就来到了村庄，看见一户人家有个长者还在油灯下织草鞋，便敲门进去借宿。

可自那以后，赵春儒便整日昏昏沉沉的，什么事也记不起来，回家后便一病不起……

再说谦光公听了春儒公妻子的哭诉后，甚感奇怪，也深为春儒公的不幸悲痛，暗暗告诫自己，以后千万不能走夜路，即使没办法一定要走，也不能搭理陌生人，不能透露个人姓名等信息，小心驶得万年船啊。

“嫂子节哀，小弟今来亳州，是来还银子的。”谦光公指着屋外的一排排花盆说。

“还银子？”春儒妻不解地问。

“是的，这是春儒兄生前寄存在我家的银子，已经近两年了，现在我把银子放在花盆底下，上面栽了花，送过来，这是一千两，分文不少，请嫂子点点吧。”说完，谦光公一招手，伙计就将花盆往春儒公屋里搬。

“这，这是真的吗？”春儒妻战战兢兢，不敢收银子。

“嫂子，这本来就是春儒兄的东西，是你们家的财物，何必不安呢？”谦光公把事情的经过原原本本地向春儒妻叙说了一遍。

春儒妻非常感动，赶忙拉着儿子跪在谦光公面前叩头致谢。

从此谦光公诚信至上，千里还钱的美名也传遍亳州和八婺大地。

一切安排停当后，谦光公又安慰了春儒妻一番，并叫她们娘俩有困难随时来东山傅村找他。春儒妻女千恩万谢，与谦光公告别。

却说谦光公回到傅村后，就一心一意把精力全部放在书院的建设上，他把院址选择在傅氏大宗祠旁，前面是一马平川的田畈，大门正对着群峰逶迤的双尖山脉，东南坡鱼翔浅底，一条天溪自北向南横穿书院中心。先圣殿、讲堂、文昌阁和藏书楼，逐阶增高，层层叠进，寓意步步高升，给人一种深邃、幽远、威严、庄重的感觉，体现了儒家文化尊卑有序、等级有别的关系。中轴线两侧分列教学斋。书院一进为天井式室内庭院，院内两棵桂花树满院芳香。二进即为中厅，是书院的核心部分，门首高悬一块木匾，上面写着“魁星点斗”，其用意在于书院的学子们学有所成，金榜题名。最高处自然是文昌阁了，供奉的文昌帝君又称更生永命天尊，是掌管世人功名禄位之神。文昌帝君的两侧，立着两位童子，一位是“天聋”，一位是“地哑”。位前的供桌上，还摆放着一部《文昌帝君阴骘文》，劝人求真向善。文昌帝君在书院的最高处，显示了他的重要地位。

整座书院共有48间房子，前低后高，错落有致，加以庭院，林木遮掩，亭阁点缀，山墙起伏，飞檐翘角，构成生动的景象，与自然景色天人合一，达到序中有和，和中有序，和序统一的整体。从开工到落成，前后历时两年，化银三千多两。

“哎！终于大功告成了。”那年六月，谦光公站在书院大门前，缓缓地舒了一口气，看着书院建筑的磅礴气势和精湛技艺，想着东山傅氏从此以后有了启蒙升华的场所，他心里别提有多高兴了。

“给书院起个什么名呢?”他看着门楼上方空着的匾额，自言自语起来。

大凡书院的名字都有它的出处和寓意，比如中国四大书院之一的“白鹿洞书院”是唐贞元年间，洛阳人李渤与其兄李涉在此隐居读书，养一白鹿自娱，此鹿通人性，常跟随左右，且能跋涉数十里到县城将主人要买的书、纸、笔、墨等如数购回，故时人称李渤为白鹿先生，其居所为白鹿洞。后李渤任江州刺史，便在读书台旧址创建台榭，并在此办起了学校，也就是白鹿洞书院。

“还是取个与傅氏先祖有关的院名吧。”谦光公在脑海里追索着，他从傅说想到了傅介子、傅宽、傅毅、傅佥等，最后定格在了傅玄身上。

傅玄，西晋哲学家、文学家、官封司隶校尉，可算是傅姓族人有史以来最有学问的名人，不但精通单律，还擅长乐府诗，更是在哲学上有很高的造诣，在晋文学史上占有重要地位，卒后被追封为清泉侯。

相传傅玄少时孤苦贫寒，但博学多识、文采出众，性格特别刚强正直，不能容忍别人的短处。他最初在郡里任计吏，上司两次推举他为孝廉及太尉府的征召，他都不就任，后被州里举为秀才，任郎中。司马炎建立西晋后，为其加官为驸马都尉。当时，因连年粮食歉收，加之西羌胡人骚扰边境，皇上问计于大臣，傅玄提出了五条建议，对治国安邦起到了很好的作用，深得皇上赏识，升任司隶校尉。

那一年，皇后驾崩，在宫中设立祭丧位置，按旧制傅玄上朝时应该在端门外独坐一席，进入殿内，便按官职次序就座，与人同坐一席。而安排座次的尚书与傅玄政见不和，就把他的位置设在卿位之下，于是他当庭与尚书争吵起来，傅玄在争吵后愤然离席，因此有人劾奏他大不敬，加之他平时对王公贵族不畏惧，不屈服，因而坐罪免官。可他的一些思想理论、治国之策却一直为当时朝廷所采纳，特别是“尊其道，贵其业，重其选”的教育思想，对后世国家振兴教育起到了十分重要的作用。

“何不按先祖尊其道的训示，取名为‘尊道书院’呢?”谦光公豁然开朗，就这样，书院正式命名为“尊道书院”。谦光公亲自兼任院长，总理尊道书院。真可谓是：

立德立功立言，事事流芳不朽。

在上在左在右，人人仰止无疆。

婺州郡府陆颜念谦光公一生乐善好施，泽流远近，亲自书匾额“泽流义塾”一块并撰“新建尊道书塾记”送到东山傅村，朝廷也封谦光公为儒林郎，又晋封其为奉政大夫，有诗曰：

一生行善芳名留，沧桑岁月写春秋。
数年风雨雄心砺，商海沉浮数风流。

第21回

求真知游学三载　坐首席一掷万金

诗云：寻师问道三载余，走遍人间求真知。

一掷万金坐首席，敷文浙水信相思。

《红楼梦》里有一幅很妙的对联："世事洞明皆学问，人情练达即文章。"是说，世间万事万物，如果你能深入洞见，能明了个究竟，就能成为有学问的人。学问之道，不在死读古书，搬弄知识，而在于明了世理；人间情势，复杂而丰富，如果你能熟练地了解各种情缘，能通达各种情理，那就有了写文章的根本。文章之道，不在咬文嚼字，不在搬弄是非，而在于写出通达人情的深刻性。据此，古代读书人游学之风盛行，特别是在科举取士之后，好多读书人都为了功名前程而离乡远行，遍访名师。"士游乡校间，如舟试津浦。所见小溪山，未见大岛屿；一旦远游学，如舟涉江湖……"

话说东山傅氏第二十一世孙谦光公独生一子，讳启玭，字上卿，号香山，又名九龄，生于清嘉庆十年（1805），人称九龄公。

九龄公家资笃实丰隆，一生乐善好施，义捐义乌马济浮桥，捐建艮溪石桥、潜溪桥，并时常扶贫济困，特别是费资一万多独修省城杭州的“敷文书院”，一时名声远扬，府宪王旌赐其“乐善好施”匾额，邑侯蒋旌赐其“德薰闾里”匾额。要说九龄公捐资一万多独修杭州“敷文书院”的事还得从他游学的故事说起。

据说九龄公二十岁那年为考取功名，准备外出游学。可谦光公就这么一个独生子，又出继仲伯及昆叔，故一子承三嗣。游学的安全是放在首位的，除了骑行的小毛驴外，还须带上银两、书籍、衣被等用品，地经也是必备的。谦光公的夫人则早早请算命先生给儿子出行挑选吉日良辰，因为路上有在四方云游的“噩神”，故挑好日子以避之。

“一般来说，出行有七不出、八不归的讲究。也就是说不选在初七、十七、二十七出门，回家时则要避开初八、十八、二十八这三个日子……”算命先生娓娓道来，“根据贵公子的生辰八字，最好选在三月初三或三月十一，这叫作初三、十一不择日。至于方向吗？老不上北，少不下南，老不入川，少不游广……”“对，对，对！不要太远，就近走走吧，早点儿回来。”九龄公母亲十分赞同算命先生的意见。

就这样，根据算命先生的说法，九龄公游学的时间定在三月十一，游学地点就在宁波、绍兴及杭嘉湖一带。

“再者……”算命先生故意停顿了一会，“凡出门，敬路神，这是必不可少的。”

“应该的，听凭先生吩咐。”九龄公母亲毫不犹豫，“要多少银两，直说无妨。”

算命先生的门槛自然不会低，九龄公的母亲也十分乐意，交上银两，由算命先生置办所用之物。

“还要敬路神？路神是什么？”一旁的九龄公有些不解。

“那就让我说给你听听吧。”算命先生就讲起路神的故事来。

相传路神是共工的儿子犬修。他喜远行，善奔走。一年时间用双脚把五岳都走完了。目的是华不注族（即华夏）的疏散和迁徙。他在牡丹开花的季节出发，带了五十个精壮的小伙子，离开家乡犬丘，沿渭河东下，二十五天就到达了西岳华山，在山下找到了一个华不注（华夏）族的族徽，行了祭拜礼后，留下五个人，吩咐他们说："你们回到故乡去，迁十个部落来，住在渭水边、骊山和华山底下。这地方好啊，开了荒就能种庄稼。"

歇了两天后，他又带着剩下的四十五人向东到洛水，折向东南到达嵩山。这是中岳，那里的部落首领十分隆重地接待了他，并问："帝啊，您出巡至此，我高兴极了，您有话嘱咐我吗？"犬修说："我留下五人，让他们回去把十个贫苦的部落迁到这来，你帮他们找些肥沃的土地安置下来。从你们这里到南面的宛丘，再到大江之边，让他们分散开居住。"首领问："你要让天下归犬吗？"犬修说："不是啊，还是天下归注！我和戎小姓为犬，大姓为尧，宗姓为注，现在是修戎共注。"他又用了二十五天时间，带领剩下的四十个人，渡过长江，沿洞庭湖、湘江南下，到了南岳衡山。犬修和那里的部落首领在竹林对话："你们大江之南氏族繁多，吃不吃鱼？"首领答道："拜而食之。"犬修问："为什么？"首领答道："鱼字与尧字同音，所以拜鱼，然鱼与尧一不同体，二不同质，所以吃它。"犬修说："西恙不食鱼，是敬尧的缘故。"首领说："他们有牛羊肉！帝啊，难道您要禁我们吃鱼吗？"犬修略思片刻回道："帝当自敬，俗不可辱，我怎么可禁你们吃鱼呢？"然后又留下五人，让他们办同样的事。接着，他就沿洞庭湖渡过大江，北上泰山去了。

到了泰山，犬修见这一带庄稼种得很好，就问首领："是

哪个氏族人种的？”首领答道：“帝啊，由此直北、直南，皆靠近大海，是有邰氏族（神农氏炎帝的一支部落），我们在这里住了上千年了。”犬修说：“泰山是你们的祭山吗？”回答说：“是的。”犬修又问：“你们祭谁呢？”答道：“诸帝我们都祭。”犬修很高兴，并叫着首领带他前去祭了祖父邰甲，然后又留下五人，交代了同样的事。

他离开东岳泰山，向西北行了五十天，到了恒山脚下。那里的首领用最隆重的礼节迎接他。犬修对首领说：“我要到各处转转，了解一些风土人情，看看你们各部落的生活。”他转了十天，看到农业和祭俗后，他回到部落首领住处，犬修说：“这里的居民一半是有邰氏，一半是共氏。大家非常和睦，我十分高兴。”首领问道：“听说你父亲共工帝为尧帝守墓，有此事吗？”犬修说：“我父共工为尧帝守墓已经好几年了，他把尧墓用石头垒得很高，像小山一样。你们也把尧帝的祭坛加高些！”犬修吩咐完毕，又留下五人，离开北岳恒山，便踏上了归程。

他们向南，沿汾水而下，到了黄河边上，乘木筏而过，又回到了华山。到家时，已冻冰了，这就是我们后人所说的路神犬修“见花则出，见冰则归”。路上犬修既了解了各氏族的风土人情，又为各氏族的团结统一做出了不朽的贡献。

“好丰富的游历啊！”听完算命先生讲的故事，九龄公十分景仰犬修，决心尽量多跑些地方，多了解些风土人情。古人云：读十年死书，不如走三年江湖。他暗下决心要在外面游学三年。

白驹过隙，时光荏苒，转眼就到了三月十一。九龄公按择好的吉时准时出发了。他的线路是由傅村到义乌过东阳、新昌去绍兴蕺山书院，然后再经上虞萧山去杭州敷文书院。他一路走马观花，游山玩水，好不自在，他每晚在旅店里把白天遇到的事一一记录下来。

这天，九龄公来到了新昌地界。他听说这里有一条溪名叫潜溪，心里觉得十分好奇："我们东山傅村有条潜溪，这新昌也有潜溪，我要好好去游一游。"

这潜溪也称前溪，在新昌城西，全长有十多里，与傅村的潜溪差不多长。其源出马鞍山，经杨坑、元岙至三溪合流汇入新昌江。潜溪一带，环境优雅，涧流飞泻，怪石林立，有峰、谷、洞、瀑、岩、湖等景致，特别是元岙至丁村一带景致最佳。溪水潜入垒石之下，在缝隙中奔涌，一滩巨石，两壁悬崖，风声水声，訇然共鸣。沿岸石景星罗棋布，境界奇幻，野趣天成，更有"万松天烛""七盘坑""屏风岩""面壁石""玉兔岩""九龟上岸""狸猫听音""骆驼背猴"等沿途景观，看得九龄公如痴如醉。

"这景观比我们傅村的潜溪好多了。"他边走边看，不知不觉地来到了一个村庄。由于人生地不熟，也不知道这小山村的名字，只听得村口吵吵嚷嚷的，好多人围着一顶轿子在理论些什么。他加快了脚步，想去看个究竟。

只见村口一户普通农家的门额上，挂了一块"万事不求人"的横匾。一个员外打扮的人，长的尖嘴猴腮，两只似老鼠的眼在横匾上骨碌骨碌乱转，指手画脚大声嚷嚷着。

原来这户人家姓方，有四个儿子。方老汉起早摸黑地维持着一家生计。四个儿子娶了四房媳妇，到了晚年，方老汉想在四个儿媳中找出一个内当家。有一天，他把四个儿媳叫到跟前说："老爹我年纪大了，四个儿子又都是老实巴交的，只知道辛勤苦干，不知道怎么当家。我想在你们四人中找出一个内当家的。"

四个儿媳面面相觑，不知该如何回答。

“这样吧，我出两道题，限你们在半个时辰内去做，谁做得出来，这个内当家就给谁。”方老汉十分严肃。四个儿媳都屏住呼吸，不敢出一声。

“听好了！第一，用两样料做十样菜；第二，用两样料做七样饭。听清楚了吗？”方老汉出的题好怪。

老大媳妇、老二媳妇、老三媳妇听了题后都紧皱眉头，你看看我，我看看你，唉声叹气，一脸苦相。只有老四媳妇不声不响地走到厨房里看了看，随后就到后屋的菜园里割了一把韭菜，不多时就炒了个韭菜蛋，又拿了绿豆和米混合着烧起饭来。不一会儿工夫，就全部完成了。

“回公公：韭（九）菜炒蛋就是十样菜，九加一不就是十吗？绿（六）豆煮饭，就是七样饭，六加一不是七吗？”原来方言“韭”与“九”，“绿”与“六”同音。

“聪明，聪明，这内当家的非你莫属。”方老汉听了四儿媳妇的话，赞不绝口。当场就定了她为内当家，并一时冲动写了一块“万事不求人”的匾额挂在门顶上。

事有凑巧，匾额刚挂好，就有镇上的厉员外下村收租粮路过方老汉家的门口。他见了这块匾额，气不打一处来，大声吼道：“真是胆大包天，岂有此理。我员外都不敢这样口出狂言，何况你一个小小的村民。要么马上就给我摘了，要么限你三天，给我办好三件事。”

“请问厉员外，你要我办哪三件事？”方老汉自知过于张扬，心里有些不踏实，但还是强打精神问员外。

“不知天高地厚的人，你好好听着。”厉员外怒气冲天，“第一要公鸡下蛋，第二要用一块布遮住天下的太阳，第三要用油把这潜溪和新昌江装满。三天内如若办不好这三件事，我就派人砸了你的横匾！”员外显然是在刁难。

那厉员外出了三个条件后就气呼呼地走了。这下方老汉可犯难了，成天唉声叹气，日夜不安，眼看三天的期限快到了，只得无奈地背了张梯子，准备把横匾取下来。邻居们有的为方老汉犯愁，有的想看方老汉的笑话，都在静静地等待着看方家怎么办。

“公公，您背梯子去取匾吗？”四儿媳妇看方老汉要去摘匾，就急切地问道。

“民不与官斗，咱们还是认倒霉吧。”方老汉一脸无奈。

“不，您老人家到后院喝酒吧，这事由我来应付。”四儿媳妇诡秘地一笑，拿开梯子，并打发方老汉去喝酒。

到了申时，厉员外带了几个家丁，气冲冲地来到了方老汉的家门口，气势汹汹地喝道：“方老鬼，给我爬出来！”

四儿媳妇不慌不忙走出家门：“哟，是厉员外，你是来找我公公的吗？不好意思，他不在家。”

“说话不算数，他还敢逃跑！”厉员外大怒。

“员外大人，这话你可说错了，他没逃跑。”四儿媳妇满脸笑容。

“还说没逃跑，那他干什么去了？”厉员外紧追不舍地问。

“他？”四儿媳妇故意停顿了一会儿，“他生孩子去了。”

厉员外一惊又立刻转过神来：“你胡说八道，世上只有女人生孩子，哪有男人生孩子的？”旁边看热闹的人也哈哈大笑起来。

“这就对了。员外大人既然知道男人不能生孩子，为什么要我家的公鸡下蛋呢？”四儿媳妇还是一脸笑容，可话里柔中带刚。

厉员外一听，呆了半晌，无言以对，但又不愿认输：“那这件不算，还有第二件呢？”

“哦，是用一块布遮住天下的太阳?”四儿媳妇问厉员外。

“正是，别啰唆，赶快!”厉员外一副得意的样子。

“好呀，那小女子请问员外，这天有多长、多宽?”四儿媳妇反问员外。

“谁晓得天有多长多宽，又没量过。”员外回答道。

“既然你不晓得天有多长多宽，怎么叫我们去扯布呢?”四儿媳妇一副委屈的样子。

“好个伶牙俐齿，算了算了，说第三件吧。”厉员外觉得没面子，急忙说到第三件事。

“这第三件嘛，就是用油把潜溪和新昌江灌满，这也好办。”四儿媳妇卖了个关子，“请员外大人先把江水抽干，我马上给灌油。”

“开什么玩笑，这江这么长、这么宽，怎能抽干呢?”厉员外好像有些底气不足。

四儿媳妇忍不住笑了起来：“你不抽干，现在又是梅雨季节，小溪大江都是满满的水，让我这油往哪里灌?”

厉员外一脸羞涩，终于无话可说了，面红耳赤地钻进轿子跑了。

再说九龄公在人群里，从头到尾看了整个事情的经过，敬佩方家四儿媳妇的机智勇敢，更深深感慨社会民间文化：“自己以为胸中有几滴墨水了，可是这一路游学，见山就是山，见水就是水，怎么看不到这山山水水里的人生、哲理、智慧及社会苍生。只有将‘之乎者也’与社会相融，学识才有生命力，才有更深远的意义。”

正是：

古人学问无遗力，少壮工夫老始成。

纸上得来终觉浅，绝知此事要躬行。

——陆游《冬夜读书示子聿》

离开这名不见经传的小山村后，九龄公来到了新昌鼓山。著名的鼓山书院就坐落在鼓山西南坡，书院历史文脉源远流长。晋代王羲之辞官后，曾在这里创紫芝庵，采药炼丹。乾隆以后，鼓山书院与元真道观同时并立于鼓山中。琅琅书声与袅袅香烟使鼓山笼罩在浓浓儒道文化气氛中。九龄公在这里拜师修学，如鸟儿入林，鱼入大海，一住就是半年。这天，他想放松一下心情，就与几个学友来到新昌大佛寺游玩。这大佛寺的前身称隐岳寺，始建于东晋。全寺以石窟造像为特色，立有一千六百年的石弥勒佛像，被誉为“越国敦煌”。

“僧过不知山隐寺，客来方见洞开天。”古寺深藏于峡谷中，这里群山环抱，山青谷翠，岩石嶙峋，曲洞四环，飞瀑泱泱，池明如镜，修篁夹道，风景幽奇。置身其中，如入仙境。他们一行来到一座四角攒尖的双联亭旁，见有一方形巨石，足足有四间房屋那么宽、二层楼那么高。“断石中裂，状如锯截。”这原来这是寺内著名的锯解岩。“苍山巍不倚，中裂势难图。始铸阴阳锯，谁开造化炉？藤摇疑落屑，树砍若分符。漏出飞泉影，长垂一带孤。”这是北宋诗僧释显忠的诗。前四句描写锯解岩的险要和神奇，后四句写景色，岩石长满杂树藤蔓，还有瀑布泻出。

传说南齐永明年间，僧护来到隐岳寺当主持，见寺北仙髻岩的崖壁上常有佛光出现，于是发誓要在此岩石上雕刻出巨型弥勒佛大像。可石壁非常坚硬，凿刻进度缓慢，僧护殚心竭力，凿了四年，在病倒圆寂之时，才粗粗浅浅地在石壁上凿了个佛头，临终遗愿来生再续。接下来由弟子僧淑承继

其业，但终因工程艰巨，资金短缺，难以为继，欲停工不干。当他离寺而行，走到锯解岩时，见两个孩童在用茅草锯岩，初不以为意，继续走自己的路。过不多久，忽听“哐当”一声巨响，他情不自禁地回头一看，原来巨石已被锯断裂开，两个孩童也无了踪影。僧淑顿时感悟到“精诚所至，金石为开”的至理，于是当即回寺继续凿佛像，后来终于由继任者僧佑将大业完成。“真是心意诚时佛可见，功夫到处石能开啊。”九龄公站在锯解石旁，又感悟到了“只要功夫深，铁杵磨成针”的道理。只要有恒心，有毅力，做任何事情都能成功。他决定离开新昌去绍兴继续求学。

说走就走。第二天，九龄公收拾好行李，与师长和学友一一作别，经嵊州沿青娥江过上虞一路来到绍兴蕺山书院。

蕺山书院位于书圣故里附近。蕺山又名王家山，王羲之的故居就在山脚下，是绍兴城内三座主要小山之一。蕺山书院曾是明代著名儒学大师刘宗周的讲学之地，也是蕺山学派的发祥地，被誉为“浙学渊源”。大儒刘宗周据说在明朝灭亡后为国尽忠，绝食而死，足见其气节之高烈，后世称为“刘子”，与“朱子”并列，其“诚意”与“慎独”是蕺山学派特别强调的素质。九龄公在这里学习了近一年，除了读书本上的知识外，他还结交了一些“绍兴师爷”，从无字句处学到了很多学问。

刘师爷是九龄公至交之一。这一天，九龄公与刘师爷在越王路的一家茶肆里品茶论道，忽见一妇人找过来。

“刘师爷，请救我。”那妇人眼里含着泪花，扑通一声跪倒在刘师爷面前。

“张嫂快快请起，有话慢慢说。”刘师爷赶忙让座，并给张嫂沏好茶。

原来这张嫂是个寡妇，丈夫在世时给他积了点儿钱。觉得儿子还小，这钱一时半会儿也用不上，就请孩子的叔叔做中人，买了几亩良田。因张嫂不识字，也就请阿叔代为写契约。谁知阿叔见他们孤儿寡母的好欺侮，在写契约时把买主写成了自己，而张嫂成了中人。张嫂因相信叔叔，就在契约上画了押。因儿子年幼，张嫂又不便于种田，就请阿叔代为保管田契，干脆把田也给阿叔种。

过了一年又一年，转眼十多年过去了。张嫂的儿子也长大了。她想把田要回来让儿子自己耕种。这天，张嫂准备好了酒菜，客客气气地请阿叔夫妇过来吃饭，酒至半酣，张嫂开口了："阿叔，这么多年都是您帮我家种田，您辛苦了。如今我儿子也长大成人了，该让他挑大梁了。我想把自己的那几亩田要回来让我儿子耕种。"

阿叔听了嫂子的话，半晌不吭声："你自己的田？给你自己儿子种？你有什么田？"

"阿叔，你可不能这么说。我是有田契的。"见阿叔故意装傻的样子，张嫂要阿叔把田契还给她。

阿叔回到家里拿出田契放在张嫂面前，振振有词地说："你搞错没有？十多年前是我买的田，叫你做个中人，怎么变成是你买的田了呢？"

张嫂和阿叔你争我辩，好像谁也说不清楚，就只好闹到县里。县官看了契约后，"啪"的一声，把惊堂木敲得震天响："大胆刁妇，契约上白纸黑字写得明明白白，是你阿叔买田，你做中人，怎么变成是你的田呢？"就这样，县官不由分说就把田判给了阿叔。

张嫂一生的希望化为泡影，又气愤又伤心，欲跳河自尽。恰有好心人路过，就劝她别焦急，先去找个师爷看看官司还

能不能赢，张嫂这才跑到茶肆找刘师爷。

“你这阿叔也太可恶了，良心都被狗吃了。”一旁的九龄公听了愤愤不平，可又一筹莫展。

“别急，别急。你先把契约拿来我看看，我一定帮你把田要回来。”刘师爷一边安慰张嫂，一边叫张嫂回家拿契约。

不一会儿，张嫂就把契约拿过来了。刘师爷看来看去，眉头紧锁，九龄公也觉得肯定没戏。

“这样吧，你先回去，我给你想想办法。”刘师爷对张嫂说。

“这还有什么办法，您是在安慰张嫂？”九龄公一脸疑惑。“好了，先把契约放在我这儿，今日天色已晚，明天你静候佳音吧。”刘师爷突然自信起来。当晚各自回家，到了第二天，九龄公和张嫂都早早地来到了刘师爷家。刘师爷把那张契约准备停当交给了张嫂。

“这是原契约吗？”九龄公急切地问。

而刘师爷却笑眯眯地对张嫂说：“好了，好了，快把契约送给县令吧。”并到张嫂的耳根窃窃私语了几句。张嫂半信半疑，又来到了县衙。

“启禀老爷，小妇人买田四邻皆知，怎敢平白诬赖别人田产。只因小妇人不识字，契约又是阿叔帮忙保管的。如今买主、中人调换，不知可有涂改，万望青天大老爷明鉴！”

“你怎么又来了，可不能平白无故地冤枉人家。”县官一边说一边接过契约。横看看，竖看看，觉得没什么造假涂改的迹象。后来他干脆去到窗口朝着太阳照照，果然发现两个名字处有镂贴过的痕迹。

“大胆刁民，竟敢移花接木！”县令大声传唤左右，“赶快把这刁民给我传来！”县衙一声令下，衙役迅速前往。

阿叔很快就被传到了公堂。“大胆刁民，你竟敢改契霸田，该当何罪！”县衙双目怒睁，阿叔看看这气势，战战兢兢不知所措，但还是强打精神：“老爷，青天大老爷，有田契为证，是嫂子诬陷我，您可得为小民做主啊！”

县衙见阿叔还不肯认罪，一把将田契扔在阿叔面前：“你自己看看去吧！区区小技，竟敢蒙骗本官。”

阿叔双手瑟瑟发抖，捡起田契看了又看：“买主是我的名字，中人是嫂子的名字，哪里有假？”

“混账刁民，你当本县瞎眼了，想瞒天过海！拖下去给我打四十大板，看他招是不招！”

阿叔被打得皮开肉绽，可依旧让县衙讲出田契假在哪里。

“你死到临头还不知悔改，自己好好看看。为什么把两个人的名字镂下来换个位置？”县衙气不打一处来。

“老爷，冤枉啊，我根本没有镂过，要镂也是嫂子她自己镂的。”阿叔不停地叫着冤枉。

“嘿嘿！”县衙冷笑道，“你阿嫂辛辛苦苦为儿子买了田，为啥要把你的名字镂下来换到买主栏下去，难道她有病啊，自己出银子买田还不想当买主？”

县衙反问得合情合理。阿叔一时也答不上来。衙役又将他拖出去，打了一通，阿叔只得自作自受。

县衙当堂宣布判令：阿叔谋田真相大白，无条件把田还给张嫂，并付十几年田租。原来刘师爷把契约上的名字镂下来又原封不动地贴了回去。

九龄公深为刘师爷的智慧所折服。“真乃妙招也！”他不禁拍手称快。

兵法云：欲擒故纵，瞒天过海。在这里被刘师爷用得炉火纯青。

再说九龄公在绍兴蕺山书院游学一年后，就直接去了杭州的敷文书院。

敷文书院，原名万松书院、太和书院，后因康熙皇帝为书院钦赐“浙水敷文”匾额，遂改名为“敷文”。它位于杭州凤凰山北万松岭上。这里松木苍翠，风景秀丽，更可北赏西湖，南观钱江，满目清新，尽收眼底。这里也是当时杭州规模最大，历时最久，影响最广的文人汇集之地。明代的王阳明、清代的齐召南等大学者均曾在此讲学，“随园诗人”袁枚也曾在此就读，更因梁山伯、祝英台在此“同窗共读整三载”的美丽传说而闻名。

相传乾隆皇帝一生六次南巡，每次都在敷文书院召试江南诸生，拔擢人才，通过当面御试，知其才学品格，破格录用，御试中的第一、二、三名，都被授予内阁中书，赴京任职。乾隆四十五年（1780），皇帝又南巡召试。敷文书院的学子无不激动，个个都摩拳擦掌、跃跃欲试。有个名叫李长龄的学子，召试前曾做一梦，他那漂亮的胡须被人剃光了。第二天醒来，他心里很不踏实，于是就请算命先生解解此梦，事后，算命先生恭喜道：“恭喜你了，从梦况来看，你有望高中榜首。”

“何以见得？”李生惊奇地问。

算命先生看了一眼李长龄答曰：“剃须者，剃髭也，皇上上次南巡时，高中榜首者叫赵滋，而今‘剃髭’与‘替滋’乃谐音，照此说来，此次高中榜首者岂不是汝乎？”

李长龄听了算命先生的解析，心静如水：“谢谢先生吉言。”付了银两就走了。

第二天召试，李长龄果然中了榜首。

还有个学子名叫沈栋才，平时才华横溢，夸夸其谈，目空一切，对本次召试很有把握，自认为榜首一等非他莫属。召试前一天，也同样到算命先生那里卜卦。

“小俊生听卜何事？”算命先生轻轻问道。

“本人学识一贯在诸学友之上，明天皇上要召试，算算我能高中榜首吗？”沈栋才有些趾高气扬。

“既如此，那就请写一字。”先生说完，给沈栋才递过纸笔。沈栋才接过纸笔，就随便在纸上点了一点。先生看了看这一点，又看了看沈栋才。

“由此观之，你有望考取一等。”先生神秘地笑了一笑，“一等是榜首吗？”沈栋才急切地问。

“非也！”先生很是平静。

“那是第几名？”沈栋才紧追不舍地问道。

“暂不便告之，容日后一一道来。”先生挥手让沈栋才先走。

第二天皇上召试，沈栋才果然不是一等头名，而是一等最后一名。皇榜告示后，沈栋才急不可待地去找算命先生：“我一向文采极好，点是‘文’字之首笔，故而写了一点。如今反成一等末名。此为何故，请先生明示。”先生又看了沈栋才一眼，微微笑了笑：“小俊生别急，让老朽慢慢道来。点，虽是‘文’字之首笔，但也是‘等’字之末笔呀！昨日见你趾高气扬，写的这一点又是心浮气躁，正应了骄兵必败之古训，故认定你非一等之首而是一等之末。你这么年轻，路还长着呢！”

先生一席话，让沈栋才佩服至极。

再说九龄公进敷文书院没多久，就听到了乾隆六次南巡均在敷文书院御试选才的许多故事，其中也包括沈栋才的故事，这让他深受启发，他暗暗告诫自己：谦虚永远胜于浮躁。

在敷文书院一年多的时间里，九龄公不仅在学业上大有

长进，而且结交了许多学友和名流。这一天，师长和学友们在交流王阳明“心即理”“知行合一”“致良知”等思想时，不知不觉谈到了书院年久失修，校舍有些破旧，再加之增设课目、师生日益增加等因素，急需修缮和扩建，但终因官府无力出银而难以为之。九龄公也早就看在眼里，记在心里，不禁脱口而出：“那我们大家都一起想想办法，为书院修缮和扩建尽一份责任吧。”“好！”学友们也都表示赞同。大家齐刷刷地期待地看向九龄公，弄得九龄公怪不好意思的。

因是交流学术，大家也就没深谈此事了。

第二天九龄公正在用早餐，学长康兄笑嘻嘻地走到他身边：“今天中午学友聚餐，请你一定要参加。”

“聚餐，请问康兄是哪些人啊？”九龄公问道。

“届时你就会知晓，反正都是学友，没有外人。”康兄说完就走开了。

很快就到了中午时分，九龄公来到了离书院不远的一家客栈。他觉得康兄今天肯定有什么较重要的事，否则学友聚餐大多都在书院饭堂里，今天这么隆重要放在客栈。

走进客栈，上了阁楼，环顾四周，明媚的阳光从竹窗洒下来。用上好檀木所雕成的桌椅上细致地刻着不同的花纹。靠近竹窗边，花梨木的桌子上摆放着几张富春宣，砚台上搁着几杆毛笔。宣纸上几朵含苞待放的牡丹花，笔法细腻，在紫色窗纱的衬映下，栩栩如生。

“傅兄请上座！”看见九龄公进来，早已等候在那里的学友齐刷刷地站起来迎接，并七手八脚地要把他推到东首一的席位上座。

“不敢当！不敢当！小弟怎么可以坐首席上座，还是康兄坐吧。”九龄公被这突如其来的举动弄懵了，推辞着不肯落座。但学友们哪里肯依，硬是把他按在了首席的位置上。

毕竟是恰同学少年，大家都无拘无束，快乐有加。酒至半酣，康兄突然拍了拍手，要大家安静下来。

“今天我做东，请大家到这里来聚餐，除了畅叙友情，还有一件更重要的事，有劳各位鼎力相助。”

“但凭学长吩咐！”大家异口同声。

“昨日大家都已谈到，我们书院因缺少银两，多年失修，校舍破旧。大家都有责任和义务为之出力。敢问各位学友，小弟此言在理否？”康兄说话铿锵有力，极具鼓动性。

“在理！我们一定尽力为之。”大家情绪高涨。

“这书院扩建、修缮，少说也要一万多两银子，各位按自己的家境实力报个数吧。”康兄满脸通红，用期待的眼光看着大家。

“什么？一万多两？就这点儿小钱还要劳驾各位，由小弟一人来承担吧。”坐在首席的九龄公此时已是酩酊大醉，当着众人的面夸下了海口。

“啊！由傅兄你一人承担？”大家都用异样的目光看着九龄公。

“你……你们怀疑我？难道我不行吗？”醉意醺醺的九龄公拍了拍胸脯，“你们都别操心了，由我一个人来！这事就包在我身上了。”

当日大家尽欢而散。再说九龄公回到寝房后，倒头便睡。一觉醒来，已是黄昏，朦胧中想起昨天中午学友聚会，想起自己的豪言壮语，不禁打了个寒战，开始忐忑不安起来。要兑现吗？那是一万多两银子，这可不是个小数目，自己家境虽然丰厚，但都是祖祖辈辈辛辛苦苦攒下来的。要食言吗？那诚信何在，自己以后还怎么做人？当夜，九龄公辗转反侧，久久难寐。

不行！孔老夫子云："言必信，行必果。"九龄公决定立即回家一趟。

说走就走，不到三天，九龄公就回到了东山傅村。其父谦光公及一家人见九龄公回家，自是十分欣喜。当晚准备好一桌酒菜，为儿子接风洗尘。席间，免不了一番推杯换盏，可九龄公始终都调不起精神来。

"卿儿莫非有心事？"知儿莫过其母。母亲见他不开心，就在席间问起来。

"还好！没什么大事，母亲大人。"九龄公应付着。

"男子汉大丈夫，有事当明示，为何如此婆婆妈妈，躲躲闪闪的。"一旁的谦光公也发话了。

"爹！儿子不孝，酒后夸海口了。"九龄公见再瞒下去也无益，就把三天前喝酒时在学友们面前许诺捐银修书院的事一五一十地讲给父亲听。

谦光公听后，心里咯噔一下，但马上就平静下来："我还以为是什么大不了的事，不就是一万两银子吗，拿去就是。明天去账房开银票。"正是：

土扶可城墙，积德为厚地。
一言既出之，贵于千金利。

第三天，九龄公就匆匆赶回杭州，捐上万两银子。从此敷文书院焕然一新，气象不凡。那是清道光十七年（1837），杭州敷文书院的大事记上为之写下了重重的一笔，有诗曰：

一掷万金助新学，后成定慧菩提根。
北望钱江百余里，敷文浙水信思恩。

第22回

观音花楼求开示　一心不乱悟真心

诗云：此间有真意，欲辩已忘言。
　　　悠然心会到，妙处请君参。

却说断尾龙进了惟善堂，犹如进了一处历史文化迷宫，看不尽，道不完。他流连忘返，乐不思归，他深深地感悟到，一个国家，一个民族，乃至一个家族的文化，有历史的积累，是教育的结果。文化不是粉底霜或腮红，往脸上涂抹一下就可以容光焕发，而是需要培育，需要几代人默默地积累。文化有时候像是我们脚下的老茧，是靠时间踩出来的，不可能奢望如美人痣瞬间即可点上去，它来不得半点的虚假和敷衍。惟善堂虽是九龄公建造的，但它是五代人乐善好施的必然产物，是经过五代人的文化积淀而成的。

断尾龙虽然沉醉于惟善堂的历史文化，但他始终不忘初心，牢记自己此次回傅村的使命是为恢复功力而到观音花楼寻求开示的，于是他依依不舍地离开了惟善堂。

穿过小弄堂，很快就到了育德小学与培德堂之间的门楼。这门楼实际上是个骑楼，下面是行人过道，上面是两幢建筑物之间的连廊。半圆的拱形门上方，挂着一块匾额，“视履考祥”四个行楷颇有书圣王羲之的风范。断尾龙站在匾额前，久久不愿离去，陷入沉思："视履考祥”语出《易经》。《履卦、上九》云："视履考祥，其旋元吉。”“履”为鞋子，引申为自己走过的路，亦指人生之路。“祥”为外界所呈现出的吉凶之兆，引申为即将应对的前程。“视履考祥”其意是说：处于人生艰难跋涉之途的君子，应该经常检视自己所走过的道路，并考察前途可能出现的新情况。天高地远，人生其中，艰难丛生，困苦迭出，无可回避。聪明的人，应该以内心的和悦柔顺，去应付外界的刚健强劲。刚柔相济，内外相应，天人和谐。唯有如此，方能逢凶化吉，顺畅无忧。

断尾龙无限感慨：人生之初，父母兄弟，东山古镇的山山水水，一草一木，深深地印入他记忆的底本。往后种种，芸芸众生入画来，形形色色添光彩，均由此底本接纳与调配。

“视履”之本，源自故乡，源自父老乡亲啊。他长长地叹了一口气，继而感到：功名利禄，爱恨情仇，无不在此“视履”之中，于是无中生有，由小到大，由少到多，再由有而无，由多到少，由大到小。生命过程丰富多彩，最终归于寂静。然而，人生在世，“视履”是为了“考祥”，既要回顾往者，更要关注潮流与前程，既要常思曾经搏击过的风浪，更要开拓进取，不断进步，一展身手。如此方能立于不败之地。

“毕竟是东山古镇，连个门楼匾额都这么有文化。”断尾龙竖起大拇指称赞不已。

过了培德堂，经栈房一路向西，很快就来到了观音花楼。这观音庙的名称往往各有不同。有的称观音庙，有的称观音堂，有的称观音楼。但傅村的观音庙则称为“观音花楼”，断尾龙十分清楚，是当年双尖山法华寺的俱胝法师在逃难过程中把一尊木雕紫檀观音像留在绣花楼里而得名的。听说自那以后，这观音可真是十分灵验，因此方圆十里的善男信女每逢二月十九、六月十九、九月十九都必到这里拜观音。平日里有个急事或难以决断的事也都来花楼求观音。来的人多了，绣花的姑娘们反而该换地方了，因此这里就成了专门拜观音的地方。因人们习惯上称这里为花楼，以后也就称其为“观音花楼”了。

去求观音开示，早日恢复自己的功力，这是断尾龙一直以来的心愿。可今天面对眼前这座二层木结构的观音花楼，断尾龙却有些紧张，心怦怦直跳，好像全身的热血都沸腾了起来。

“别紧张，一切随缘，大慈大悲的观音菩萨肯定会帮我的。”断尾龙整了整衣冠，暗暗安慰自己，大胆地朝前走去。

观音花楼院子的木门大开着，“青天有眼善恶两样对待，红日无私贫富一样照顾”的对联十分耀眼。庙前的一棵大樟树，主干粗壮挺拔，像一尊大肚能容一切的弥勒佛，有着宽广的胸怀，枝干舒展弯曲，是一把巧夺天工的伞。据说由于东山傅村的观音花楼有求必应，特别灵验，四面八方的善男信女乃至达官贵人们也经常到观音花楼进香祈福。有时候累了就坐在大樟树下的青石板凳上一边休息一边听和尚诵经。观音花楼前的这棵大樟树上各式各样的鸟都在树上嬉戏歌唱，一天到晚叽叽喳喳的，跳来跳去，甚是热闹。有些鸟干脆就在这树上安家落户，生儿育女。特别是夏天，鸟儿更多，鸟粪撒下来，沾到信众的衣服上、头上，甚至脸上都是常有的事。

有一次，陈知县带着他的夫人及千金拜完观音后也在树下的石凳上稍事休息避暑。一泡鸟粪下来，知县千金的衣服弄脏了好几处。

“哎哟，真讨厌死了。”陈千金娇滴滴的，心里很不舒服。陈知县就这么一个女儿，平日里娇生惯养的，什么事都百依百顺。看见女儿不高兴，也就把脸阴沉了下来：“这些鸟真可恶，爹爹派几个人过来把这棵樟树砍掉算了。”

陈知县与女儿说话间，正好观音花楼的主持禅悟法师出来。闻知县此言，也没多说什么。就走到大樟树下，伸手抚摸着树干说：“樟树啊樟树，你在这里已经生活了几百年了，狂风来折断你的腰，暴雨来打落你的脑，酷暑来烧枯你的叶，严冬来冻坏你的干。你就像一把张开的大伞，敞开那宽阔的胸膛，荫庇着四面八方。多少生灵在你的树荫下，或在你的树干上休憩乘凉。松鼠咬破了你的皮，鸟儿在你的身上拉屎拉尿，你都无怨无悔。可现在，因为你枝叶上的小鸟乱撒乱拉，而遭世人的讨厌。眼见你的性命就保不住了。我替你给知县大人求求情，你自己也与这些小生灵商量一番，以后就别乱拉乱撒了。这是给你最后一次改过的机会，如果你们商量不通，我就没法保护你了。”

陈知县听了赶忙走到禅悟师傅跟前，双手合十：“大师误会了，不好意思，是小女不懂事，我也就随便哄哄她罢了。”

“阿弥陀佛，施主请别多心。我深信众生皆有佛性，他们都会悔过的。”禅悟大师一脸慈悲。

说来也怪，自此以后，那棵大樟树上的鸟儿虽然还是热热闹闹的，但从未有鸟粪伤人的事发生过，十乡八邻都把禅悟法师传得神乎其神。

要说观音花楼这个禅悟法师，大家都不知道他是何方人士，高龄几许。也不知道他是什么时候来观音花楼的。唯有他自己才清楚自己的身世。

禅悟法师出生在南山的一个小山村里，俗姓葛。从小就父母双亡，靠奶奶把他养大。二十多岁了，也娶不上媳妇。奶奶过世后，他活得更不快乐，成天唉声叹气，打不起精神来。有一天，他到山上砍柴，看到一座荒坟旁暗发金光，就好奇地走过去。

“哇，这么大一只金元宝，我要发财了。”他高兴得一蹦三尺高。赶忙跑过去，捡起来一看，原来是一堆牛粪。

“真是喝水都塞牙缝，我怎么会这么晦气。”他赶紧把牛粪扔到地下，可不知怎么搞的，那牛粪到地上又成了金元宝，他又捡起来，结果还是牛粪。

“活见鬼了，连牛粪都作弄我。”一气之下，他把牛粪扔得老远老远，干脆把砍柴的刀也扔了。“我还是死了算了。”他一个趔趄，摔倒在了地上，人迷迷糊糊、似睡非睡。

茫茫大山，四周怪石嶙峋，孤峰危立，压住了他的人生，压住了他的命运。浑浑噩噩中，一个阴沉的影子向他走来，他感到毛骨悚然。他想拼命睁开眼睛看看究竟是谁，可那双眼皮如被线密密匝匝地缝着一样，就是睁不开。“你还有三天的阳寿，现在还不能死。后天晚上，你必须到双尖山西南的野猪岩，你应该死在那里，并且让几只野狼把你吃掉，这样，你才可以超生。要不然，你死了后只能成为孤魂野鬼，这是你的命，赶快受领吧！”一个阴阳怪气又略带苍老的声音在空中游荡，在他耳边响起。

“什么，只有三天的阳寿，还要到双尖山野猪岩被狼吃掉？”他一骨碌从地上爬起来，看看眼前什么也没有，心里慌慌的，越想越觉得不对劲。

“没办法了，上苍要我死，我也不得不死。活着也没多大意思，反正只有三天了，我就按那个影子的话办吧。”他家也不回，就往北边出发了。走了不知多长时间，来到了一条河

边。天已经黑了，见前面有座破庙，他就走进去。找个避风的地方坐下，肚子饿了也没办法，不知不觉就睡去了。

待他一觉醒来，天已大亮了。破庙里滴滴答答的还在漏着水，原来昨天晚上下了一夜的大雨。水涨了许多，连庙前的独木桥也都被水冲垮了。

他打了个哈欠，走出庙来。看到桥头有祖孙俩人，爷爷背着孙子直跺脚："老天爷啊，你是否有意让我家断子绝孙啊。我可就这么个孙子了。发烧这么厉害，再不让我过去看病恐怕……"他看到这一幕，就匆匆地跑过去："老伯，我来吧！"他二话没说就从老者背上接过小孩趟进水里，很快就过了河。老者千恩万谢自不必说。

他又继续往双尖山方向赶路，天黑时已到了双尖山的脚下。黝黑的天幕上缀满了繁星，它们调皮地眨着眼睛，好像在偷偷讥笑这个穷困潦倒的年轻人。偶尔有颗流星划过夜空，为寂静的夜幕增添了几分活力。在朦胧的夜色中，他看见前面荒草丛中有点光亮忽闪忽闪的。

"这荒山野岭的，怎么还有亮光?"他好奇地走过去，仔细一看，原来是一座新坟，坟前点着的两根蜡烛还没烧完，被风吹得忽明忽暗。他看了看四周，一个人也没有。

"奇怪了，新坟前三天，必须有人守着，这是风俗和规矩。这座新坟怎么没人守。"他再仔细看了看周围，确实没人。

"哎！我反正也是快要寿尽的人了，就在这新坟前住一夜吧，权当给他守坟了。"靠着新坟他呼呼地睡着了。也不知到了什么时候，他被说话的声音吵醒。发现自己正在一座新房子边，屋里亮着灯。有两个老人相对而坐，他们在谈些什么，只听得其中一人说："前面三里有一个村子，村子里住着一个姓施的员外。他女儿被青蛇咬了，因毒性发作，现在一直昏迷不醒。好几个郎中去治过了，都没治好。其实这很好治的，只要挖点半边莲，然后加点盐捣碎，再往里面吐两口青年男子的唾液搅和一下，敷到伤口上，立即就会好的。郎中们只知道‘有人识得半边莲，可与毒蛇共枕眠’的道理，不知道因人而治。像这位千金小姐，就该加点青年小伙子的唾液才会有效啊。我又没法指点，这小姐真可惜了。”

“那是人间的事，你去掺和些什么呢？”另一个人听了后接腔道。俩人又聊了些其他事，很快就鸡叫了。那两人也突然没有了，房子也消失得一干二净。

他一觉醒来，天已微亮。发现自己还是躺在新坟旁边。可昨天晚上两位老人的对话，一幕幕闪现在眼前。一句句记忆犹新，也不知道是真是假。

“管不了那么多了，既然天亮了就赶路吧。”他伸了个懒腰，又继续往前走。走了二三里，还真的看见一个村庄。清晨的阳光散落在通往这个村庄的小道上，一簇簇黄色的小花闪亮着金色的光芒。空气中夹杂着泥土和野花的芳香，沁人心脾。早起的人们又开始了忙碌的一天，一切都显得格外宁静自在。

“还真的有个村庄？”他有些疑惑。为了再次证实昨晚听到的，他向地里劳作的村民打听了一下，还确有其事。这个村远近闻名的施员外，其千金确实被毒蛇咬伤，已经昏迷好几天了，生命危在旦夕。

“反正今天晚上我的阳寿就要到了，如能在寿尽前救活一个人也是挺好的。”村庄也不是太大，他很快就找到了施员外家，并说明了来意。施员外夫妇听了非常高兴，虽然这小伙子看上去脏兮兮的，但也只能死马当活马医了，一切都只能试试看再说。

“我先到外面去采点药，马上就回。”他三步并作两步往田间走。去找昨天晚上两位老者讲过的半边莲。这半边莲为桔梗科植物，具有清热解毒、利水消肿的功效；主治疮痛肿毒，蛇虫咬伤，腹胀水肿，湿疮湿疹；系多年生草木，遍布田间地头。

很快，他就拔了一大把半边莲。顺便在田间的水塘里洗了洗，拿回施员外家。

“快给我弄点盐来。”他用小木槌和着盐把半边莲捣碎，并要员外夫妇拿块布条。

“小伙子，这药已经有好多郎中用过了，也是你这种方法，没用的。”施员外看看这小伙子的药与其他郎中一模一样，不免有些焦急起来。

“有用没用，反正都试试。”趁员外夫妇去找布条，他偷偷地在半边莲上吐了两口唾液，然后又再捣了捣，药很快就配好了。他小心翼翼地给施小姐敷上，包扎好。

“真的有用吗?”包扎好后，他自己也怀疑了起来。静静地坐在施员外家想看个究竟。

过了约半个时辰，奇迹就发生了。只见施小姐从嘴里吐出了一口清水，然后就慢慢地坐了起来。一下子就能下床走路了。

“小姐好了！没事了！”施员外全家人都欣喜若狂。禅悟法师更是暗暗称奇，也庆幸自己临寿终前还做了一件好事。

施员外吩咐厨子准备了一桌丰盛的酒菜招待他。酒桌上施员外看了又看这土里土气的小伙子，然后就问了起来：“小伙子，你是哪里人啊?”

“我是南山的。”他十分老实地回答。

“能说说你的家庭情况吗?到北山干什么来了?”施员外

又问。

他就把自己的情况一五一十地告诉了施员外。员外一想，这小伙子虽然土气了点，但人挺老实的。相貌也不错，加之无父无母，自己的女儿已芳龄二九，还没成家。更何况自己虽有万贯家财，也没个儿子。何不把女儿许配给他，这样既报了救命之恩，又使自己白白捡了个上门女婿当儿子。员外越想越开心，竟然主动把自己的想法与这小伙子说了出来，满以为小伙子会毫无推辞，一口答应的。

"这……这好像有些不妥吧。"他吞吞吐吐，没敢把来双尖山的真实原因说出来。

"有什么不妥的，你又是孤身一人，哪有那么多顾虑。"施员外以为小伙子胆小，就加重了语气。

他皱着眉头想了想，对员外说："我今天还有重要的事，如果有缘，等我把事办完了，明天就回来。"

"好的，我们等你。"施员外是个爽快人。

"不过如果明天我回不来，你们也就别等了。今生我也不会再回来了。"他也很直爽，免得耽误人家青春芳华。

施员外看他心意已决，也就不好强求。吃完饭就送他上路了。不知翻过了多少座山，爬过了多少道岭，到了晚上，他终于到达了双尖山西南的野猪岩。

这野猪岩，形似一只大野猪，面貌狰狞，岩壁陡峭，孤峰兀立，仿佛是被人用巨斧劈削过似的。夜风阴森森的不时撞到岩石上，发出阵阵怪声，似鬼哭狼嚎。他找了一块大石头，躺在上面，等着野狼来吃掉自己。心想，等野狼一来，自己也就一了百了了。

约到了半夜时分，果然听到树林子里有狼嚎的声音，且越来越近，继而就看到好多道暗暗的绿光，越来越近。虽然他知道这是自己的命，可心里还是怦怦直跳。他只好闭上眼睛等待着撕心裂肺的那一刻……

不一会儿，几只野狼就来到他跟前。为首的那只一个纵跃窜上了岩石，其他几只都纷纷跟进，围在他身旁。

“嗷……”随着头狼一声长叫，狼群很快就扑到了他的身上。

“慢！”突然，一道红光从天而降，镇住了狼群。

“此人阳寿还没到呢，你们不能吃他！”一个声音从半空中传来，“本来说是三天，可他在破庙河边背爷孙俩过河，使孙子的病得到及时救济。按天律可加阳寿三十年。晚上替别人尽孝看新坟又增加阳寿二十年，治好施员外女儿的毒蛇咬伤，又救人一命，再增加阳寿三十年，所以说还不能死。你们这群恶鬼，快快回去吧！”狼群听后，只好低着头灰溜溜地离开了。

再说他躺在野猪岩那块岩石上，也不知道自己是死是活。天亮了，太阳照在了他身上，他坐了起来，看看眼前这个世界还是原来的世界，什么事也没发生，他也不知道为什么。用手指掐了掐身体，还能感觉到疼痛。

“没死，我居然没死！”他感觉到了冥冥之中的天意，“既然没死，我接下去该去什么地方呢？去施员外家吧，与如花似玉的施小姐结婚，生儿育女，一辈子享不尽的洪福。”他犹豫了。

忽而，半空中又传来一个声音：“看破的，遁入空门，痴迷的，枉送性命，好一似，食尽鸟投林，落了片白茫茫大地真干净。”这声音响彻云霄，振聋发聩。

他明白了，他开悟了。他站起身来，坚定地朝法华寺走去。法华寺虽已成一片废墟，但依旧气度不凡。断壁残垣，气韵生动，古木参天，庄严肃穆，正可谓：

祥光瑞气绕法华，疑似身临仙道家。
风过竹林传馥郁，云飘松海现红霞。
清泉映彩喷甘露，圣水留香绽奇葩。
犹喜观音挥妙笔，满山遍野坠天花。

他站在废墟上凝视良久，决定去傅村观音花楼寻找心中的向往，寻找“白茫茫大地一片真干净”。

来到观音花楼之后，他取法名禅悟，精修《法华经》，常年坐在屋里抄写《妙法莲华经》，五十年抄写了三万部。经云：“若人得闻此《法华经》，若自书，若使人书，所得功德，以佛智慧筹量多少，不得其边。”又说，“若复有人，以七宝满三千大千世界，供养于佛，及大菩萨、辟支佛、阿罗汉，是人所得功德，不如受持此《法华经》，乃至一四句偈，其福最多！”而禅悟法师竟然整整抄写了三万遍，所获得的功德有多么巨大就可想而知了。随着他佛法修为的日益精进，渐渐地获得了许多种神通，竟然连树上的鸟儿都如此听他的话。因此，观音花楼有求必应，名声大振。据说他抄经的时候，整座花楼也暗发银光，通体透亮，与当年的从善法师在三间草堂念《法华经》使双尖山两个山顶暗发的银光遥相呼应。

却说断尾龙进了观音花楼院子大门，天也渐渐黑下来。“恭迎师兄，请上楼叙茶。”禅悟法师早已等候在那里，并十分慈善地陪同他来到了二楼。

只见观音莲座在二楼正中间端放着。座下的莲花分为四层，呈六角形。莲瓣边缘处，由红、白、蓝三条曲线勾边。栩栩如生的莲花出淤泥而不染，濯清涟而不妖，高洁优雅。

莲座上的观音菩萨，神态庄严雍容，头戴宝冠，身披天衣，腰束贴体锦裙。

“弟子拜见菩萨。”断尾龙一上楼就跪倒在观音菩萨前。“师兄先品茶吧！”禅悟法师已泡上茶。两人谈经论道，从《心经》谈到《法华经》。从唐三藏谈到窥基，甚是投缘。直至深夜，各自睡去。禅悟法师回到自己的禅房。断尾龙却执意要在二楼观音莲座前打坐一宿。冥冥之中，断尾龙突然看见唐玄奘法师手持一本《心经》，面带微笑向他走来。

“师傅好！”他立即起身，双手合十。

“这是我当年去印度取经路过四川空惠寺时，菩萨送给我的《般若心经》，一切大法，无尽智慧都在里面。你就好好持诵吧。请记住：勇猛精进，志愿无倦。”玄奘法师伸出双手，把《心经》递给他。

“谨听师傅教诲，弟子一定做到。可眼下第一步我该怎么走？”断尾龙跪在玄奘师傅面前不断磕头。

“先去五龙潭找到你自己的断尾，只要把断尾续上，一切功力全都恢复了。记住，勇猛精进，志愿无倦。”玄奘法师一边指点迷津，一边再强调勇猛精进。

“啊？续断尾？都过去几百年了，还找得到那段断尾吗？”断尾龙大惑不解。

“找得到找不到，那就要看你自己了。要恢复你的功力，只有此路一条，别无他选。”说完，玄奘法师突然消失了。

“师傅！我还有事请开示！”断尾龙飞快地向前追去，一不小心，重重地摔了一跤，把他惊醒过来。

“观音菩萨走了吧？”断尾龙一觉醒来，就看见禅悟法师在品茶抄经，此时天也已微亮。

“观音菩萨？”断尾龙看了禅悟一眼。

“我佛千般相，你需要什么就呈什么相。”禅悟边说边品茶。

“有了菩萨的开示，我就有了目标和希望。”断尾龙也心领神会，过来与禅悟法师一起品茶。

禅悟法师给他讲起了天目山高峰禅师勇猛精进的故事。

相传高峰禅师参禅时总要打瞌睡，他想：“这样几时才能修成正果啊？”于是就换到倒挂莲花台上去参禅。因这个倒挂莲花是个悬崖峭壁，立在上面要战战兢兢，需格外小心谨慎，稍一大意，就会掉下去，有粉身碎骨的危险。这样参禅，人必然会提高警惕，不再打瞌睡。

但高峰禅师睡习很重，站在峭壁上参禅还是禁不住打瞌睡，一下子“扑通”一声掉下去了。

“哎呀，这下没命了。”可当他睁开眼时，却安然无恙。原来是一个金甲神拿着降魔杵站在他面前。

“这不是韦驮菩萨吗？”他忽生一念，对菩萨说，“韦驮菩萨，你来给我护法，是因为像我这样用功精进的人很少吧？”

“哪里话，像你这样的人多如牛毛。你有傲慢之心，有一百劫我也不来管你。”韦驮菩萨说完就隐去了。高峰禅师懊悔不已。只能坐在那里哭：“这下坏了！没有菩萨保佑我，怎么修法？”哭了一阵，他突然想到：“我当初修道时也从来没想过依仗韦驮菩萨来保护我，只要自己把生死置之度外，志愿无倦，就是没有韦驮菩萨，我也能成道的。”于是又重新上了倒挂莲花台。

所谓“一念超百万劫”。高峰禅师真心发愿后，百千万劫难都不在话下。终于成为临济宗的元代大德。

“师兄啊，只要你发愿，菩萨会保佑你的，一切艰难困苦，千磨万劫都不在话下。祝你成功。”说完故事，禅悟法师对断尾龙鼓励有加。

“谢谢，我将信心放在自己身上，永远充满力量。”断尾龙决心为自己恢复功力而坚持不懈，拼搏奋进。

于是，他谢过禅悟法师，又跪在观音菩萨面前拜了又拜，离开观音花楼。走上了寻找断尾的艰难路程，正是：

莲花座上春风暖，杨柳枝头甘露清。
精进勇猛成大道，一心不乱悟真心。

第23回

天地和合生甘露　邻里敦睦暖春风

诗云：天溪一曲绕门前，甘露清甜安家园。

　　　邻里共居祥福地，同心和睦结善缘。

却说断尾龙告别禅悟法师，告别观音菩萨，离开观音花楼。经过禅悟法师和观音菩萨的开示，断尾龙充满了自信和勇气。他感到无比快乐，无比幸福。他深深地领悟到，人，只有站起来，世界才属于他。每一个成功人士的从前，大多都是痛苦的，只有努力了，只有付出了，才能换得成功。

他站在观音花楼门前，眼前就是东山古镇著名的敦睦堂。敦睦堂原称常裕楼。坐东北朝西南，平面布局长方形，为楼上厅做法，底楼层高较低，且较简洁。二楼都宽敞有加，梁架用材粗大，做工精细，装饰考究。两侧各置厢房形成院落，后檐墙后置青石雕刻栏板，禽兽花卉等各种纹饰精雕细刻，有很强的艺术感染力。

敦睦顾名思义就是亲善和睦，友好融洽。断尾龙此时忽然想到了一个哲理故事。

那是一个寒冷的冬日，太阳懒洋洋地照着大地。晌午时分，女主人拿着扫帚准备打扫庭院。刚一出门，她就看见四

个衣衫褴褛的老人蜷曲着身子在柴堆旁瑟瑟发抖。"诸位长者，天这么冷，请进屋喝点热茶暖暖身子吧。"女主人出于善良和同情，笑着对他们说。

"你们家有男人在家吗?"老人问道。

"现在没有，他们都出去干活了。"女主人如实答道。

"那不能进去，要是你家男人回来了，我们方可进去。"老人们自有他们自己的道理，女主人也只好作罢。

不一会儿，女主人的先生和儿子都回家了，吃中午饭前，女主人与先生和儿子谈起了四个老头子的事。

"那你出去看看，如还在，赶快请他们进来吃中午饭吧!"女主人的先生也是个敦厚之人。

女主人来到柴堆房，看见四个老人还在，就把先生的意思说给他们听。四个老人听了都面带微笑，但还是不起来。

"谢谢主人美意，我们四人还不能一起进去，只能进去一人。原因就是你在烧饭的时候没有把我们计划进去，不可能烧那么多饭。"其中一位老人很实在地对女主人说。

"这个您老也说得对，但我们不一定就吃米饭，其他如面食等都可以很快就烧好的。"女主人也很诚恳，但老人们坚持只能进去一人。

"我们四人分别叫财富、成功、平安、和睦，你进去问一下你先生，看他愿意请谁进去。"

女主人只好回屋问先生与儿子。

"我看还是财富吧。"先生说，"财富最好，我们辛辛苦苦起早摸黑，不就是为了多点财富吗?"

"我喜欢成功。只要成功了，什么都会有!"儿子异常激动。"我倒是想请平安，一家人平平安安过日子多好!"女主人也亮出了自己观点，大家一时难以决断。

“我看最好请和睦吧，省得你们都意见不统一。”在一旁的女儿也说出了自己的想法。

大家听了女儿的话，觉得比较有道理，全家人终于达成了一致意见。女主人快步出门对四位老人说：“你们当中谁是和睦，请跟我来。”

谁知四位老人齐刷刷地都站了起来，准备跟女主人一起走。女主人看了又看，惊奇地问：“你们自己说的，不是来一个人吗，现在怎么又一起来了？”

“你如果是请了其他三人中的任何一人，就都只来一个，但你请了我，就等于请了我们四个，我们是不可分的啊！”和睦哈哈大笑。

“啊！我明白了，原来和睦就等于财富加成功加平安。”

古人云：“父之笃，兄弟睦，夫妻和，家之肥也。”断尾龙早就明了此理。可眼前这“常裕楼”怎么改名为“敦睦堂”的呢？他要探个究竟。

相传，很早很早以前，东山古镇的祥瑞峰与中和峰之间，住着一户叶姓人家。主人叶生福是个篾匠师傅，靠做点篾器活和种几亩薄田为生。一家人一年到头披星戴月，勤勤恳恳，日子倒也过得去。唯一不足的是因家安在小山冈上，饮水比较困难，不知打了多少口井，就是没打出水来。几次请风水先生来观地脉，择吉点，结果都是无济于事。即使打出点水来，其量也是少之又少，且又苦又涩，简直没法喝。

叶生福的儿子叶得水年方十八，长得虎头虎脑，且十分帅气。为了减少到远处挑水的麻烦，他决心要在家附近打出一眼好井来。他白天下地劳动，晚上回来挖井。一眼又一眼，挖了又埋，埋了又挖，不知用坏了多少把铁镐，可总是没效果。叶生福夫妇看儿子这么辛苦，几次劝他不要挖了。但

叶得水就是心不死、志不移，发誓不打出好水来决不罢休。

俗话说，精诚所至金石为开，叶得水锲而不舍的精神感动了观音菩萨。这天傍晚，得水刚从地里干活回来，又拿起铁镐在挖井。忽然有一位美丽的姑娘站在离他不远的地方。只见这位姑娘苗条的身材，弯弯的眉毛，白净红润的面孔。得水在一起一落的挥镐瞬间，看到了她。不知怎的，总觉得很熟悉，像是曾经见过一样，可又想不起是谁。“你是上东山的？谁家的姑娘呀？好面熟！”得水不由自主地停下手中的镐问起来。可那姑娘什么也不说，微微笑着向他走来。走到井边，从腰间取下一个葫芦，一手拿着一支杨柳，缓缓地将葫芦内的水一滴一滴倒入井中，又用杨柳枝在井边洒了一圈：“此水无根，乃西方圣水，名八功德水，取之不尽，用之不竭。凡饮用者，有求必应。”姑娘一边洒水一边对叶得水说。

“八功德水？”叶得水被这一幕看呆了，不禁脱口而出，因为他长到这么大，从来没听说过有什么“八功德水”。“是的，此水有八种作用，即澄净、清冷、甘美、轻软、润泽、安和，除饥渴、常养诸根。”姑娘洒完水，又向叶得水微微点了点头，就轻轻地离开了，瞬间消失在月光里。

叶得水正惊异间，忽听得井里有“咕噜咕噜”的声音。他转过眼一看，一道耀眼的彩光从井里射出来，随即一泓清泉翻着浪花。得水忙扑下身子用双手捧水往嘴里送。

“又清凉又甘甜。”得水激动地大声叫起来。这水喝进嘴里甜到心窝窝里，好不奇怪。他顾不得多想，先“咕咚咕咚”一口气喝了好几捧。

“甜水！甜水！都来喝甜水！”他大声地招呼家里人。从此以后，这眼井就一直甜水满盈，夏不溢，冬不涸，水虽不流却久不变腐。除了叶家自用之外，邻里乡亲们也经常有人到这里来取水。人们都把这眼井称为“甘露井”，有的干脆称为“观音井”。

时光荏苒，岁月不居。不知过了多少年多少代，这年夏天，叶得水的曾孙叶增宝躺在屋外的大树下乘凉。忽然从上东山跑过来一个穿棉袄的老人。只见这位老汉的眉毛胡子都白了，但脸膛仍是紫红色的，显得神采奕奕。他身穿崭新的青灰色棉袄棉裤，头上还包着一块方巾。一来到叶增宝家门前的大树下，二话没说就搬块石头坐了下来。手中的扇子不停地扇着风，汗水像流水一样往下淌。“热！真热！热死人了！”那老头边扇边喊。

“这大热天的，您还穿着棉袄棉裤，再怎么扇也是没用的。”叶增宝站起来，笑着对老人说。

“你知道个什么？脱掉它容易，可再穿上就难了。”那老头也不理会叶增宝，还是坐在树下扇他的风。

叶增宝看了他一眼，总觉得这老头怪怪的。那棉袄里面鼓鼓的，像是藏了什么东西。

“哎！这时要有一口清茶喝那该有多惬意啊。”老头看了叶增宝一眼，无疑是在讨口茶喝。

“这有什么难的？我家茶壶里泡的六月雪茶，随你喝！”叶增宝示意那怪老头站起来。

“那就多谢了！”怪老头也不推辞，一骨碌站起来就跟叶增宝进了家门。

这是三间正房加两个厢房的土瓦房，经过岁月的洗礼已经刻出了一条条深深的皱纹。屋里幽静古老的气氛使人仿佛置身于几百年前的古代。一张八仙桌摆在正中间，几把椅子虽有雕花，也还是简陋了些。

到了屋里，叶增宝拿了只碗，从茶壶里倒了碗六月雪茶

递给怪老头。怪老头非常高兴，一下子喝了三大碗：“好茶！好茶！这六月雪清热解毒，活血消肿，疏肝利湿。这几天我肝火旺盛，喝你的六月雪茶正好。”怪老头喝完茶，干脆与叶增宝聊起天来。两人海阔天空，谈些不着边际的事。

不知不觉间，从双尖山那边飘过来一团云，慢慢地扩张弥漫，不一会儿工夫，整个天就像一口倒扣过来的锅，瞬时狂风大作，暴雨如注，足足下了一个多时辰。此时，天也渐渐地黑了下来，很快就到了掌灯时分。叶增宝也好客，就留怪老头在家里吃晚饭。怪老头也一点不客气，可晚饭后怪老头还是不想走。

“你看这事咋办呢，晚饭也吃了，天也这么黑了，我又人生地不熟，反正是夏天，干脆在你家住一宿，就在这地上睡一觉，明天再走吧。”怪老头看看叶增宝，没等叶增宝回应，就在靠柱子边的地上躺下了。不一会儿，就鼾声如雷。叶增宝想请他睡到床上去，可怎么叫都叫不醒。

“真是个怪人！”叶增宝被他的呼噜声吵得烦躁起来，想走过去拍拍他。微弱的灯火里，只见怪老头棉衣里面一动一动的，鼓鼓囊囊不知是什么东西。出于好奇，他蹑手蹑脚地走到怪老头身边，轻轻地揭开他的棉袄。

这一揭可真是不得了，只听得“呼”的一声，一只特大的蝙蝠从怪老头的怀里飞了出来，直冲楼板，在屋里转了几圈后，“吱吱”地叫着，从窗口飞出去了。叶增宝赶紧把揭开的棉袄盖回去，急匆匆地想离开怪老头，可为时已晚了。

“你以为我怀里装的都是银子吗？”怪老头一把抓住叶增宝，“你偷看了我的秘密，把瘟魔放了出去，这一带的人要遭殃了。”

“不是这样的，我看你怀里一动一动的，只觉得好奇想看看而已，哪里知道你藏着瘟魔。”叶增宝急得不知如何是好，连连向怪老头赔罪，并再三询问该怎么办。

“事到如此地步，我就不瞒你了。”怪老头对叶增宝说，“我是夏瘟刘元达，掌管夏季的瘟疫，管住瘟魔不得侵害人间，保佑人间夏天不染瘟疫。而刚才你放走的那只蝙蝠，正是夏季瘟魔。这样一来，恐怕这百里之内的人都要染上瘟病，甚至要死绝了。”

“那怎么办呢？”叶增宝听了怪老头的话，心里十分害怕。跪倒在怪老头面前，“大仙救救我吧，我知道错了，您一定会有办法的。”

“我自己尚且罪责难逃，哪里有什么解救办法？能不能救人，只能全靠你了。”怪老头故装气愤。

“全靠我？大仙请别开玩笑了，我一介村夫，哪有那么大的能耐？”叶增宝不解地问。

“现在唯一能救人的就是你家这眼水井，这是你祖上的功德感化观音菩萨而得。你不要存半点私心杂念，让染上瘟疫的百姓喝上你家的甘露水。只要喝了这水，瘟疫就会好的。”怪老头再三叮嘱，“千万，千万别存私心杂念。”说完，怪老头从棉袄口袋里摸出一份咒语，递给叶增宝。“从今天起，你每天都念三遍咒语，共念七七四十九天，坚持不懈，定解瘟疫。切记！切记！”叶增宝还没缓过神，那怪老头就带上那把破扇子化作一道青烟，消失得无影无踪。

叶增宝接过咒语翻开一看，是一道“佛说秘密除瘟疫咒”。

说也奇怪，没过几天，叶增宝家里的人突然生起了一种怪病。忽冷忽热，大人也好，小孩也好，冷起来时直打寒战，大热天棉袄都穿上了，还觉得冷。要是热起来，身子像烤在火炉中，皮肤发烫发红，疼痛难忍。慢慢地，这病蔓延到了上东山陈店、何村、沈家、蔡园等几个邻村，继而又传到了其他村寨。病情反反复复地发作，人们请来郎中，药汤吃了一剂又一剂，不但不见好转，还有日益加重的趋势，最后连郎中也被传上了。

再说叶增宝有了怪老头给他的良方和咒语。虽然得了瘟疫，心里却是一点也不慌张。他吩咐家人来到观音井旁，提上一桶水，然后一本正经默默地念了三遍“佛说秘密除瘟疫咒”，尔后各人喝了一碗水，奇迹立马就出现了，病症烟消云散，身体恢复如常。于是叶增宝就四处宣传他能治好瘟疫。就这样，一传十,十传百,四邻八方都到他这里来求除瘟疫咒，求观音甘露水。

“这可是个发大财的机会。”叶增宝见来的人多了，早把怪老头的话抛在脑后，凡求他念咒喝水的病人一律都要收银子。可世间一切皆有它的定数，生命中的机缘巧合都有它的因果际遇，无法强求。越是刻意强求，越得不到。叶增宝也是这样，他一收钱，咒语和观音水也就不灵验了。他不但不能发大财，还落了个“骗子”的骂名。街坊邻里都在背后指责他，这才使他想起了怪老头的再三叮咛。

“这人间的事，只有自己经历才明白。青天有眼，红日无私啊。”叶增宝感慨万千，从此后忧心忡忡，郁郁寡欢。这天晚上，他翻来覆去睡不着觉。过了三更，才迷迷糊糊、似睡非睡。朦胧中他看见自己拿着水桶到井边提水，刚走到井沿，不知怎的忽然掉进了井里。“救命啊！救命啊！”他拼命地喊。邻居们听到了喊声，都跑过来往井里看，但没人帮忙。他不断地哀求邻居们，并承诺把他救上来就给银子。可邻居们只是看着，任他在井里挣扎。

一觉醒来，他已浑身是汗，上气不接下气，好像还在水里挣扎似的，想想都十分可怕。

再说紧挨叶增宝家的西南面，有一座常裕楼。傅氏曦公一家三代都住在这楼里。曦公为人善良，处世厚道，平时也乐善好施。这一次街坊邻里得了怪病，他也曾多次到叶增宝家好心相劝，希望他能免费给乡亲们供井水。可叶增宝就是不听。这天早上，他又来到了叶增宝家。

“叶兄早！”曦公满脸笑容。

“曦公有何贵干？”叶增宝没精打采。

“今来还是想与你商量井水及咒语的事。”曦公开门见山。

“曦公啊，这事我早已与您说过，这眼井是我祖上千辛万苦打出来的，怎么可以随便让人用水呢？”叶增宝还是有些嘴硬。“话也说得对，您祖上为了打这眼井，真是费了多少劳苦。这些年能用上您家的井水，实乃三生有幸。”曦公还是一脸笑容，“这样吧，您要多少银两直说不妨，这眼井就算是卖给我家吧。”

“好吧！好吧！就五十两银子吧！”刚从里间出来的叶增宝儿子叶添财一听曦公出银买井，立刻兴奋起来。没等他父亲答应就抢先应允了。

“混账东西，这哪有你说话的份，快给我滚开！”叶增宝见儿子如此冲动，狠狠地拍了一下桌子。

这叶添财是叶家的独苗苗。叶增宝五十多岁了才得个儿子，虽是家境贫寒，但平时对这个儿子很是娇生惯养。从小就不舍得打，不舍得骂，含在嘴里怕化了，捧在手里怕摔了，家里大事小事都不让他干，让过着衣来伸手、饭来张口的生活。

“爹！您发什么火呀。一眼破井，五十两银子还不卖，您看看，咱家全部家当值几两银子呀？”叶添财还是要父亲卖井。

“曦公啊！您也太小看我们叶家祖上的功德了吧。一眼观音甘露井，区区五十两银子就想打发我们了？再说了，我这里还有秘咒呢！仅凭这咒，就不止五十两了。”叶增宝朝曦公淡淡一笑，“我们家再苦再穷，就算把房子和土地都卖了，也不能把这眼井给卖了。”

曦公愣怔了一下，不明白叶增宝葫芦里卖的什么药。“祖上留下的水井，不卖也在情理中。我也就不强求了。但治病救人，这可是功德啊！还望叶公三思。”说完，曦公站起来想走。

“慢！曦公，为了治病救人，这井我可以卖给您。就依您的，五十两银子。但这秘咒也不是您能白拿的，至少也得五十两。”叶增宝见曦公要走，心里有点着急，把真实的想法说了出来。

“一百两？”曦公看了一眼叶增宝，没马上答应。“就是嘛！眼前这怪病，不是银子能解决的事。咱是多年的邻居，您也知道我家太太公为了打这眼井，前后耗费了几年时间。无论春夏秋冬，不分阴晴雨雪，一天也没耽误过，吃了多少苦，受了多少罪！”一旁的叶添财又插话了。

“这个我清楚，叶公挖井的故事都传了几代了。”曦公点点头，“不只是您，咱四邻八乡的人都知道。这眼井水清洌甘甜，天热时喝了就像冰糖水一样。而且无论多么干旱，从来都不会干涸，我真是有些舍不得这眼井啊！”父子俩唱起了双簧。

“好吧，我理解你们的心情，就一百两吧。我去准备银子，您把秘咒准备好。咱们写个契约，一手交银，一手交井。”曦公也很干脆，站起身来准备走。

“还有！”叶增宝招招手，示意曦公坐下。

“还有什么？不是说好了嘛？”曦公不解地问。

“嘿嘿嘿！曦公您大人大量，这井虽然卖给了您，但您不能围进您家的院子里。我们叶家仍然可以用这眼井，且你们世世代代都不能收我们叶家的用水费。”叶增宝眨巴着老鼠眼，又提出要求来。

“这您就多心了。我买这眼井，不是为了把它围进我家的院子。不仅您家世世代代可以用，就连邻里乡亲都可以用，也永不收取任何费用。”曦公依了叶增宝。

当日，双方签字画押。曦公给了叶增宝家一百两银子，叶增宝也把秘咒交给了曦公。

从此，邻里乡亲都来取水。曦公也每天都亲自念三遍“佛说秘密除瘟疫咒”，咒语一念就灵，甘露水一喝就好。大家都为曦公歌功颂德。

从此以后，曦公把“常裕楼”改名为“敦睦堂”。训示后人：邻里之间要亲厚和睦，互帮互助。

再说叶家得了一百两银子后，父子俩为了分银子争吵起来。没过多久儿子就把叶增宝给活活气死了。儿子叶添财好吃懒做，不学无术，连基本的庄稼活都不会干，坐吃山空。短短两年时间，就把银子挥霍一空。没银子花了，就厚着脸皮向曦公要，甚至扬言要毁了“甘露井”。起初，曦公还看在邻里的份上多多少少给他一些。可叶添财一点也不知趣，尝到了不劳而获的甜头后，三天两头向曦公要。曦公觉得这样下去也不是个办法，就让叶添财到他家来做点事，让他自食其力。俗话说：天冷不冻织女手，荒年不饿勤耕人，谁料想叶添财根本不领情。曦公也没办法，只得随他去了。

俗话说：邻里好，赛金宝。邻里关系处理得好就可以互

为助手，互为依靠。反之，不仅会影响街坊邻里安定，而且还会败坏社会风气。叶家为银子置邻里乡亲的生命而不顾，其晚景如何，也就可想而知了。正是：

举头三尺有神明，善恶到头皆得报。
和睦邻里多行善，守望相助赛金宝。

第24回

塘下畈水妖肆虐　六石堰赵侯镇魔

诗云：西山日落云犹昏，南浦浪凶水亦浑。
覆釜灵岩敢当石，镇妖除魔斩邪神。

却说断尾龙离开敦睦堂，越过天溪，很快就来到了西苑园林风景区。据说这西苑园林也是敦睦堂主人曦公设计并构建的。一条曲折蜿蜒的长廊，似一条气势雄伟的长龙盘旋在眼前，古色古香，很是好看。这长廊，以一座小巧玲珑、别具一格的亭子为核心。亭子是龙头，那弯弯曲曲不知去向的长廊便是龙身，而龙尾却一直不肯露面，充满了神秘感。园林的东边是一个庭院，栽满了鲜花，颜色有黄、红、白、蓝……从远处看，星星点点，还散发着阵阵清香。园林的西部主要是假山，重峦叠嶂，十分逼真，栩栩如生。北部则有个小树林，有竹子、杏树等。东南是架有九曲桥的水湖，微风拂过，莲花和着风声浅吟低唱，露水在如玉盘的荷叶上来回滚动，满眼的荷花在淡淡地微笑。风声好像在诉说着这美丽古朴的西苑和如诗如画的东山古镇。

过了西苑，便是东山古镇著名的米粮仓——塘下畈。塘下畈一马平川，一望无垠。黄澄澄的稻田，翻腾着滚滚金波。

沉甸甸的稻穗，压得稻秆直不起腰来，还使劲地随风摇摆，好像在为金色的夏天舞蹈。正是：

一马平川塘下畈，东山世代米粮仓。
天溪两岸稻菽壮，祝水一湖菱藕香。
牛叫羊欢童稚戏，人挑车载穑夫忙。
千畦金浪南风舞，满畈丰熟颂小康。

就是塘下畈这片黑土地，使东山古镇农舍粮仓装满了五谷，院落堆满了稻草橘柑，圈内满是猪牛羊。这塘下畈的黑土地上，记载着东山古镇祖祖辈辈四季耕耘、繁衍、生活的历史。

相传，塘下畈原来是一条溪流，名曰天溪。双尖山几十里范围的水都往这流。雨季洪水肆虐，旱季寸草难生。不知什么时候开始，天溪居然有了水怪。据说这水怪是一条黑鱼精。它把天溪据为己有，经常兴风作浪，肆无忌惮。村民们到天溪取水，被这黑鱼精连人带水桶拖入水底，特别是漂亮的姑娘更是不放过。大家对这黑鱼精又恨又怕。有大胆的村民就到衙门请求县令出手除妖镇魔。县令也几次派人来围剿黑鱼精，不但没把黑鱼精降服，还白白断送了几名差役的性命。县令对此束手无策，村民们更是无奈，不敢再靠近天溪。一时间，全村人浇地、喝水都成了难题。

“要么去道观请个大师来试试?”村里的一位长者提出了建议。

“好的，我愿意出点儿银子。”立刻有人积极响应。

“我也愿意出点……”大家七嘴八舌，情绪十分高涨。于是几位年长者就去著名的玄清观请来了高人降妖。又是设坛又是摆祭，“高人”来了一拨又一拨，银子花了不少，但收效甚微。这黑鱼精的法力实在太强了。从此以后，村民们也就不提降妖的事了，只得默默忍受。

而那黑鱼精见村民们请来的法师也不是它的对手，就更加肆无忌惮，常幻化为人形，有时变成英俊潇洒的小伙子调戏村里的姑娘，有时则变成美貌的妙龄少女和村里年轻小伙子眉来眼去，暗吸阳气。村民们实在是防不胜防，有的干脆离乡背井远走他乡。一时间，东山古镇失去了生机，万物凋敝，百业萧条，就连田野也是光秃秃的。山岳枯黄，日月无光。村民个个都如惊弓之鸟，不敢外出。几年过去了，大家还是一筹莫展。

一天，村里来了一个道士模样的老者，一身灰白色的长袍，头挽一个道髻，手拿拂尘，肩背一口宝剑，仙风道骨，神采奕奕，容光焕发。

那老者自称是赵晒，又名侯，字公阿，东阳人。常年在外云游，有降妖伏魔之术。

“又是一个骗子！”村民们见了这老头都嗤之以鼻。

“赵侯？难道是《搜神记》中说的神仙赵晒。他是东汉人，一千多年了，难道还活着？”村中也有知书达理的人对老者刮目相看。

“如果是神仙，那一定是长生不老，肯定活着。我曾听过赵侯的故事。”还有些人在故事中听到过赵晒的神术。

听说这赵侯与福建闽中郡有个叫作徐登的人在当时都擅长方术。徐登原先是个女人，之后变成了男人。在一个兵荒马乱的年代，赵侯与徐登在东阳江边相遇，两人都夸自己如何如何有本领，就约定施展一番。徐登年长先施法，只见拂尘一甩，竟然把滚滚江水都禁流了。

"佩服！佩服！小弟大开眼界了。"赵侯看了徐登一眼，紧接着抽出宝剑，在空中只是轻轻地一点，岸边的杨柳全都长出了嫩芽，看得徐登哈哈大笑。从此两人相见恨晚，因徐登年长，赵侯称其为老师。后来徐登仙逝了，赵侯来到了福建闽中章安县送别老师。可章安人并不知道赵侯的方术，连饭也不给他吃，于是赵侯就爬上茅草屋的屋顶，架起大鼎，生起火来自己煮饭。

"快熄了！快熄了！这茅草屋顶怎么可以生火煮饭？！"大家都为赵侯担忧，而赵侯只是笑笑没有回应。等到饭烧熟了，茅草屋也始终没着起火来。章安人都惊讶不已。

有一次，赵侯到河边想要上船过河，但船老大看他邋里邋遢的，不许他上船。赵侯就随手摘下头上的笠帽放在河里，一个轻步跨上去，长啸一声，呼来一阵大风，帽子就乘风横流，很快过了河，看得船老大目瞪口呆。江、浙、闽一带老百姓对赵侯都十分敬仰。

"既然自称是赵侯，咱们就让他试试吧。反正先不要付银子。"听了赵昞的故事，许多人都兴奋了起来。于是村民们还是将天溪黑鱼精的事告知了赵侯。

"哦，原来如此。"赵侯听了村民们的陈述，轻轻地捋着雪白的胡须，随后掐指一算，微笑道："那天溪的黑鱼精，原是天庭西王母瑶池的一条小黑鱼，趁电闪雷鸣大雨倾盆之际逃出天庭闯入凡间，已在金华江修炼了几百年，然后顺流而上来到天溪定居，虽然懂得一些幻化之术，也偶尔能呼风唤雨，但在本神眼里，不足为患矣！"赵侯显得相当自信。村民们听闻此言自是十分高兴。

"但还要看你们的造化。"赵侯话锋一转，神秘起来。

"这话怎讲？"大家的心也跟着赵侯七上八下万分焦急。

“本神降妖容易，可镇妖却得有镇妖石才好!”赵侯眉头紧锁，像是在盘算着什么。

“镇妖石？到哪里采这种石头？”大家也都疑虑起来。

这镇妖石，是产于印度高止山脉的佛教圣石，在印度名为“加兰那石”。当地不管是男女老少都喜欢佩戴这种石头做的饰品。它具有妖魔、避邪、净心化戾带来好运的作用，是各种妖魔鬼怪都惧怕的灵石。相传，此石经百万天劫，集三千大千世界，亿亿万诸菩萨道心者发愿而生，更是佛祖百日诵经而成。佛经上说:“大阿罗汉波帝，未成罗汉时，在鬼道超度，经不住鬼王诱惑，差点成魔。如来佛祖知波帝有劫，便让观音菩萨带给波帝一块镇妖石，帮他渡劫。大阿罗汉波帝成正果后，便发大愿。只要佩戴此石者，皆得罗汉护持，远离鬼道。据说当年达摩祖师从印度来中国，身上就带有一块加兰那石。当他行至嵩山颍水时正好是八月十五,一条修行千年的鲤鱼精，腾云驾雾，卷起颍水巨浪侵袭两岸，横行乡里，残害生灵。当地百姓苦不堪言。达摩祖师便用加兰那石往颍水河边一丢，鲤鱼精立马就不敢出来兴风作浪了。从此颍水两岸风调雨顺，老百姓都过上了安居乐业的生活。这足以见得镇妖石的威力。”

可到哪儿才能得到镇妖石呢？到印度高止山脉去采，这显然有些不切实际。赵侯觉得有些为难了。他思来忖去，不知不觉天色已晚。夜幕像一条无比宽大的毯子，铺天盖地。满天的星星像是缀在毯子上的一颗颗晶莹闪亮的宝石。忽然，一颗流星拖着蓝色的光，在夜空中划出一条长长的弧线，消失在法华尖。

“有了。”赵侯突然眼前一亮，他看见远处的法华尖影影绰绰，峭壁生辉，忽明忽暗，发出淡淡银光，变幻无穷。

“这法华尖的石料，功力虽然比不上印度的加兰那石，但经法华寺历代高僧的功德加持，也是可以替代加兰那石的。这真是东山傅氏的造化啊。”赵侯自言自语，于是就开始设计起擒妖镇怪的方案来。

第二天，赵侯早早来到双尖山，他先到法华寺向观音菩萨说明来意。然后就一个箭步飞上山顶，在法华尖的西南起石料。只见他口中念念有词，然后用拂尘轻轻一甩，“哐当”一声，一块石头就像被刀劈掉一样滚落了下来，并平平稳稳地躺在一棵大树下。就这样赵侯一连甩了六次拂尘，六块长一丈八尺、宽一丈二尺的条石就全部乖乖地躺在了大树底下。

“这么大又这么重的石头，怎样才能拿到山下去呢?”赵侯双眼微闭，拂尘轻摆，念起咒来，念完后，手中的拂尘高高举起，在空中转了三圈，又轻轻地朝六块法华石点了六下。忽见大树底下的六块条石慢慢地动了起来。“哗啦”一声，六块大石头突然变成了六只大猫，一骨碌立起身来，朝赵侯“喵喵”直叫。赵侯从山顶轻轻地飘下来，又用那拂尘朝前一指，六只大猫就自觉排成两行，各自迈开腿一路向东山傅村方向赶来。

很快，赵侯赶的六只大猫就来到了塘下畈。夜过三更，赵侯孤身一人来到天溪。他不慌不忙地在溪边摆起了法阵。然后拿起拂尘，又从怀里掏出灵符，作起法来。瞬间，天溪泛起阵阵狂风巨浪，一条黑鱼腾着水柱飞出水面。霎时间，星空暗淡，月光淹没，满天乌云滚滚而来，飞沙走石，向赵侯扑来。

赵侯依旧屹立在溪边，双目微闭，岿然不动，念咒一刻不停，且越念越快。

阵阵恶风，乌黑乌黑，一次次向赵侯袭来。可当恶风靠近赵侯时，赵侯就将拂尘一甩，灵符也随拂尘瞬即飞出，一次次击中黑鱼精的身体。“哎哟哟！”那黑鱼精一次次疼得哇哇大叫，只好暂时退身回到天溪。

“哪来的老东西，我与你井水不犯河水，你为何如此多管闲事？”黑鱼精大声喊道。

“小妖听着，路见不平所以按剑。你为何不守本分，擅离瑶池，到人间兴风作浪，霸占天溪，断了乡民的生计，还在此欺辱众生，为非作歹，大逆不道。本神要除你这妖物！”赵侯边做法边回应黑鱼精。

“区区一个玩小把术的老东西，敬酒不吃吃罚酒，我还怕你不成！”说罢，只见又一柱黑浪腾空而起，气势汹汹地朝赵侯扑过来。

赵侯见状，迅即从怀中取出几张符咒，口中高声念诵。左手扬起拂尘在空中不停地甩来甩去，严阵以待，伺机还击。

那黑鱼精见赵侯又拿出灵符并念起咒来，心中早已惧怕三分，不敢轻举妄动。一次次扑过去，又不敢近身，犹豫再三。

就在黑鱼精犯难迟疑之时，赵侯忽然睁开眼睛，双脚一点，腾空而起，直冲黑鱼精而去。黑鱼精见状，急忙卷起黑尾，欲将赵侯一尾击中。说时迟，那时快，赵侯见黑鱼精硕大的尾巴甩过来，急忙在空中一个转身，看准时机将手中的灵符迅急掷出。只见一道白光，灵符不偏不倚正好贴在黑鱼精的背脊上。那黑鱼精着实吃了一惊，一个凌空腾跃，张开血盆大口想转身迎击，谁知赵侯的拂尘已紧跟而至，“啪”的一声，正好击中黑鱼精的头部。

“不好！”只听那黑鱼精大叫一声，转身就跑。“哪里跑，还不快快伏法！”赵侯扬起拂尘又是一下，打得黑鱼精鳞片四飞，黑鱼精迅即从空中坠落。“扑通”一声掉进了天溪，有气无力地浮在水面上。

瞬间，黑鱼精的身体慢慢变小。赵侯在岸上看着黑鱼精筋疲力尽的样子，不禁感叹起来：“小鱼啊小鱼，好好地待在瑶池，你却决意要到凡间，几百年的修行，也着实来之不易，小神对你真心同情。可你祸害众生，横行乡里，不降服你天理难容啊！”

“老东西，谁要你同情，不必多言，该怎么着就怎么着吧。”黑鱼精看起来没有一丝悔改之意。

“既然如此，本神就不客气了。上天有好生之德，你死罪可免，但活罪就难逃了。”只见赵侯把拂尘轻轻一甩，站在旁边的六只大猫齐刷刷地走过来。原来文文静静的大猫，突然变得张牙舞爪，看上去凶猛无比，一个个扑上去想吃了黑鱼精。赵侯见状，连忙用拂尘一点，六只大猫又变成了六块石头，一动不动地立在旁边。

赵侯轻轻地从怀里取出一只碗，慢慢地走到天溪旁，盛上一碗干净的水，并给碗口外沿围系了一条打了活结的红色绳子。再把那条黑鱼放入这只碗里，在溪边挖了个洞，把碗埋入地下。

“你就在这里安心待上五百年吧。等围系在碗口外沿的红色绳子的活结自动解了，你就能出来了。”赵侯埋好这口碗，又吩咐道，“出来以后你可不要再祸害众生！”

一切都安排停当后，赵侯又把拂尘一甩，六块石头一起走过来，一字儿排开，紧紧地压在黑鱼精的上面，形成了一道拦水堰。这就是东山古镇塘下畈著名的“六石堰”。正是：

水妖猖獗令心寒，何日擒魔百姓安。

降怪捉妖赵侯剑，法华灵石镇妖端。

再说第二天，赵侯将昨晚降伏黑鱼精的经过与村民们说了一遍，又再三叮咛大家不可轻易去动六石堰的六块大石头。随后就转身走了。

乡亲们问他要多少银两，他笑了笑说："除妖降魔为民造福是小神的本分，何须银两！"

乡亲们躬身施礼，一直目送着赵侯远去。

从此以后，天溪恢复了宁静，年年五谷丰登，岁岁米粮满仓。勤劳智慧的东山人民，还在六石堰的基础上，再建了上堰、中堰、下堰、长堰。又改造了天溪，五道古堰从北至南，变水害为水利，世世代代滋养着东山古镇的万民。为了纪念赵侯降妖镇魔的丰功伟绩，老百姓自愿在祝湖西北的长山岭上建了座"赵侯庙"，至今还香火不断。有诗曰：

东阳术士太神奇，临水呼风渡清溪。
降怪除魔安百姓，圣香一炷万民祈。

第25回

相宝地兴建宗祠　填水注众志成城

诗云：新祠矗立彩云欢，旭日初红耀九天。

众志成城宏业定，东山代代瓜瓞绵。

却说断尾龙经塘下畈，过六石堰，很快就来到了“傅氏大宗祠”。

这傅氏大宗祠，位于东山古镇西南。坐巽向乾，背靠蟾峰山，面朝双尖山，有门厅、正厅、后厅三进，各进之间设天井。正厅八架前后廊，月梁两端龙须纹成满月状。宗祠为八字门，祠内有十八根石柱，单步雕梁作鸱鱼状。这宏伟壮观的建筑，一看就气势不凡。特别是南北设有钟鼓楼，在众多的祠堂中非常罕见，更增添了傅氏大宗祠的几分威严。

断尾龙虽然久闻傅氏大宗祠盛名，但以前从未进去看过，这次他要好好瞻仰一番。进了门厅，六根青石方柱的三副对联赫然出现在眼前。

世运转鸿钧堂宇更新开景色　孙谋贻燕翼规模重振启人文

盛烈昭垂舟楫盐梅怀世泽　良谋绍述箕裘弓冶振家声

乃肯堂乃肯构庙貌焕然一新　或劳力或劳心祠宇成之不日

断尾龙肃然起敬，把目光久久凝聚在“鸿钧”两个字上。这对联上的意思虽是“鸿钧之世，天下太平”，是赞颂国泰民安、太平盛世之意，但这鸿钧却着实不凡，他是大道之显化实体，相传是老子、元始天尊、通天教主的师傅，是在开天辟地之前就出现的神。他在神界的地位可以说是至高无上的，就连盘古也是他的徒弟之一，可见他的辈分有多高。更让断尾龙敬仰的是，鸿钧老祖的坐骑也与众不同，那就是他的祖先——五爪金龙。相传五爪金龙有兔子的眼睛，雄鹰的爪子，蛇的身体，鹿的脚，翱翔速度飞快，是在天地之前就存在的。所以在龙族里面是最为高贵的，是龙族里的皇族。

断尾龙抱拳作揖后离开门厅。便来到了中厅，正堂上方匾额“敦本厚伦”四个大字刚劲有力。“本”，即注重根本；“伦”，也就是长幼顺序，比如父母子女，老师学生，君主臣子；“敦”即遵守；“厚”就是醇厚，厚道。这也是东山傅氏的祖训，要求族人注重根本，在人际交往中要醇厚。中厅青石方柱上的三副对联，正是东山傅氏敦本厚伦的真实写照。

兄弟总戎督府雄关海疆清寇孽　父子治县传家有谱越郡著仁声

郡著清河奕世簪缨光姓氏　望隆岩野累承阀阅显勋名

日敦本曰厚伦俨然东山祖训　三忠臣三孝子钦哉祝水前模

“敦本厚伦”匾额的两边还挂有“名重千城”“捐躯报国”两方横匾，都是皇上赐予的。

断尾龙看了中厅的对联和匾额后，傅元功、傅元钎兄弟二人捐躯报国的英勇壮举历历在目。傅邦契、傅邦奎、傅元禨三孝子“割股疗亲”的孝道也一一浮现在眼前。“忠臣孝子名震一方，正是敦本厚伦之果啊。”断尾龙甚是感慨，深为东山傅氏厚重的儒学底蕴所折服。

到了后厅“永思堂”。东山傅氏始祖肖像高高在上，庄严肃穆。石柱上的对联也是别具一格。

孝思维旧东山后裔再聚于斯　庙貌重新祝水先灵依然如在

天与人归造就一副新气象　祖功宗德流传万代旧家风

堂宇重新功继盐梅宏祖烈　箕裘克绍风追金玉振家声

断尾龙十分清楚，这东山傅氏大宗祠始建于明朝万历癸酉年（1573），断断续续至明万历壬寅年（1602）才竣工。前后历时三十年，真是好事多磨啊。相传，建这座祠堂时，就出了好多奇事。

原先，东山傅氏在傅村生活400多年了，却没有一处聚会议事的场所。至明代，有些人提议在东山五峰范围内择一吉地，建一座东山傅氏大宗祠。傅姓各房各派族长立刻表示大力支持，并组成理事会。

建祠堂，风水是关键。一般都十分注重龙脉和生气的来源，需要背山面水，明堂宽大、方正、水口收藏、无冲突、无争斗等现象，以及左右互衬、四势均和，具有阴阳相济、虚实相生、刚柔互补、方圆相胜、小中见大等涵构。其环境要求“左环右抱必有气”，这样才能文运亨达、财丁两旺。经过风水先生和理事会长达一个多月的实地踏勘，最后把地点定在了东山南阜蟾峰山下。这里背靠蟾峰，有逶迤连绵的山脉，生机盎然，其走势犹如青龙之腾云，在青山环绕之间。前方则是一片疏朗的空地，蜿蜒流淌的天溪自北而南宛如玉带环腰，潺潺向东南方流去。凭峰眺望，但见瑞霭笼罩，隐隐约约，如有神灵呵护……

“得如此宝地建宗祠，吾东山傅氏日后必兴旺发达矣！”十四世孙征仕郎成哲公在选址确定后由衷地感叹道。

选址既定，方案已成。理事会即呈报县太爷批准。事情进展十分顺利。然天有不测风云，在祠址范围内，有一片水洼地是张家的。听说傅氏要在这里建宗祠，张家死活不肯。当家的名叫张兴宗，自父辈起逃难来到这里安家，也有几十年了。据说他父亲原是山东的商人，在一个兵荒马乱的年代，带着家小及细软赶着马车一路南下，颠沛流离，风餐露宿。妻子及两个小女儿因经不起折腾，早早离开了人世。只剩下兴宗父子俩及赶马车的仆人胡八一路相依为命。这天，马车到苏南地界，天渐渐阴沉了起来，大风卷着乌云，大有“黑云压城城欲摧”之势。

“老爷，很快就要下大雨了，找个地方避避吧？”胡八提醒道。

“好的，赶紧找个避雨的地方。若是淋了雨，小祖宗就麻烦大了。”张父把十多岁的儿子兴宗紧紧抱着。张家就剩下这个血脉了，他十分呵护。

远远看见前面山坡处有一座古庙的轮廓，胡八就快马加

鞭朝古庙冲了过去。

这是一座废弃的古庙，已年久失修，极为破败。偏殿厢房都已全部倒塌，只有大殿还算完好。三人匆匆跑了进去，还没立定脚跟，就被眼前的一幕怔住了。

“此路是我开，此庙是我盖，要想避风雨，留下银子来！”只见两个豹头环眼的彪形大汉手握大刀，凶残横暴地向他们走过来。一把抓住小兴宗，将冷冰冰的大刀向小兴宗的脖子上一横：“嘿嘿！这小东西还想活命吗？”

“好汉饶命！好汉饶命！有话好说，好说……”张父见状急得瑟瑟发抖。

就这样，一驾马车及马车里的全部家当都被强人抢走了。仆人胡八过不了几天也自谋生路去了。留下他们父子俩一路乞讨为生，毫无目标地流浪。不知何因，落脚在了东山蟾峰下，没过几年，张父也撒手西去。临终前，他嘱咐兴宗：“儿呀，我们祖上在山东，你可别忘了。但如今我们定居的东山蟾峰山下，可是个好地方啊。特别是屋南的这片水洼地，是块风水宝地，你可千万要守住，不能变卖，更不能随意让给他人，得有福分的人才能享用这片地啊。”

“谨记父亲大人嘱咐，儿当铭记在心。”张兴宗含泪送走了父亲。后来，他兢兢业业，起早摸黑，辛勤努力，生活渐渐有了起色。一晃几十年过去了，他自己也老了，如今听说东山傅氏要在这里兴建宗祠，且要把这片水洼地买过去，他哪里肯依。

“这事该怎么办呢？”成哲公和理事们面面相觑，束手无策。眼看开工吉日越来越近，请了一拨又一拨有头有脸的人到张家商量，张兴宗总是不松口，正当众人一筹莫展之际，忽然间有了转机。

那是一个闷热的下午，张兴宗及家人们都在家里休息。突然听到家里的大黄狗在水洼地那边“汪汪汪”大叫。起初，大家都不以为然，可是那大黄狗好像跟谁较上了劲似的，一直叫个不停，而且越叫越带劲，越叫越急躁。张兴宗觉得有些奇怪，就出去看看，不看不知道，一看吓一跳。原来水里的乌龟、鳖、蛇类、蛙类等动物都在成群结队地往外爬，好像大迁徙似的，而且整齐有序，井井有条。那条大黄狗也一点不去惹它们，好像在敲锣打鼓为它们鼓劲加油似的。

“这就怪了。”张兴宗从来没看到过这等场面。百思不得其解，悻悻地回家了。

这天晚上，屋外风雨大作，电闪雷鸣，张兴宗久久难以入睡，坐在床沿上不停地抽着袋烟。忽然，他看见父亲笑眯眯地走到他床前。

“父亲大人在上！”张兴宗赶忙起身上去迎接。

“吾儿呀，你咋就不听我的话呢？屋南的这片水洼地，得有福分的人才能享用啊！”张父始终微笑着，语重心长地说到。

“那您说该怎么办呢？”张兴宗正要问个究竟，可父亲却不知去向了。

猛然醒来，张兴宗手里仍握着烟杆。“难道父亲要我把这片水洼地给傅氏？难道这东山傅氏就是有福分享用这片地之人？”张兴宗翻来覆去睡不着觉。联想到白天龟、鳖、蛇、蛙的大迁徙，他终于明白了。

“这是上天的安排啊，连动物都换地方了，我咋就这么顽固呢？”

到了第二天，傅氏成哲公亲自上门商量时，张兴宗的态度有了一百八十度的大转变。但他还是提出了条件：“成哲公啊，不是我故意刁难你们傅氏，这片水洼地着实是祖业啊，我于心何忍？但傅氏多少年来都与我们客姓和睦相处，情同一家，我又不好意思一而再，再而三地拒绝。这样吧，你们如果能在一夜之间把这片水洼地填平，我就不要你们一两银子，这块地无偿地送给你们。但如果填不平，那也就别怪我！哈哈哈！今晚就动手吧，明天一大早我起来看个究竟！”

“什么？一夜之间填平？”成哲公似乎愣了一会，又马上回复，“多谢兴宗公，那就这么定了，我先告辞了。”

从张家出来后，成哲公顾不上吃中饭，马上召集了各房各派的族长到他家议事，商量对策。

“这不是明摆着在刁难吗，一夜之间怎能填平这片水洼地？”不知哪位先开口了。

“是啊，我看这张兴宗是不安好心，不肯就是不肯，何必故设门槛呢？”

“这人也太不像话了，拿我们傅氏当猴耍，不给他点颜色看看简直就不知天高地厚！”

大家七嘴八舌，都显得十分气愤。一时半会儿也想不出什么好办法来。

成哲公一边喝着水，一边在听大家的意见。半晌也不发声，只是低着头，好像陷入了沉思。大家发完怒气后，都一声不吭地看着成哲公，等待他发话，见成哲公低着头，也只好你看看我，我看看你。

“这样吧，”过了许久，成哲公发话了，“你们各房各派现在就回去，挨家挨户上门动员。把各家柴房里的稻草都准备好，然后把门扇、板料全部都先奉献出来，等天一黑，马上就行动。先把稻草搬过来填到水洼地里，再把门扇、板料铺上去，再倒些许泥土，天亮之前，一定要把这水洼地填平。”他的话斩钉截铁，掷地有声。

"什么？用稻草、门板？那有用吗？"有的人被成哲公说得丈二和尚摸不着头脑，一头雾水。"各位请注意，张家只要我们一夜之间把这水洼地填平，又没限制用什么填，我们钻个空子。眼下正是秋后，各家各户的柴房里都堆满了柴草，只要全族同胞都肯奉献，人心齐，泰山移，就没有我们东山傅氏做不成的事！"成哲公像是在战前动员，越讲越有劲。大家听了他的话，也都个个信心满满的。

说干就干，各房各派族长回去后就马不停蹄挨家挨户串门动员。傅氏族人听了也都个个摩拳擦掌，准备着为傅氏大宗祠尽自己的一份责任和义务。

很快，天就黑了下来。"动手！"只听得成哲公一声令下，全族男女老少挑的挑，扛的扛，背的背，七手八脚，蜂拥而上。整个蟾峰山都沸沸扬扬，甚是热闹。

再说张兴宗一家晚上也不会睡觉，他们虽不出门，却透过窗户在偷偷地看傅氏这边的动静。

"这是要干什么呢？"兴宗看到傅氏族人都在搬柴草往水洼地赶，百思不得其解。

"喔喔喔！"只听得远处一声鸡鸣，东山南阜水洼地也安静了下来，天快亮了。

"终于填土平了。"成哲公与诸位族长面对东方天边的曙光，看看眼前这片填平的水洼地，长长地舒了一口气。他们深为族人的齐心奋进感到自豪和骄傲。

"我去张家请兴宗公过来看看。"成哲公边说边向张家走去。

"成哲公辛苦了，我不用去看了，这水洼地就送给你们傅氏了。"谁知兴宗公早就站在门口迎接成哲公了。其实没等天亮，兴宗公就偷偷到现场看过了，他深为傅氏的智慧和齐心

而折服。正是：

踏破铁鞋磨破嘴，回回碰壁何言悔。
功夫不负有心人，协力齐心出智慧。

张家的水洼地既已搞定，傅氏宗祠的奠基仪式也就如期举行。是日，全族男女老少意气风发，精神抖擞自不必说，连老天也呈祥瑞。奠基仪式辰始午毕，众族人皆欢天喜地，感恩上苍。

至大明万历三十二年（1604），东山傅氏大宗祠全面告竣。全族宗亲喜气洋洋举行宗祠落成兼先祖进龛仪式。置鲜花、果品、香茗、清酒、山珍海味于先祖像前，一番礼仪过后，祠长颂读祭祖祝文：

始祖说公，殷商名相。说命三篇，振国兴邦。武丁中兴，英明流芳。古代圣人，万世敬仰。追思万公，器宇轩昂。肩挑箩筐，定居杨塘。移徙东山，意志如钢。积德行善，为祖增光。尚文修武，开基传芳。历经岁月，四百余年。后代子孙，虎卧龙藏。英才辈出，多有栋梁。虽遇时艰，多难兴邦。披荆斩棘，造地开荒。积粟盈仓，稻米飘香。翘首前程，自信自强。安居乐业，再谱华章。耕读传家，更创辉煌。岁次甲辰，春风浩荡。东山族人，荟萃一堂。饮水思源，祭祖勿忘。创业奠基，泽被四方。祖宇焕彩，肃穆堂皇。鼓乐礼炮，声振霄壤。永留清史，放射光芒。祖德宗功，山高水长。

伏惟尚飨，浙江婺州东山傅氏众裔孙岁次甲辰正月之吉。

再说东山傅氏宗祠落成兼先祖入龛仪式正有条不紊地进

行间，忽报有公差到，族人急忙告知祠长成哲公。哲公听后微微点头，待仪式完毕后，才去见公差。他打开公文一看，原来是一纸传票，要成哲公赶快到县衙一趟。有人状告东山傅氏大宗祠门前的两只石狮超规格。成哲公匆匆赶到县衙后，县令已在等待，成哲公施过礼后就直截了当地问县令："老爷此事怎讲？我们傅氏宗祠的石狮雕刻是符合傅氏祖上官职的，有什么不妥，请老爷明鉴。"

"好！你既然说是符合规例的，那就陪我到你们祠堂去勘视。如果你说的属实，本县也无话可说。如果真的超规例，那也就莫怪本县无情了。"说完，县太爷就起身与成哲公一起来到东山傅氏大宗祠。

原来，傅氏大宗祠门口的两只石狮形象逼真，根根鬈发栩栩如生。母狮口中的石球光滑玲珑，滚动自如，似敲玲叩玉，堪称一绝。雄狮更是威武雄壮，其头宽大而圆浑，炯炯有神的双眼射出犀利而威严的光芒。硕大的爪子下面，按着一个圆溜溜的球，雄健的后腿腹下还刻有雄性生殖器。"你看，你们自己看看。这不就是超规例吗？"县太爷指着雄狮腹下的生殖器，双眼一动不动地看着成哲公。

原来，按照当时律例，族人如果有先祖或当朝官至宰相者，才允许刻雄狮子的生殖器。

"哦，原来是为此事。"成哲公心里有数了，"老爷，请移步到永思堂，您就明白无疑了。"成哲公带着县太爷来到后厅，叫族人揭开红布，打开神龛门，傅氏先祖的神牌一一展现在眼前。最中间的就是殷商时期卓越的政治家、军事家，辅佐殷高宗武丁安邦治国的宰相傅说，他造就了历史上著名"武丁中兴"辉煌盛世。

"请大人明鉴！"成哲公十分谦和。

“圣人！圣人！”县太爷连连点头，无话可说。

从此，东山傅氏大宗祠威名远振，百世流芳。东山傅氏族人也不负众望，人才辈出，勤耕苦读，五谷满仓，经商有道，钱财满囊，防戍边关，官爵进堂，各行各业，路路通畅。有诗曰：

古祠风雨越千年，往事徐徐过眼前。
孝子忠臣精气在，东山后裔更扬鞭。

第26回

十八狭冤家路窄　譬喻经化解恶缘

诗云：此恨难消惊天地，冤冤相报无穷已。

　　　青天红日总无私，何必世人多算计。

却说断尾龙瞻仰了傅氏大宗祠后，深为“三忠臣，三孝子”的东山傅氏而骄傲，也为众志成城建宗祠的傅氏智慧而点赞。

祠堂，是一个地域里家族活动的中心，通过祭祖和宗法等活动，用血缘关系做纽带，把家族成员牢固地扭结在一起，形成严密的家族组织。相传，不知是哪朝哪代，有母子俩相依为命，但儿子对母亲很不孝顺，经常打骂其母。有一天，一白胡子老头赶着一群羊从他家门口经过，一羊崽与母羊嬉戏亲热，羊崽欲吃母奶，羊母刚抬起脚，羊崽先跪下，然后再上前吃奶。儿子见到这般情景，深深为之感动，想到自己对待母亲竟连畜生都不如，十分惭愧，自我反省之后，决心重新做人，好好孝敬母亲。

这天，儿子在田间劳动，中午时分，母亲送饭来了。儿子远远看见母亲深一脚，浅一脚，吃力地提着饭篮，急忙放下农活，跑过去接母亲。母亲远远看见儿子跑过来，以为又是埋怨自己送饭迟了，要打骂她，于是加快脚步向儿子疾走过去。可一不小心，被田埂上的泥块绊倒了，篮里的饭菜倾泻一地。儿子见状，急忙冲上去，把扭伤脚的母亲背回家。

“母亲大人在上，这完全是儿的不孝，如果不为儿送饭，也不会跌得这么惨。”儿子带着歉意，在母亲床前问长问短。但由于母亲年老怕跌，不久就去世了。儿子越想越自责，后来自制了一块木牌，写上母亲的姓名，供放在堂屋正中，逢年过节，都对着木牌拜祭一番，以表孝心。

邻居们都为他的孝心感动，纷纷仿效。后来干脆大家共同出资单独修建一间房屋，供上祖先前辈的排位，逢年过节都来祭拜，以表孝心和报答养育之恩，以使家庭上下互相尊重，和睦相处。因此，那间房屋就成了家族宗祠，以后就叫祠堂了。

所以，祠堂首先是祖宗神灵聚居的地方，祭祀祖宗是祠堂最主要的功能，以后，其功能慢慢扩大，成了家族文化、宗法的中心。

断尾龙离开了东山傅氏大宗祠，沿着官马大道朝芦荡山五龙潭方向行进，穿过六石堰及塘下畈，很快就来到了著名的十八狭。

这十八狭东西走向，终年日色冥暗，盛夏幽静清凉，严冬阴风阵阵。两旁古木参天，奇草森森，是东山古镇通往婺州府的必经之路。相传，这里原是一片白雾霭霭，祥云缭绕、奇花异草遍布的灵脉之地，是个修身养性的好地方，许多飞禽走兽都在此修行。为了能独占灵脉早日成仙，不知从何时起，这里时常发生天昏地暗、日月无光的大战。众禽兽鏖战了几百年，非但各自的道行没有增长，反而种族不断减少，有的甚至被灭种。终于有一天，它们悟出了一个道理：“修行重在修，而不是斗。单丝难成线，独木不成林。只有大家相互尊重，和睦相处，才能一心修行，终成正果。”于是大家摒弃前嫌，言归于好，并与周边的村庄和路过的人和谐相处。如此一来十八狭不但鸟语花香，环境优美，众生修行的功力也与日俱增，有诗曰：

峻岭巍峨碧水东，谁人住在此脊中？
云蒸白雾临天界，泉浣青烟傍净空。
竹舍流英呈日月，峰林滴翠啸松风。
幽深缥缈天然画，世外桃源醉老翁。

可是好景不长，一天，不知从哪里跑来一头狡诈凶恶的野猪。这野猪身躯庞大，猪头熊身，盆口獠牙，黑硬刺尖，赤目大耳，喜欢居住在阴暗潮湿之处。说来也奇怪，这头野猪是个癞痢头。由于头上的毛发脱落，头皮一块一块裸露，令其看上去更加凶狠毒辣。原来，这野猪是从双尖山野猪岭跑下来的，上百年了，已经开了灵智，奈何无人指点，修为长进很慢。到最近其刚刚可以幻化成人形，但由于功夫不到位，它幻化出来的人总是有条尾巴，因此十分苦恼，四处拜师求艺，总是无济于事。一天，它听狐狸说，吃人可以快速长进修为，特别是吃年轻貌美的少女，长进更是明显，于是它就决定离开野猪岭去碰碰运气。

那天傍晚，正值电闪雷鸣，大雨滂沱，它幻化成一个老妇人赶路，不知不觉来到了东山傅村西南的下童村。

这是一个只有三五户人家的小村庄，偏远冷僻，四周荆棘丛生。村上住着一户父母早亡只剩下两姐妹相依为命的人家。姐姐十六岁，长得端庄秀丽，为人善良并做得一手好豆

腐。妹妹比她小两岁，聪明伶俐，机智过人。靠着姐姐的手艺，姐妹俩日子过得还不错。“小妹妹，行行好，能在您家借宿一晚吗？”野猪来到了姐妹俩的豆腐坊。

“老奶奶，您从哪里来，要到哪里去？”看到老妇人湿淋淋的样子，姐妹俩赶忙让她进屋避雨，还给她煮了碗热乎乎的姜汤。

“老奶奶，请坐下喝姜汤吧。”姐姐搬过一条凳子热情地招呼着。

“坐下喝汤？自己的尾巴不是要露出来了吗？那可白费心机了。”野猪两只红红的眼珠骨碌骨碌地转动起来，马上心生一计，“两位姑娘真是好人，让我怎么感谢你们呢？只是前两天我摔了一跤，屁股还疼着呢，不能坐凳子。”看看灶头旁有一个放木炭的坛子，野猪就自己动手搬过来，二话没说一屁股就坐在了坛子上，尾巴不偏不倚地藏到了坛子里面。可这尾巴就是不听使唤，在坛子里叮叮咚咚地乱动，并发出声响，野猪惊慌不已，多亏老天雷声隆隆，大雨如注。这尾巴在坛子里乱动的声音才不易被察觉，但野猪也最害怕打雷，心里一直在打战。

天很快就黑了下来，吃过晚饭后，姐妹俩给老妇人安排好住处后，自己也就打算早早睡了，因为明天天不亮要起早磨豆腐。

“两位好姑娘，我年纪大了，害怕打雷，一个人睡心里慌慌的。”野猪故作惊慌状，不肯独个儿睡。

“好吧，那老奶奶您就跟我睡，让我妹妹睡到隔壁房间去吧。”姐姐心地善良，就跟野猪睡一张床。

关上房门，熄了灯，野猪眼见计划得逞，心里别提多高兴了。它迫不及待地施起迷魂法，先把姐姐迷晕，然后使一个吸星大法，把姐姐一口吞了下去，可怜的姐姐就这么稀里糊涂地葬送了十六岁的青春年华。野猪打了个饱嗝，得意地发出了“哼哼”的猪叫声，心里盘算着：“何不趁机把妹妹也吃了呢，说不定功力可以倍增呢。”

再说机灵有加的妹妹在隔壁房间久久没有入睡，她总觉得这位老奶奶出现的太蹊跷了，特别是听到了“哼哼”的猪叫声，更让她惊觉起来。

“妹妹，你睡着了吗？害怕的话你也过来跟我们一起睡。”野猪装着姐姐的声音叫妹妹一起过去睡。

“这就奇怪了，姐姐一向都知道我是不怕打雷的，今天怎么会这样说呢？”妹妹疑虑重重，她猜测姐姐可能出事了。

“不行，得想办法自救。”机灵的妹妹一边答应一会儿就过去，一边到烧豆腐的灶台看看水烧开了没。

闪电一个接着一个，雷声也越来越猛，好像就落在姐妹俩的屋顶上似的。野猪的心怦怦直跳，觉得就要大祸临头了。“妹妹，快来呀！我害怕。”它不停地喊着妹妹。

“姐，以往打雷你不是都躲到那只大木柜子里吗，今天怎么不去躲了？”妹妹心里有了主意。

“妹妹，大木柜子在哪呀？”野猪迫不及待地问。

“你怎么了，连家里大木柜子放哪都不知道了，是不是被雷打晕了，不是就在豆腐屋里吗？”妹妹继续诱导。

此时野猪真的被雷吓蒙了，一心只想躲开雷电，它一骨碌从床上起来，包着床单就往豆腐屋跑，二话没说就钻进了那只大木柜子里。

这是一只用于装黄豆的柜子，这段时间刚好豆子用得差不多了，里面空着呢。野猪这才松了一口气。

再说妹妹见野猪躲进了大木柜子，就赶紧拿把锁把柜子严严实实地锁了起来，然后又去喊来邻居帮助。大家七手八脚把烧好的开水从木板缝隙倒进柜子里。野猪被烫得哇哇大叫，头上、身上的毛都被烫掉了不少，连皮都烫的红一块肿一块，不一会儿就变回了原形，撞破木柜子挣脱着跑走了。

再说这野猪一跑就跑到了十八狭，躲在阴暗潮湿的土洞里疗伤了一段时间，不多时身体就恢复了原状。因为吃了那姑娘，功力也真的大有长进。于是它骄傲起来，称霸十八狭的欲望也愈来愈烈，凭借自己的道行发展野猪数量，并带领同族四处挑起战端。不久就再次打破了这一带的平静，它不但战胜了狼、野羊、狐狸等动物，连附近的村庄也深受其害。

断尾龙到了十八狭后，总觉得这里有股阴气，心里不禁警惕起来。他小心翼翼地向前走去，山道越来越窄，天越来越暗，还不时传来几声尖声怪叫，他加快了步伐。

“你是何方神圣，如此大胆，敢独自来犯我的地盘。”忽然一个粗声粗气的声音从林子里传出来。断尾龙一怔，但很快就镇定了下来，一闪身先藏进旁边一块岩石背后，观察着动静。

蹿过来的是一头疤痕累累的野猪，它竖起耳朵，双眼圆睁，牙咬得咯吱咯吱直响，连背脊上的毛都立了起来。

“躲在那里有用吗？躲得了初一，躲不过十五，这可是我的地盘，要想过去，还是好好谈谈吧。”野猪已发现了断尾龙。

“真是冤家路窄。”断尾龙看见是头野猪，心里不禁咯噔了一下。他想起了当年去双尖山修行路上的野猪岭。“这一次可没那么碰巧了。”看看眼前这个强悍的对手，想到自己是为了续尾而去五龙潭的，心情就慢慢地平静了下来。他决定不与野猪正面交锋，和它好好谈谈，平安离开这里。

"这位朋友，冒犯了。我去前方芦荡山五龙潭，今借道通行，还望高抬贵手。"断尾龙的语气显然和软下来。他从岩石背后出来，正面对着野猪。

"芦荡山五龙潭？那是断尾龙修炼成道的地方，我曾听太祖母说过。难道眼前站着的是断尾龙？抑或与断尾龙有什么关系？如果是真的，那他可是我们野猪岭家族的世敌啊。"野猪的脑子里不断涌现出祖辈们传下的家仇族恨。

"你就是在双尖山野猪岭杀害我们太祖母的断尾龙吗？"野猪试探着恶狠狠地问。

"在下正是断尾龙，但你太祖母一家不是我杀的。"断尾龙想起了多年前发生在野猪岭那次天崩地裂的事，不禁心有余悸。

"不是你杀的？不要自欺欺人了。"仇人相见，分外眼红。野猪一个箭步冲向断尾龙，用长长的獠牙一顶，只听"哐当"一声，岩石立马被劈得粉碎，滚滚碎石伴着火花纷纷四散。

说时迟，那时快，断尾龙一个闪身跃上空中，驾一朵白云立在空中。他虽为百姓私自降雨被玉帝废了一些功力，但对付眼前这头鲁莽的野猪还是绰绰有余的。

"这位朋友，冤家宜解不宜结，解除旧仇，还是化干戈为玉帛吧！"断尾龙在空中对野猪喊话。

野猪抬头一看，见断尾龙脚踩白云，手持龙杖，镇定自若，怒气不打一处来："你躲在空中算什么，有本事下来与老子过两招。"

"没这个必要吧，还是以和为贵。"断尾龙微笑着对野猪说。

"胆小鬼，你害怕了？下来，今天不是你死就是我活！"野猪对着断尾龙大喊。

"好吧，那我就下来，咱们心平气和地谈谈。"断尾龙见

野猪毫无妥协的意思，决定先教训它几下，于是一个筋斗云，稳稳当当地从空中翻到了野猪面前。这野猪真不知深浅，见断尾龙站在它面前，二话没说就一个纵跃向断尾龙撞过去。断尾龙见状，只是用手中的龙杖轻轻一挡，一招追风赶月就把野猪挡在了面前。野猪也不甘示弱，一个急转身，用它那粗短的尾巴一甩，朝断尾龙的身子扫去。断尾龙不慌不忙，只见龙杖一扬一抛，一招柳缚乾坤，一根柳丝迅速系住了野猪的尾巴，疼得野猪“哇哇”大叫。断尾龙接着手腕一动，又一招天蚕作茧，柳丝瞬间生出千丝万缕，又立即拉紧收拢，恰似一个巨大的蚕茧，将野猪牢牢地笼住。可怜野猪已是茧中之蛹，无法动弹。最后一招岔步搅尘，只见断尾龙手腕左右几扭，然后往眼前一带，野猪不偏不倚地落在了他的面前。断尾龙治服野猪的整个过程洒脱飘逸，自然流畅，野猪根本无回天之力。

“龙爷饶命！龙爷饶命！”野猪跪在断尾龙面前，不断地磕头求饶。

夕阳的余晖若无其事地注视着十八狭，注视着断尾龙和野猪。大地上的一切似乎都恢复了平静，但断尾龙的内心却七上八下的久久不能平静，怎么处理眼前这个冤家呢?

“想当年在双尖山野猪岭，它的太祖母可是想要我的命啊。多亏天无绝人之路，才有自己的今日。”断尾龙自然而然地想起往事，“今天要杀死这头野猪，如同踩死一只蝼蚁，太容易不过了。可冤冤相报何时了，常言道：冤家宜解不宜结，还是忍耐为好，让它几分，可免多少是非。”断尾龙的宽容之心油然而生，“但我放下了，它不放下，延续仇恨，继续作恶怎么办?”他又担心起来，正犹豫间，忽见平地一阵风起，从西方飘来一片祥云，正好落在他面前。断尾龙甚觉奇怪，探头一看，原来是一本书，封面上《众经撰杂譬喻·卷下》的书名赫然醒目，断尾龙翻开一看，里面讲了这样一个故事。

过去有个男子娶了两位太太，大太太膝下无子，小太太则生了一位男婴。由于丈夫非常喜欢这个小儿子，自然对小太太也看重了一些。大太太因此心生嫉妒，但表面上却装作对这个小男孩很亲昵。因此，家人也都认为大太太将这孩子视如己出。

可大太太要害死小男孩的本性丝毫未改，就在小男孩大约一岁时，她终于找到了下毒手的机会。她狠心地用钢针刺入小男孩身上。小男孩从此不停发烧，啼哭不止。一家人都不知道是什么原因，找遍了郎中都无济于事。

过了七天，小男孩便命终了。小太太伤心欲绝，大太太也痛哭不已，看上去肝肠寸断的模样。

过了一段时日，小太太经各种查证，逐渐怀疑起大太太来，但苦于没有证据。由于丧子之痛，再加上有仇难报，有冤难伸，不久也就一命呜呼了。

心怀冤结的小太太死后，为报杀子之仇，连续七次投生当了大太太的女儿，长得花容月貌，大太太自然对她疼爱有加。然而，天有不测风云，女儿一岁就命终了。大太太整天悲恸号哭，不思饭食。

过了二十多天，有一位阿罗汉圣者，因为与大太太宿昔的法缘，知道了这件事，要借此因缘度化此二人。

一天，大太太家门前来了位拖钵乞食的和尚，大太太命令婢女盛一钵饭供养，可这和尚却不肯接受。

“我要见你家太太。”拖钵和尚对婢女说。

婢女见和尚有股倔劲，就回屋禀报大太太。可大太太觉得自己一副忧伤的模样无法出门见人。于是就命令婢女请和尚离开。然而这和尚也真是倔，任婢女多次请求，总是不肯离去，坚持要见大太太。无奈之下，大太太也只好请和尚进门来。

“施主吉祥！”和尚进门来，见大太太蓬头垢面，憔悴不堪，故而问道，“大太太为何如此？”

“师傅有所不知。”大太太告诉和尚，“我前后生了七个女儿，非常端庄可爱，却都夭折了。实在让我肝肠寸断，痛不欲生啊，还望师傅见谅。”

“施主家中过去还有位小太太，是怎么亡故的？”和尚直截了当地问大太太。

“这和尚以前从未见过，怎么知道我家以前还有位小太太？”大太太甚感震惊，她缄默不语，心中感到惭愧万分。

“你可知否？你杀了人家的儿子，她忧愁悲伤致死。因此，她投胎成为你的小孩，成为你的冤家，也想要让你悲恸忧伤致死。”和尚一本正经地告知大太太。

“啊！原来如此？”大太太感到无地自容，恨不得眼前有一条地缝，她好钻进去。

“现在你去探视一下棺材中的女儿，看看她是否完好如初？”和尚递了个眼色，暗示她过去。大太太起身走到棺材旁一看，甚是惊讶，刚才还是好好的女儿，现在居然已经腐烂臭秽，令人难以靠近。

“如此不净之身，你何以贪念不舍？”和尚厉声问道。大太太即刻命左右把女儿棺木抬出去埋葬，并双膝跪在和尚面前请求受戒，和尚微微点头，表示同意。

次日一早，依和尚指示，大太太前往寺庙受戒，途中忽有一条毒蛇挡住去路，并口吐信子，摇头晃脑地一次次向大太太进攻，使得大太太无法前行。

“我想到寺庙中受戒，这条蛇为什么一直挡住我的去路，难道……”大太太心生疑惑。

再说那和尚在寺庙里等了好长时间，也不见大太太前来，觉得事有不妙，就起身迎了过去。这大太太一见和尚前来接她，顿觉天上掉下了一颗救星。

“师傅救我！”大太太跪地恭敬地说。

和尚看到大太太身前有一条毒蛇挡住去路，心里就有了七八分数：“这位施主，你为报杀子之仇，投身大太太女儿，尽管双方都有死的冤结，但总可解脱。如今大太太愿意受戒，如果现在你阻碍她受戒，恶报实在太大了。你将生生世世永堕地狱，无有尽头。”和尚耐心地向毒蛇开示。

只见那毒蛇停止了进攻，和尚见度因缘的时机已经成熟，随即为两个人祝愿：“你们两个人由于今世的业缘，互结冤仇，现在是解冤释结的时候了。不要再恶意相向，过去所造的种种罪孽，从此悉数灭除。”

最后，和尚又要求大太太和毒蛇互相忏悔前愆。蛇因闻法有功德，命终后投生为人。而大太太听闻和尚开示后，亦心开意解，立即追随和尚受了戒，此后一心精进修行，并得了善果。

原来这和尚是位阿罗汉圣者，大太太、小太太因不明因果，仇恨未消。因而彼此冤冤相报，承受着无量苦果。幸好有阿罗汉圣者为二人开示化导，让她们忏悔宿业，尽释前嫌，转恶缘为善缘。正是：

万事由天莫强求，何须苦苦用机谋？
饱三餐饭常知足，得一帆风便可收。
生事事生何日了，害人人害几时休。

冤家宜解不宜结，各自回头看后头。

——明·唐寅《叹世之二》

再说那十八狭的断尾龙和野猪都认真拜读了天上飘来的佛经，顿觉又开悟了，决心学习菩萨的慈善之心，不念旧恶，不憎恶人，化解恶缘，广结善缘。

第27回

牛栏坞建文落难　皇源村人去楼空

诗云：古来万事东流水，将相王侯白骨累。
　　　万丈红尘春梦烦，黄粱一枕几人醉。

却说断尾龙与野猪在十八狭化解了恶缘，心情十分舒畅。通过了这一劫，他即使未续断尾，功力也大增。

断尾龙告别了野猪，告别了十八狭，又匆匆踏上了去芦荡山五龙潭的路程。

断尾龙很快就穿过一片坡地平原，来到了西山冈前的黄泥屋。

这黄泥屋是个过路凉亭，低矮简陋，破落不堪。远远望去，像一只巨大的土蜂巢，墙上一块块斑驳脱落的泥巴，似悠悠岁月的鳞片，黄泥屋虽然粗糙简陋，但依然能遮风避雨，隔雪御寒，让路过的人能暂时栖身。

黄泥屋的西北则是一个废弃的古村落，名叫皇源村。站在黄泥屋透过层层叠叠树叶之间的缝隙，可以隐隐约约地看见一点儿青石头的颜色。沿着布满荆棘的泥巴路往里走几步，则又可看见另一番情景。青灰色砖块垒砌的房屋，大半的墙都倒塌了，歪歪斜斜挂着的几根木梁，勉强支撑着几片残瓦，已是摇摇欲坠。散落一地的碎瓦，压着早已被蛀空的木梁，淹没在一人多高的野荆荒草里，隐隐约约几声窸窸窣窣的声音，从废墟中传出来，仔细看看，却什么也没有。“这皇源村太传奇了，还与明朝皇帝朱允炆有一段因缘呢。”断尾龙站在废墟旁不禁发出阵阵感叹。

话说明太祖朱元璋，一共生有二十六个儿子。长子朱标为太子，可不幸的是，朱标患风寒而英年早逝，时已六十五岁的朱元璋悲恸异常。按照朝廷的礼法规定，大明朝的皇位应该由太子的二儿子朱允炆接替。但朱元璋赏识的是他的第四个儿子——燕王朱棣。因朱棣聪颖，而且英武有谋略，文武双全，曾跟随朱元璋南征北战，战功卓著。朱元璋认为，这么多儿子中，只有朱棣最像自己。有一次，太祖与皇子皇孙们在宫内欢饮，以“月”为题咏诗。朱允炆收束两句为“虽然隐入江湖里，也有清光照九州”。诗中境界大异帝王之家堂皇气象，太祖心中自然不悦。后来又令其作对，太祖出句是“风吹马尾千条线”，朱允炆则以“雨打羊毛一片毡”为对，太祖闻之，面色顿变。这时恰好朱棣在旁，见此情状，即上前说：“日照龙鳞万点金。”朱元璋不禁连声叫绝：“好对！好对！”于是对朱棣大加宠爱，有更换皇储之念。但他又担心以“立能”代替“立法”，会破坏朝纲，更会引起大臣们的反对，于是就郑重其事地将这个问题提交大家讨论。出于无奈，他最后还是立朱允炆为皇位继承人。但经过这番折腾后，朱棣心中篡夺皇位的欲火无疑被点燃了，这为日后宫廷事变埋下了祸根。

朱允炆成了明朝第二位皇帝，年号建文，人称建文帝，继位四年后，朱棣便带领燕军攻入南京，建文帝朱允炆在绝望中燃起一把大火，把整个金碧辉煌的皇宫化为灰烬，自己也想与皇宫同归于尽。正在千钧一发之际，忽然有人呼唤："皇上！皇上！快跟我来！"透过熊熊火光和层层浓烟，朱允炆隐隐约约看见太监王钺在不远处向他招手。

"难道真的是他，抑或是幻影？"建文帝不知所措，不由自主地向王钺走去。说来也怪，那烈火浓烟竟迅速往两边分开，给建文帝让出了一条逃生的道路，他踉踉跄跄地来到王钺跟前："你是人是鬼？"建文帝一双眼睛直愣愣地看着王钺，而王钺却呆若木鸡。王钺被眼前一幕惊呆了，简直不敢相信自己的眼睛。

"吾皇真乃天降神圣也，连浓烟大火都为之回避。"王钺双膝跪地，不停地磕头，竟忘记该怎么救人逃离火海。

"快起身，危难时刻别这么多礼节，还是逃生要紧！"建文帝大声喊道。

"快打开这铁箱子。"王钺醒过神来，说道，"这是先帝驾崩前留下的，让我在你大难临头时交给万岁。"

"你说什么？我爷爷……"建文帝有些不信。

"回万岁，是先帝临终时吩咐奴才的，我一直把它秘密收藏在奉先殿内。今儿情势紧急，是时候了。"王钺指指铁箱子，让建文帝快打开看看，并递上一把钥匙。

"好吧！"建文帝接过钥匙，很快就打开了铁箱子。

"这是什么？"只见箱子里面有三张度牒上面写好建文帝等三人的名字。度牒下面，整整齐齐地放着三件僧衣，旁边是一把剃头刀，还有金十锭。

"爷爷真乃神人也！"建文帝感激涕零。

"万岁爷，僧衣下方还有一封书信。"王钺也深感先帝的远见卓识。

"这是一幅地图。"建文帝打开书信一看，一幅地道御沟

图出现在眼前。图的下方写着一行字:“建文帝从鬼门出，其余人等从水关御沟出，傍晚在神乐观西房会集。”

“快按图行事。”建文帝也没想那么多，就命王钺带路，急急离开火焰冲天的金銮殿，很快就来到后花园，在一处怪石嶙峋的假山洞中，寻寻觅觅，可怎么也找不到地道的入口。

“快！包围金銮殿，给我四处搜。”不远处传来燕军将领声嘶力竭的叫喊。人声、马声、爆炸声一片混杂，整个世界好像就要毁灭了。

“快按图上的标记，猛力推推那块石头试试。”建文帝在假山洞内，急得似热锅上的蚂蚁。

“是！”王钺一个箭步冲过去，凌空一个飞腿猛踢过去，只听“哐啷”一声，石门开了。

“快进来！”王钺见石门洞开，赶紧过来扶建文帝，两个人进得洞门后，只见洞内漆黑一片，阴森森的使人不寒而栗。

借着微弱的洞光，建文帝看到洞壁上挂着一把剑，能隐隐约约看见“天龙剑”三个字。

“这不是爷爷用的剑吗？”建文帝想起了爷爷当年就是用这把天龙剑，一剑开山河，二剑逆乾坤，三剑定天下，完成了大明朝的统一。

“如今朕竟落到如此地步。”建文帝轻轻地把剑摘下来，鼻子一酸，眼泪流了下来。说来也怪，眼泪一落到地上，竟似一颗颗夜明珠，把地道照得通体透亮。

“快把石门封上，我们赶紧走！”建文帝佩好天龙剑，像换了个人似的，精神抖擞。

这地下通道九曲十八弯，每走完一道弯，后面的石门就会自动关上，而前面的石门又会自动开启。走着走着建文帝突然觉得整个通道在摇晃。

“不好！这通道要倒塌了！”两个人马上飞奔起来，拼命朝前跑去。

“前面有灯光，我们很快就出地道了。”王钺跑在前面，惊喜地叫起来，不由自主地加快了脚步。

一声巨响，两人刚出地道口，后面的地道就全部倒塌了。

“好险啊！”建文帝一屁股坐在旁边的一块石头上，心还是怦怦怦地跳得厉害，定睛一看，“神乐仙都”四个大字赫然出现在眼前。

“我们已到神乐观了。”建文帝欣喜有加。

“万岁爷受惊了。”只见前面水道上停着一只小船，船上下来一人。一身青色长袍，头戴道观，手拿拂尘，肩背一把宝剑，向建文帝叩首称万岁。

“你是何人，怎知道我在此地？”建文帝十分惊讶。

“我是王升，是神乐观主持。昨夜梦见你祖父朱元璋，他叫我在此等候。”来人原来是神乐观主持王升。

建文帝正与王升寒暄时，从水关御沟逃生的郑洽也到了。郑洽是金华浦江郑义门郑氏第八世孙，官擢翰林待诏。郑氏一门深受朱元璋器重，并被钦赐“江南第一家”匾额。于是，大家紧急商量后，决定先到浦江郑义门暂且栖身，日后再作打算。几经辗转，建文帝一行很快就来到了浦江郑义门并藏匿下来。正是：

勉从郑氏暂栖身，说破龙身惊煞人。
巧借云僧来掩饰，随机应变信如神。

再说朱棣进入南京后，大肆杀戮，残酷报复。原建文帝的一班重臣都被杀害。灭族、株连处死的达数万人，就是唯独找不到朱允炆。这可是朱棣的一块大心病，随即下令秘密搜寻，可找遍南京的每一个角落，均无人知道他的下落。朱棣只得派人从灰烬里挖出几具尸体来，权做皇帝、皇后的尸体，以皇帝的礼节把他们厚葬了，但私下里却始终没有停止过搜寻。

一天，朱棣正忧心忡忡，忽有密报说在浦江郑义门发现建文帝的行踪。

“传旨，给朕查抄浦江郑义门。”朱棣当即下旨。一队御林军连夜飞奔赶到浦江。

也是建文帝命不该绝，郑氏把他藏身于一口枯井内，又躲过了一劫。但这郑义门是不敢再待下去了，他当即就带着杨应能、叶希贤两人，逃到兰溪皇回山上的一座古寺归隐。这种颠沛流离、担惊受怕的生活，让建文帝郁郁寡欢。于是随手在寺院的墙壁上题诗一首，以表达他仓皇出逃，归于世外的无奈和忧伤。

百官不知何处去，惟有群鸟早晚朝。
尘心消尽无孝子，不受人间物色扰。

可这诗一写，又写出了麻烦。建文帝在皇回寺的消息又被朱棣所知，于是当即下旨彻底查抄皇回寺，但终是无果。这建文帝究竟去哪了呢？

再说离东山傅村西出三里地，有个小村落，名曰皇源村。这村坐落在一个小山冈南侧，四周古木参天，郁郁葱葱，门前偌大一口水塘荷香四溢，十多户人家清一色姓葛。相传不知何年何月，也不知何事何因，他们祖先从远隔千山万水的皇源县丹噶尔一路南下，最终在此定居，为了不忘祖，就把村子起名为皇源村，以示后代葛家是从皇源县来的。全村几十口人，主要以采卖中草药为生，特别是自制药丸“鹿含丹”，对跌打损伤，淤血肿痛，外伤出血、吐血、咯血、便血及妇产科疾病十分灵验，在方圆百里都有些名气。说起这“鹿含丹”还有一段传奇故事。

不知是哪朝哪代，一支狩猎队伍在九里岗打猎。一天，他们正在围追一只梅花鹿。梅花鹿已经遍体鳞伤，在猎人们紧锣密鼓的追捕中，惊慌失措地四处乱逃。只见它从一处灌木丛中窜出，向皇源村方向逃命。因灌木的枝叶挡住了猎人们的视线，梅花鹿机智地逃出了九里岗，很快就穿过火铁口来到皇源村附近。这时路边庄稼地里有位少妇在拔菜。梅花鹿见她温文尔雅，且双眼闪烁着慈善的目光。于是，它不顾一切地跑过去，在少妇跟前跪下来，声泪俱下地向少妇求告：“姐姐，快救救我！救救我！”

“咦？你怎么还会说话？”少妇见状，吃惊地张大了嘴巴。

她仔细看了看梅花鹿，见它肚子鼓鼓的，浑身是伤，泪流满面，一副乞求哀怜的模样，好像是在对她说“我们母子俩的性命就全靠你了”。少妇心中立即生起了怜悯之情。她伸出手抹去梅花鹿脸上的泪水，凝视着它。随后微微摇摇头对梅花鹿说：“妹妹，我虽然十分可怜你，但我没办法救你啊！”

“快追！这梅花鹿向皇源村方向逃去了！”这时，猎人们的追赶声渐渐临近了，惊天动地的喊杀声响成一片。梅花鹿眼泪汪汪地望着少妇，企盼她能救救它。少妇虽然十分同情梅花鹿，但她被这场面惊得手足无措！

追赶的猎人越来越近了，他们正张弓搭箭，向这边奔跑而来。

怎么办？可怜的梅花鹿眼看就逃不出猎人的魔爪了，少妇在浑身发抖。

“你快躺下！”少妇在慌乱中搬过了刚砍倒的玉米秆，严严实实地盖在梅花鹿身上，自己若无其事似的又继续拔菜。

猎人的队伍过来了，他们凶神恶煞般地四处搜索，随时准备射杀梅花鹿。少妇的心怦怦直跳，好在梅花鹿十分配合，躺在玉米秆下一动不动。

“喂！你有没有看到一只梅花鹿往这边跑过来？”一位满脸络腮胡子的猎人举着猎枪在少妇不远处高声大喊。

少妇身体哆嗦了一下，赶忙摆摆手回答：“我没……没看见。”

“到底看见没？不许撒谎。要是撒谎，老子饶不了你！”那猎人面貌狰狞。

“大哥，我哪敢撒谎，一直在干农活，连头也没抬起来，真的不知道。”少妇壮壮胆子对猎人说。

“往前追，那梅花鹿肯定跑到前面去了！”猎人听了少妇的回答，觉得也在理，就自己跑开了。

少妇见猎人已走远，赶紧掀开玉米秆，让梅花鹿起来，给它擦了擦头上的血污，又拔来些青菜、萝卜让梅花鹿吃饱，然后目送它远去。

光阴似箭，岁月如梭。再说过了两年，这位曾经救过梅花鹿的少妇十月怀胎，到了分娩的时候，可肚子痛了三天三夜，也没能产下婴儿，已是奄奄一息。她昏迷过去了，迷迷糊糊好像是到了阴曹地府门口。她在门外徘徊了许久，实在不愿跨过这阴阳界的门槛。纵然她自己可以撒手西去，可肚子里的小生命还没来到这个世界上，就要夭折，她真是一千个、一万个不情愿啊！

“呜——呜——”冥冥之中少妇突然听到了几声鹿鸣声。她猛然清醒过来了，身体好像也有了些力量。她吃力地睁开双眼，见一只梅花鹿正站在床前。

“正是当年自己救过的梅花鹿!”从它的眼神中，少妇可以看出梅花鹿满怀感激之情。

只见那梅花鹿向少妇微微点了点头，慢慢地从口中吐出一束草来。少妇似乎也明白了梅花鹿的意思，双手接过了那束草，摸了摸梅花鹿当年受过伤的头部，一切都在不言中。

良久，梅花鹿向少妇又点了点头，依依不舍地转身离去。

再说少妇喝下梅花鹿口含的那束草熬成的药汤后，很快就分娩了，母子双双都脱离了危险。正是：

人救鹿命鹿感恩，喝水不忘挖井人。
唯有报恩方寸在，春风十里满乾坤。

从那以后，皇源村就把梅花鹿含在口中送来的那束救命草取名为“鹿含草”，并经加工制作，制成了丹丸，名为“鹿含丹”。

再说皇源村有个老药农名叫葛寿松，一辈子以采卖中草药为生。这一天，他与往常一样，天不亮就起床了，穿上草鞋，带上砍刀和绳索，肩上扛一只竹篓去萧皇岩覆釜岩一带，想采点儿名贵中药材。

沿着九里岗坎坎坷坷的山路，他一路哼着小曲为自己壮胆。忽然，他看见前方路正中有块黑压压的东西。

“是块石头？不对，好像是在动，石头怎么会动呢?”他自言自语，加快了脚步想过去看个究竟。

“呀！这么大的乌龟!”他近前一看，感到有些惊奇。这乌龟长着一个三角脑袋，背上有十三块花纹，四只脚像船桨一样，脚尖有四个尖尖的爪子，身穿厚厚的盔甲，像战场上的一名勇士，在奋力向南而行，见老药农近前，它不住地点头。

“我向北行，乌龟却奋力向南，还不住地向我点头，这是什么意思？难道它要我回头吗？”葛寿松心里直嘀咕，凭他这么多年的经验，他决定今天不去萧皇岩覆釜岩了。

“还是到牛栏坞、蜻蜓坞一带采点儿鹿含草吧。反正鹿含丹也快用完了。”于是他向乌龟作揖道别，决定先去牛栏坞。

这牛栏坞离皇源村约三里地，寥无人烟，一片死寂。山冈上有一棵白樟和一棵青枫，都有几围粗，直插云霄，树上乌鸦“呱呱”的叫声，让人有些胆战心惊。地上杂草丛生，荆棘横生，草丛里不时发出小兔子凄惨的叫声，它只能任由老鹰追捕。

“这牛栏坞怎么了？今天好像特别恐怖似的。”葛寿松倒也没一点儿害怕。因为这地方他太熟悉了，简直一草一木他都认得。“汪！汪！汪！”突然从山冈青枫树那边传来一阵猛烈的狗吠声。

“难道有什么事？”葛寿松朝山冈走去。不一会儿就看见两棵古树周围有八条狗，说来也怪，都是清一色的黄毛大狗，而那棵千年白樟树下却躺着一个和尚打扮的人，好像是在低声呻吟。

葛寿松小心翼翼地上前查看，发现此人满脸血污，腿部还在不停地流血。人已慢慢昏迷，呻吟声也渐渐地变弱。

葛寿松看看四周无人，也就来不及多想，救人要紧。他就地取材，采了些止血的草药，用嘴巴嚼烂在流血处敷上，然后二话没说就背起伤者往家里跑。

原来此人正是建文帝，在朱棣下旨查抄兰溪皇回寺时，扮成和尚逃跑了，慌乱中左腿被官兵砍了一刀，后来自己也不知道怎么会逃到牛栏坞的，但为了安全起见，他没向葛寿松暴露身份，始终说自己是个和尚。

再说建文帝到葛寿松家后，一家人急急忙忙给建文帝服了鹿含丹，并灌了些姜汤。不多时，建文帝就醒过来了。

“阿弥陀佛，小僧是凤阳龙兴寺的和尚。出来游方不小心迷路了，多亏施主相救。”建文帝双手合十，感谢葛寿松一家人。

建文帝在皇源村歇息了几个月之后，元气彻底恢复了。这天，他在考虑后路，忽听得村南官马大道上有马蹄声，透过窗户一看，是一队官兵，他心里有数了。于是他当晚就不辞而别，又不知去了何方。

第二天早晨，葛寿松请建文帝用早餐，敲了几次门都没回音，他就顺手推了一下，门开了，只见房间里空荡荡的，已经没了人影，只有靠床边的那张小桌子上，用红布包着一块玉。葛寿松甚觉奇怪，就趁到城里卖药之际，把这块玉给药房老板看。

“啊！”这不看不知道，一看不得了。原来这是块“凝命神宝”。建文帝做皇太孙时，梦见一神人授予宝玉，等继位后，友邦使者进贡了一块非常精美的雪山青玉，此玉正是当年神人授予的宝玉。于是他就命工匠雕琢成玉玺，玺文为“天命明德，表正万方，精一执中，宇宙永昌”。

很快，官府就知晓了此事，立刻报到南京，朱棣又派人到皇源村搜查，因搜查无果，官兵们就一把大火把好端端的皇源村化为灰烬。正如元代王冕《万枣强县》中所言：

富贵生灭沤，祸福翻覆手。
彼时与此时，视吾何所有？

第28回

寻断尾了无踪影　归故里一梦难圆

诗云：碧水情深五龙潭，几多惆怅忆当年。
　　　风光满目还依旧，世事沧桑梦难圆。

却说断尾龙站在黄泥屋，看着皇源村的废墟，看着西下的夕阳，心里有种莫名的伤感。花开花落，世态炎凉；红尘白浪，万事万物只不过是过眼云烟。梦里梦外，人情如纸，东风催泪，辗转百年不过沧海桑田。几多故事随烟去，破壁断垣诉当年。一个曾经繁荣兴旺的家族，一个苟延残喘在时光夹缝里生存的君王，一个深明大义慈善为本的老药农，都随春夏秋冬，成了饭后茶余的谈资。正所谓：江山本无主，春秋自轮回。

沿着官马大道一路向西，穿过芦苇荡，断尾龙很快就来到了芦荡山九里岗。他独自站在高处，视线里连绵不绝的青山好像没有尽头似的，在光线里一直延伸，越远越朦胧、越模糊，逐渐消失在灰色的空气里。翻过两个小山头，眼前豁然开朗，心胸顿时开阔，一汪碧绿碧绿的潭水展现在眼前，水质清澈。潭北的参天古木与蓝天、白云、青山倒映在潭中，构成一副五彩缤纷的山水世界。

“这就是五龙潭了。”断尾龙欣喜若狂，他加快脚步冲过去，不知怎的，越靠近五龙潭心跳得越厉害。是啊！这是他土生土长的地方，也是他修炼正果的初始地，还是他受挫断尾的伤心地。他怎能不激动，怎能不百感交集？都几百年过去了，这里的新主人是谁？当年被他咬了一口的农夫怎样了？自己被稻桶砸断的断尾还能找回来吗？一切的一切，都是问号，都是他急需了解的。

突然从五龙潭北坡的古树上飞出两只喜鹊，它们时而侧身翻飞，时而上钻下冲，表演一个个高难度的优美动作。随着喜鹊的欢叫，不知从什么地方冒出一个英俊的少年来，站在五龙潭口，双手抱拳，彬彬有礼地作揖微笑。

"前辈好！在下有礼了。"看到断尾龙来到五龙潭，英俊少年拱手行礼。

"你是……？"断尾龙疑惑地看着这位英俊少年，一时没反应过来。

原来此人正是五龙潭的一条小青龙。相传建文帝在皇源村养伤时，他常常去与建文帝下棋，而且是落子如飞，成竹在胸，棋路清晰，出子如神。有一次，建文帝自以为是，一开始就战云密布，中宫炮用马罩，双车挟士，重炮将军，直杀得英俊少年天昏地暗。而英俊少年却眉开眼笑，不假思索地移动着棋子。虽然多丢了一炮一马，但过河的卒子却在一步不停地向建文帝逼近，并很快就形成了决战的局势。英俊少年的大帅抵着右下角，战车守在前方，大炮在中间。忽而英俊少年的车直杀下来。看到这阵势，建文帝慌了，嘴里不停地喊："重来！重来！"可英俊少年却微笑着对建文帝说："水不会倒流，就如同光阴；花不会回生，就如同生命；灰烬不会重燃，就如同失去的机会。人生就是如此，它不会停在原地等你。"建文帝听得哑口无言，觉得这英俊少年甚是与众不同，而且话中有话，便问了起来："你这少年才俊，棋路这么高超，不简单，是哪里人啊？"那英俊少年先是一愣，可随后马上答道："就在前山。"他随手向西南方向一指。

"能不能带我去你家看看？"建文帝看着西南方一望无际的九里岗，心里有些好奇。

"好的。"英俊少年也不推辞，便引建文帝来到九里岗五龙潭，指着碧透幽深的潭水说："我就居住在这里。"

"哈哈！你真会撒谎，此处是你能居住的吗？"建文帝哈哈大笑，指着五龙潭说。

"你不信？"那英俊少年什么也不说，打一个翻滚就跳进了水里，且水里没有半点浪花。

"我在这里呢。"正当建文帝东张西望四处寻觅时，水面上浮出了一条小青龙。

"这么小？"建文帝脱口而出。那小青龙听后，便一个翻身，一根水柱从口中喷出来，直插云霄；身体也变得像水桶一样粗，磷光闪闪，吞云吐雾。建文帝吓得一连后退了好几步。

渐渐地，龙潭恢复了平静。建文帝再走近看看，潭水清澈，风平浪静。这水也很平凡，既没有"飞流直下三千尺"的壮阔，也没有"半亩方塘一鉴开"的静谧。正是：

山中有水水中山，山自空凌水自闲。
但觉水环山以外，居然山在水之间。

"真美啊！"建文帝竟忘了一切，欣赏起五龙潭的美景来。

再说断尾龙与英俊少年相互行礼，一阵寒暄过后，一切都心知肚明了。英俊少年请断尾龙在"龙王殿"的石凳上宽坐叙怀。

“前辈此番归故里有何贵干?”英俊少年小青龙十分热情。

断尾龙也不藏着掖着，把自己为恢复功力回五龙潭寻找断尾的事一五一十告知英俊少年小青龙。

“原来如此。”小青龙面带难色。

“有何难处?”断尾龙见小青龙支支吾吾，就急切地问起来。

“前辈莫急，听我慢慢道来。”小青龙看了断尾龙一眼，说起了一段甚是传奇的往事。

话说当年那个背着稻桶来五龙潭旁边五亩水田收割稻谷的东山傅村农夫，是个年轻后生，名叫樟三弟，家里很穷，母子俩靠帮人家打工过日子。那天，樟三弟的稻桶无意间砸断了断尾龙的尾巴后，引起了一场误会和混乱。正当各自忙乱之时，居住在五龙潭北坡大树上一只早起的老鹰看见水田里那段活蹦乱跳的蛇尾巴，就一个俯冲下来，把它给叼走了。而这一切都被躲在五龙潭水田边草丛里的小青龙看得一清二楚。

再说那樟三弟被大蛇的丹珠救醒后，因元气没恢复加上心有余悸，当天也不敢再下水田割稻子了。他坐在龙潭北坡的大树下，从蒲篓里取出饭菜，准备吃了后砍点柴早点儿回家。可没等他吃饭，就听见旁边灌木丛中有窸窸窣窣的声音，他打了个寒战，以为又是蛇来了，迅速站起身来一看，原来是一只刚孵化出来的小鸟，身子一动一动，已经奄奄一息。

“这可能是只小鹰吧，怪可怜的。”他走过去将小鹰用双手捧起来，干脆柴也不砍了，就带着小鹰回家了。照料了一段时间后，这小鹰竟长出了褐色的羽毛，勾勾的小嘴。樟三弟非常喜欢这只小鹰，经常抓些青蛙之类的小动物来喂它。每天回家第一件事就是与小鹰说说话，逗小鹰玩玩。而这小鹰也十分有灵气，好像能听懂樟三弟的话似的，时而点点头，时而摇摇头，有事没事喜欢站在樟三弟的肩膀上，还会给他梳梳蓬乱的头发。从此，樟三弟的生活好像有了奔头，不再沉默寡言，闷闷不乐了。后来，这小鹰一天天长大，竟能为樟三弟看家，更奇怪的是能与樟三弟谈天说地。樟三弟简直一天也离不开它了。

可是俗话说：好花不常开，好景不常在。这一天，樟三弟回家后，那小鹰又像往常一样落在他肩膀上，神情十分悲伤地对他说："三弟哥，您是我的救命恩人，您的恩情我一辈子也还不清。可天地万物各有其位，您我并非同类，我总不能老是跟您在一起，我要走了。"

"你说什么？"樟三弟赶忙把小鹰从肩膀上抱下来，轻轻地抚摸着它的羽毛，"你不能走，你走了，我怎么办啊？"

樟三弟紧紧地抱着小鹰，眼睛里含着泪花。

"我知道您不愿意让我走，我也不想离开您，可我还是得走，要不然，我会害了您的。"小鹰也声泪俱下，"要么，您成个家吧。"

"你看我家徒四壁，靠打工砍柴度日，谁会嫁给我呀！"樟三弟抱着小鹰不肯放手。

"好吧，这个不用您操心，我会想办法的。您放心，等您过上好日子了，我再走。"小鹰十分有底气地对樟三弟说。

樟三弟也没说什么，以为是小鹰随口说说罢了。没过几天，樟三弟带着小鹰去街上买盐，老远就看见一群人在盐铺外抬头看什么，有的指指点点，有的窃窃私语，把整个盐铺门口挤得水泄不通。樟三弟走近一看，是张"招亲告示"。

原来附近镇上有个楼员外，是远近闻名的大财主，为人善良忠厚，膝下无子，只有一个独生女。此女不仅诗书琴画皆通，还貌若天仙。可不知何因，已是二九年华的大龄姑娘了，还没找到婆家。这天，楼太太对员外说："男大当婚女大当嫁，这是常理。咱女儿妙嫦年纪已经不小了，该找个婆家了。"楼员外觉得夫人说得在理，伤心地含着眼泪对夫人说："万万没想到，我楼家有万贯财产，如今却无人继承。不过这也不能怪你，天命难违。这样吧，从明天开始，就准备给女儿抛绣球招亲。但是，我跟别人的要求不一样，人家讲门当户对，我却与众不同。招亲要满足三个条件：一是要穷不要富；二是要近不要远；三是要来不要去。只要人好，什么都无所谓。"楼夫人觉得员外的话也正合她意。就对员外说："那就按你说的办吧！"

第三天，楼员外跟女儿商量后，就在附近村镇贴出了招婿告示："楼家有女赛天仙，不嫁富人不去远，只求人品立天地，单招过门贫穷汉。"

樟三弟觉得大财主家招亲与自己毫无关系，就连看都没看一眼，挤进盐铺买了盐后就回家了。

"三弟哥，明天您去试试吧。"站在樟三弟肩上的小鹰忍不住了。它见樟三弟无动于衷，就特地提醒一句。"试什么试，那种高枝是我能去攀的吗?"樟三弟甚是自卑，对小鹰的话不屑一顾。

"您可要听清楚了，那招婿告示上明明写着单招过门贫穷汉，其他的条件您也都是符合的。我告诉您，明天您一定得去。不然的话，我就不理您了。"小鹰再三劝说樟三弟，并用喙子轻轻地啄他的头。

"好了，好了！别烦我了，去就去吧。"樟三弟被小鹰弄得没办法，只好勉强答应了。

第二天，楼员外府中张灯结彩，喜气洋洋。所有人都穿

戴一新，忙里忙外。那彩楼下早已是人山人海，有的为了占据有利位置，半夜三更就来了，大家拼命地往前面挤。

这天，樟三弟和小鹰也来了，虽然晚了点儿，没占据有利位置，但抛绣球总算还没开始。樟三弟远远地看着彩楼，觉得自己只不过是来看看热闹罢了。

辰时，一轮红日在东方高照，喜鹊成双结对不时掠过彩楼，不知名的各种祥鸟，在欢快地歌唱。这时，楼员外登上了彩楼高声宣布："今天，是我女儿妙嫦抛绣球招亲的好日子。我女儿妙嫦的彩球一经抛出，落到谁的身上，谁就能娶到我女儿，不论高低贵贱，贫穷富裕，相貌丑俊，均可。"

彩楼下传来阵阵欢呼声。

俄尔，两位丫鬟搀出了妙嫦小姐，只见那楼小姐淡粉色华衣裹身，外披红色纱巾，露出线条优美的颈项；三千青丝用发带束起，头插蝴蝶钗，一缕青丝垂在胸前，略施粉黛，只增颜色。她整个人真是双眸似水，十指纤纤，肤如凝脂，腰若细柳，巧笑倩兮，美目盼兮。

正在众人看得发呆之际，妙嫦小姐迅速向台下扫了一眼，抱起绣球"呼"的一声抛了出去，然后悠悠走下彩楼。

却说那彩球在空中打了几个转，潇潇洒洒直往下落。楼下众人的叫喊声、欢跳声连成一片，响彻云霄。

忽然，彩球边出现了一只老鹰，只见它用翅膀一扇，那彩球就不偏不倚正好落在远处屋角观看的樟三弟身上，弄得樟三弟不知所措，他抱着绣球呆呆地站着，楼员外家接亲的人便拥戴着他进了楼府。彩楼下面的人渐渐散去了，老鹰也飞远了，不知去向。正是：

楼家有女万人求，美满婚姻抛绣球。

至善众生真有意，知恩图报美名留。

“太好了！太好了！”听完小青龙的传奇故事，断尾龙为当年的樟三弟有个好着落感到十分高兴，而且听说樟三弟寿元九十有六，平安西去。而他的子孙后代也都飞黄腾达，代代有出息，断尾龙心中的一块石头终于落下了。

“那我的断尾可有下落？”断尾龙在高兴之余问起了自己的事情来。

“你的断尾吗？”小青龙故意停了一下，然后又娓娓道来。

那天您与东山农夫樟三弟都在混乱之中，北坡古树上的那只老鹰乘机把您的断尾叼走了。那老鹰坚信，吃了您的尾巴后，可大大增加功力，至少可以增加一百年的修行，使它早日修成一只天鹰。可正当它飞上树梢，得意扬扬地准备享用您的断尾时，那断尾跳了一下，在老鹰毫无防备之际，断尾“啪”的一声从树上掉了下来。老鹰见状，又一个俯冲下来，准备叼回断尾，可是被正在树下的一只白狐狸给抢先了。

这白狐狸住在牛栏坞东北侧千前爿皇道基的一座古墓里，已修炼了八百年，很快也就可以成仙了。从天上掉下如此宝贝，它兴奋不已，二话没说，叼着断尾就往皇道基的古墓跑。“哪里跑！”老鹰见白狐抢了它的好处。“呼”的一声如脱弦之箭从空中射下来，飞向白狐，它想从背后进攻。白狐一听老鹰翅膀的掠空声，急忙转过身来，上前迎敌。只见它后腿着地，前腿临空，张牙舞爪地等待着老鹰的下扑，双眼瞪得滚圆滚圆。

老鹰见偷袭不成，便迅速掠过白狐，腾空而起，在空中盘旋，想另找机会进攻。白狐也连忙扭转身子，伏下腰，竖起逆毛，调整好应战的姿势，最关键的是把断尾紧紧地压在

腿下。

老鹰一次次俯冲，白狐一次次伸直前身，用它锋利的牙齿作为最有效的武器。老鹰见无破绽可找，只好在白狐面前转来转去，思量着如何避开白狐的锋芒。

忽然，那断尾又在白狐腿下乱跳起来。白狐不由自主地低头看，老鹰立马像闪电般笔直朝白狐冲去，白狐迅速抬起头一口咬过去。老鹰翅膀上的一根羽毛被咬了下来，老鹰变本加厉地扑过来，一只爪子不顾一切地抓，正中白狐的脸。可白狐也不是好惹的，忍着剧烈的疼痛，使劲咬住了老鹰的爪子，无奈之下，老鹰又只得挣脱白狐，在空中盘旋，暂时歇一口气。白狐也有些筋疲力尽，看看周边地形，想借机逃跑，好在旁边不远处便是森林，林深草茂，只要能钻到那里面去，老鹰也就毫无办法了。它左看看，右看看，寻找着机会。

再说盘旋在空中的老鹰，此时好像也改变了策略。它不急于去揪白狐，而是在白狐头顶掠来掠去，白狐根本没机会往森林跑。老鹰也像是料到白狐要往森林里跑，早就占据了白狐与森林之间的空间。

白狐知道自己已无路可跑，只能拼死一搏。是死是活，也只有听天由命了。此时此刻，它深深地感到，得到与失去已经不重要了。与其坐以待毙，还不如奋力一搏。于是，它横下一条心，蹲下身子，两眼紧紧盯着老鹰，看它上下盘旋，不一会儿，就感到有些头晕目眩。

突然，白狐一跃而起，以迅雷不及掩耳之势向森林冲去。当然，那断尾它还是不舍得放弃，死死抱在怀里。

只听得呼的一声，老鹰收拢了双翼，疾如飞矢，猛若饿虎，似一道赤褐色的电光一闪，将铁爪直插进了白狐的腰里，这是老鹰的绝招，是经过几百年的修炼而成的。任何天敌只要被它的铁爪插进腰里，它就是九死一生了。可白狐也是修炼有为的，就在这千钧一发之际，它倏地一下回过头来，龇牙咧嘴地咬住老鹰的羽毛，就地一滚，想借势甩开老鹰，老鹰被白狐这突如其来的一滚给弄懵了。老鹰稍一松手，白狐就一个鲤鱼打挺跃了起来，没等老鹰醒过神来，就呼的一下钻进了森林，断尾就只能落下了。

断尾固然重要，但没了生命，即使你拥有断尾，又有何用！白狐选择了生命，放弃了断尾，是何等明智！

正是：

百金买骏马，千金买美人。
万金买高爵，何处买生命。

再说老鹰见白狐落下断尾，落荒而逃，也就不追了。一口叼起断尾，在五龙潭周围转了几圈，忽然奋起双翅，调转方向，向南方飞去，真是：

山外青山楼外楼，英雄好汉争上游。
争得上游又如何，前路茫茫风雨稠。

第29回

龙盘寺祖师加持　虎天山义虎报恩

诗云：达摩一夜建龙盘，义虎有情啸云天。
世间万物风前絮，天定人为皆是缘。

却说断尾龙在九里岗五龙潭听小青龙讲白狐与老鹰争夺断尾的故事，甚是惊心动魄。可这老鹰叼起断尾龙向南方飞去，究竟去了哪里呢？这才是他最迫切需要知晓的。

“我的小兄弟，你就别卖关子了。这老鹰今在何处？”断尾龙一脸焦急的样子。

“这……我也不太清楚，听说它去了虎天山天鹰岩。”小青龙看了断尾龙一眼，脸上露出一丝不自信的表情。

“虎天山？好！不管怎样，我都要过去看看！”断尾龙一刻也不敢停留。告别小青龙，急匆匆向南山方向赶去。

过了义乌江，断尾龙很快就来到了詹都，詹都相传是古詹国的国都。很久很久以前，这里是一个偌大的城市，有街有巷，有做买卖的，有做官当差的，是方圆几十里人口最集中、交通和商贸最有生气的都市，极其繁华热闹，有民谚流传“詹都府，白溪县，下马邵宅站两边，中柔一把金刚轿，上下傅皮倒酒来不及”。詹都府原有几千户人家，十八口水井，其中有一口水井会冒火，喝了该井的水，头发会变红，力气会变大，一手能托起几百斤重的磨盘石。

就在詹都府碗店桥旁，住着一个姓詹的大力士。不知何年何月，詹大力士带着老婆和两个年纪尚小的儿子逃荒来到此地。见这里有一片平坦的土地无人管，四处杂草丛生，一派荒芜的景象，他就动了在此处开荒种地定居的心思。刚好看到附近有个破凉亭，于是夫妻俩如燕筑巢，起早摸黑好好修缮了一番，就定居下来。

由于夫妻俩勤耕苦种，吃苦耐劳，加之土地肥沃，没过几年，他们的日子就开始红火起来，不但造了新房子，还买了耕牛，置办了相关农具，他们觉得生活很有奔头。为了解决饮用水问题，老婆提议在家宅的东边挖一眼水井，詹大力士当然应允，立即动手。没过多时，就挖了一丈多深的井，汩汩的井水喷涌而出。

“成了，等祭了龙王就可取水了。”詹大力士夫妇十分高兴。詹夫人早已备好香烛、水果、猪头等贡品，回到家里从厨房灶间抓了一把草木灰，绕水缸转了一圈后，将草木灰一直撒到井边，再用谷糠撒一条龙引到家里，祈求风调雨顺，五谷丰登。一切仪式都顺利完成后，詹夫人走到井边往井里看了看。

“着火了，着火了！”詹夫人惊叫起来。

“哪里着火？”詹大力士丈二和尚摸不着头脑。

“井里，井里！”詹夫人指指水井。

“哪有这事？”詹大力士赶忙跑过去往井里看，井水果然喷出熊熊火焰。

夫妻俩一脸疑惑，只得祈祷上天，保佑平安无事。据说这火焰喷了三天三夜后慢慢熄灭，之后井里的水更加清甜爽

口。可不知怎的，喝了该井的水后，家里个个都成了大力士，能轻而易举托起几百斤的磨盘石，全家人的毛发也都变红了。

一天，詹大力士耕完田后，牵着牛向江边走去，只见远处有两个衙役摇头晃脑地朝他走来。

“喂！你好大的胆子，牛头税咋还不送来？”两个衙役满脸通红，嘴里喷出一股酒气。

“什么牛头税？”詹大力士从来没听说过，但见是官府的人，嘴里也只好先应承下来，就对衙役说，“我给牛洗完腿就过来，你们先到家里等一会儿。”

“不用了，我们就在这里等吧。”两个衙役在草地上坐了下来。只见詹大力士把牛牵到江边，一把把它抱在怀里，稀里哗啦地给牛洗起腿来。

“这……这……这是怎么回事？”两个衙役的眼睛瞪得像铜铃。

詹大力士洗完了这只牛腿，又开始洗另一只腿，洗完腿后又给牛洗了洗身子，翻来覆去，就像洗只小鸡似的。

“洗好了，跟我到家里去吧！”詹大力士洗完牛后招呼两个衙役跟他走。

“这么大的力气，稍稍碰一下，我们的骨头就粉碎了。”两个衙役瑟瑟发抖，连站都站不稳，可又不得不硬着头皮往大力士家走去。

“老婆，官差收牛头税来了，快泡上茶来！”还没走到门口，詹大力士就高声喊起来，其声如打雷。

“好！”两个衙役刚迈过门槛，就见詹夫人用青石磨盘当托盘，上面放着两个茶盅、一盘花生来到堂屋。

“请用茶！”詹夫人满脸笑容，双手递了过来。

两个衙役哪里见过这个阵势，额头上早已虚汗直冒，懊悔自己不该来詹家敲诈，连忙一个转身往门外逃跑，自此后再也不敢登詹家大门，真是：

抱牛洗腿力拔山，托磨奉茶气盖世。
詹都水井真神奇，个个皆为大力士。

且说断尾龙来到詹都，特地去碗店桥想看看那眼水井，可惜时过境迁，詹都已全城覆灭，再也找不到当年的传奇风采。他感慨万千,一种说不出的滋味在心头油然而生。是啊，路长路短，多少春暖花开的相遇，都消逝在岁月的长河里。月圆月缺，多少刻骨铭心的记忆都湮灭在时光的褶皱里。

感慨归感慨，断尾龙还是牢记使命，加速前行。过了詹都，前面就是著名的龙盘寺了。这龙盘寺可有来头了，相传是达摩祖师用一夜工夫就建成了的。

那是大梁天监年间，在南京珍珠泉附近的定山寺里，住着一个须髯飘飘、双目炯炯、鹤发童颜的高僧，这就是我们熟悉的达摩祖师。

这一天，达摩祖师像往常一样在禅房悟道。忽然，他停住了手中的佛珠，昏昏入梦。只见佛祖如来从西方徐徐飘来，定在香烟祥云间，结跏趺坐，双肩下垂，左手横置于双膝上，右手置右膝，掌心向内，手指指地，缓缓道来："在金华东南的南山中有一股龙液将要拱土而出，你可到此置寺建庙。切记！"

"弟子遵旨！"达摩祖师伏地跪拜，当他抬起头时，佛祖已飘然远去。一觉醒来，佛祖的形象及吩咐仍然历历在目。达摩祖师大喜，当下带了木鱼、钵磬，披上袈裟，往金华南山进发。

翻过了九九八十一座山，渡过了八八六十四条河，走过了七七四十九天，功夫不负有心人，达摩祖师终于到了金华南山，但见群山环抱，茂林修竹，清流湍激，峡谷纵横，重峦叠嶂，枝叶扶疏，金华南山既有宏大的气魄又有精巧婀娜的体态，真似一首无声的诗，一幅立体的画，一座有生命的雕塑。

“真是好地方啊！”达摩祖师深深地吸了一口清新的空气，看着这迷人的景色，他不由自主地拿起禅杖往地上一顿。一股清泉自天外汩汩飞泻而出。祖师弯下腰去，卷起袖口，掬了一捧，只觉甘甜无比，幽香如兰，直沁心脾。

“真乃龙液也！”达摩心中大喜，想自己风餐露宿，艰难跋涉的艰辛终于没有白费。他兴致勃勃，登上了鸡笼山顶，向东眺望，但见一条波光粼粼的青龙正沿着山涧戏水而下，龙液从口中缓缓流出。

达摩顾不得休息，急忙策杖奔下山来。到附近村庄筹资捐银。大家有钱出钱，有力出力，有粮出粮，连夜上山建寺。只一夜工夫，就把寺庙建成了，取名大慈寺，后更名为龙盘寺。

且说断尾龙来到龙盘寺，他要先去拜见达摩祖师。

龙盘寺达摩祖师石像置于岩壁之上。断尾龙跪在祖师像前，口中念念有词：“祖师啊，今天我跪在您的面前，来偿千年的夙愿，来践百年的诺言。只想领略您沧桑的容颜，唯愿得到您的加持……”

忽然，祖师的石像一亮，紧接着一股暖流进入断尾龙的身体，从冰凉的指尖到纵横交错的经络，暖流霎时流遍全身，断尾龙感到无比舒心。

“断尾龙，”一个声音似天外传来，“真正的成正果，并不是叫你执着于外物，而是物来则应，物去不留，是无所住而行布施，是解脱，是大解脱，是此心无事，像个镜子，心如明镜台，有境界来就照，用过了就没有。送你一首苏东坡的诗，你好好去领会吧：人生到处知何事，应似飞鸿踏雪泥。泥上偶然留指爪，鸿飞哪复计东西。”……

“谨记祖师教诲。”断尾龙跪在达摩祖师的石像前，他虽然一时还有些难以领悟，但坚信一旦领悟了，便会如虎添翼，所向披靡。

离开盘龙寺，断尾龙继续向虎天山行进。一路上，他精神抖擞，信心倍增。他很快就越过了天青坑，拐过十八弯，来到了龙潭下，虎天山已赫然屹立在他眼前。

“都说虎天山威武雄壮，今日一见果然名不虚传。”断尾龙站在龙潭前久久地仰视，但见群山重重叠叠，远山近岭迷迷茫茫，山峰若隐若现，展现出各种有趣的姿态。主峰拔地千仞，直插云天。一块巨崖直立，势如猛虎昂首，气度非凡。

相传很古很古的时候，虎天山下住着一位以采药为生的老农，姓何，名大牛。有一天，他和往常一样到山上采药。沿着一条弯弯曲曲的山路，他攀爬在荆棘丛生的山岭上，忽听“嗷”的一声，吓得他全身发抖，只见一只大老虎就在他不远处的岩石旁，身边还有只小老虎在边挣扎边嗷叫，围着大老虎不停地打转。大牛见此情景，反倒冷静了下来，凭他这么多年与大山打交道的经验，断定这小老虎被什么东西伤着了，挣脱不了。可冷静归冷静，大牛面对的毕竟是猛兽。他立马在树丛里躲了起来，连大气都不敢喘。他双目紧紧盯着大老虎，准备等待时机偷偷溜走。可就在千钧一发之际，大老虎却不紧不慢地向他走过来，一双凶狠的眼睛死死盯着他。

“这回肯定没命了！老天爷，我何某人一辈子以采药为生，从来没有伤害过山林中的生命，为什么这只老虎却要来伤害我？”大牛在绝望之中晕了过去。

也不知道自己昏睡了多久，当大牛醒来时，却发现自己没有受到伤害。“这难道是阴间？”他有些不相信，定睛看看周围，还是那片熟悉的山林。他用手狠狠掐了一下自己的腿，还能感到疼痛。“莫非自己还活着？”他感到十分疑惑。

岩石边的那只大老虎还是趴在不远处，一双哀怜的眼睛直勾勾地看着他，眼眶边湿漉漉的，好像在流泪。

“反正到这地步了，是死是活听天由命吧。”大牛全身被冷汗湿透了，随手拿起腰间挂着的柴刀，又摸了摸攀岩用的麻绳，准备快速逃离。

老虎见大牛动了一下，也跟着动了起来。大牛一后退，老虎就前进；大牛向左，老虎也向左；大牛向右，老虎也向右。就这样，大牛与老虎僵持了许久。

“这就奇怪了，这老虎又不来伤害我，怎么就不让我走呢？”大牛心里七上八下的，一时不知所措。在僵持中他发现只要他往小老虎方向移动，母老虎就不会拦住自己的去路。“难道它想要我去帮帮小老虎吗？”大牛豁然开朗，他的双脚慢慢地向小老虎移去。

见大牛慢慢地靠近小老虎，那母老虎也紧随其后。当大牛走近小老虎时，发现小老虎生命已危在旦夕。

“原来如此！”大牛终于明白了，母老虎是想让他帮忙救救小老虎。

大牛壮着胆子，干脆放下砍柴刀，他心里十分明白，若是老虎想要伤害他，就是手中有十把砍柴刀也没用。

“你……你是要我救救它吗？”他用颤颤巍巍的手指了指小老虎。不管怎样，他还是有些战战兢兢。

“嗷……”没想到母老虎大吼了一声，还点了一下头。大牛虽然害怕，还是蹲下身子，慢慢靠近小老虎，双眼却始终不敢离开母老虎。

原来小老虎误踩了猎人的陷阱，后腿被铁夹子牢牢地夹住拔不出来，血淋淋的，骨头都露了出来，一块后腿肉连皮带毛挂在后腿上，看得大牛毛骨悚然。

“太残忍了。”大牛见此惨状，也顾不了母老虎会对自己怎样了，用绳拉，用刀撬，费了好大的力气才把铁夹子打开，然后又抱起小老虎，把竹篓中的草药捣碎敷在小老虎腿上，并扯下衣袖上的一块布轻轻地包扎起来。

被解救的小老虎慢慢地苏醒过来，轻轻地叫着。

母老虎见小老虎得救了，向大牛走来，舔了舔小老虎的伤口，又向大牛大吼了一声，用嘴叼起小老虎一个箭步冲上岩石，消失在山林中。

“唉！”大牛终于松了口气，刚才的险境一幕幕浮现在眼前，好像做了个梦。他一屁股坐在地上，休息了好一会儿才心有余悸地从地上站起来，一路狂奔往山下跑，直到跑到了家里，全身还有些发抖。

几年后，在一个月黑风高的夜晚，一帮山贼窜进了大牛的家，又是抢粮食，又是敲诈钱财，还准备把大牛十八岁的女儿抢走。正在危急关头，忽然从屋后传来声声虎啸，震天动地。没多久，几只老虎从山上冲了下来，把山贼吓得屁滚尿流，老虎赶跑了山贼后就回到了山林。大家都感到十分惊奇，只有大牛心里明白，他看见了其中一只老虎后腿上有一道伤痕，正是当年自己救下的那只小老虎。

从此以后，只要有山贼打劫大牛家或这个村子，一群老虎就会准时出现，久而久之，山贼也就不敢再来这个村子了。

更奇怪的是，村前大山的主峰，不知何时蹲了一只石老虎，像个威武忠实的勇士，守卫着这个村庄，守卫着大牛的子子孙孙，人们便把这座大山称为虎天山，正是：

义虎报恩啸云天，寒来暑往年复年。
芸芸众生皆有情，和睦相处保平安。

断尾龙久久凝视着山顶长啸云天的石虎，几丝感慨油然而生：人们往往以为虎豹豺狼是凶暴之兽，今见此石虎，乃知世间尚有义虎。真是人若有情虎有义啊。

沿着一股淙淙清泉，断尾龙向虎天山天鹰岩走去。这天鹰岩在虎天山北面，从悬崖峭壁上悬空而出，怪石嶙峋连绵起伏，危岩兀立拔地而起。来自九里岗五龙潭的老鹰就在此定居。

不知怎的，断尾龙的心情似乎并没先前那么迫切。他一路走，反反复复地琢磨着苏东坡的诗句，不知不觉中天鹰岩已就在他眼前。

忽然，一阵“扑通扑通”的声音从正前方传来，紧接着一阵尖锐的哀鸣声响彻整个山谷。断尾龙觉得有些非同寻常，决定加快脚步前去探个究竟。只见一只老鹰被一条大蛇缠绕着，老鹰利用锋利的爪子挡着蛇的纠缠，而蛇却在不断地转过头来进攻老鹰。但终归力量悬殊，眼看着老鹰就要落入蛇口了。老鹰看上去虽然很大，其实还是只刚试飞的雏鹰，本来还未到独立出行的时候。此时的断尾龙不知是出于本能还是出于同情，他轻轻地吹了一口气，天鹰岩就刮起了一阵狂风，吹得整个山头天昏地暗，大蛇被这自天而降的打击吓蒙了。赶紧放弃到嘴的美食，窜回到岩洞里面去了。雏鹰反倒乘风而起，扶摇直上云天了。

断尾龙也顾不了许多，见雏鹰已经得救，立马就腾上天鹰岩老鹰巢。可眼前的情景使他有些不敢相信，那鹰巢空空如也，满地都是些带有钩刺的荆棘，露出尖尖角角的锋利小石子，横七竖八地不规则地铺放着，隐隐约约还能看见些枯草、羽毛及兽皮之类的杂物。

“这鹰巢怎么会这样。”断尾龙甚感惊奇。原来母鹰在悬崖上筑巢时，先用尖嘴衔来一些荆棘放置在底层，再叼来一些尖锐的小石子铺放在荆棘上面，最后再铺垫一些枯草、羽毛或兽皮之类的东西覆盖在小石子上面，做成一个能孵蛋的暖窝。小鹰孵化出来之后，母鹰会按时叼回来一些小虫、肉食细心地喂养和呵护小鹰。可当小鹰慢慢长大，羽翼渐丰之后，母鹰就严格要求小鹰独立了。于是，它就无情地搅动着巨大的双翅，把窝巢上的枯草、羽毛等都扇落，只露出尖锐的小石子和荆棘。小鹰被刺得哇哇大叫，只好忍痛振起双翅离开巢穴单飞。作为母鹰，它更渴望小鹰能成为搏击长空、四处翱翔的雄鹰。因此，必须无情地逼着小鹰飞离舒适的窝，勇敢地学习独立。老鹰残酷无情地逼小鹰离巢高飞，目的就是让小鹰懂得：要坚强地飞起来，飞往属于自己的一片晴空与蓝天。

正当断尾龙在细细琢磨鹰巢时，一只雏鹰叼着一只老鼠归巢了，一看正是方才被断尾龙从蛇口救下的那只雏鹰。断尾龙心里有了数。

“小兄弟你好！你娘呢？”断尾龙显得十分和蔼。

“您是谁？找我娘何事？”雏鹰见断尾龙没什么敌意，放下嘴里的老鼠反问道。

“也没什么大事，我原来是九里岗五龙潭的，今天来会会朋友。”断尾龙没直接说明来意。

“哦！我知道了，您就是五龙潭的断尾龙吧，我娘跟我说过您这几天要来。”雏鹰扑打着双翅，十分欢快地说，“前些日子，她说要把您的断尾安置在合适的地方，于是就叼着您的断尾飞走了。”

“安置在合适的地方？”断尾龙甚是疑惑，“她没跟你说去了什么地方吗？”

“说了。”雏鹰看断尾龙有些急切，也就不卖关子了，“她说要把您的断尾安置到凤阳府韭山洞。”

“凤阳府韭山洞？”断尾龙有些不解。

原来，从九里岗五龙潭飞到虎天山天鹰岩的这只老鹰，也是修炼有为的。虽然心里很想一口吞了这条断尾，以增加自己的功力，可一直都不敢贸然行事。到虎天山后，更是小心翼翼地保管着这条断尾。这天，它在天鹰岩巢窝里孵蛋，目睹了狼的遭遇，顿然开悟，于是就下狠心弃下雏鹰，叼着断尾去了凤阳。

原来天鹰岩旁边有个山洞，是各种动物的通道和游戏场所，动物有事没事都喜欢到这里来，可不知怎么回事，这山洞被狼发现了。狼非常高兴，想着守住山洞就可以捕获各种猎物。于是，它堵上了洞的另一端，守住这一头洞口，等着动物们来送死。

第一天来了只山羊，狼追上前去，羊找到一个小偏洞逃窜了。狼气急败坏地堵上了这个小洞。

第二天来了只兔子。狼奋力追捕，结果兔子从洞侧面的另一个小洞口逃生，狼还是一无所获，于是，狼就把类似大小的洞一股脑儿地全给堵上，觉得万无一失了。

第三天来了头野猪，狼飞奔过去，野猪冲破洞口，逃了出去。狼于是加固了洞口，得意洋洋地蹲守在洞口，等待着好运来临。

第四天正当狼焦急等待之际，前方山林中突然窜出一只老虎。狼吓坏了，拔腿就往洞里钻，由于没有出口无法逃脱，最终被老虎吃掉了。

目睹了这一幕后，老鹰明白了这样一个道理：狼为了捕捉自己的猎物，千方百计堵塞了逃生通道，最后也断了自己的生路。这就应了“以害人始，必将以害已终”那句至理名言。生活中，很多人想方设法算计别人，结果却是作茧自缚。所谓“多行不义必自毙”，做人一味地赶尽杀绝，不给人留后路，殊不知无意间也断了自己的后路，终有一天，自己种下的恶因，要自己承担后果。当一个人把别人逼上绝路时，也注定了自己即将走向灭亡。因此，不要对别人心存恶意，不要硬抢别人的心爱之物，善恶有轮回，凡事留有余地，成全别人的同时，也成就了自己。

于是，老鹰决定绝不为了自己增加功力而吃了断尾，又听说续断尾的事只有到凤阳府韭山洞才能功成。于是好人干脆做到底，自己亲自把断尾送往韭山洞，正是：

世事翻腾似轮转，眼前吉凶未必真。
请看久久分明应，天道何曾负善人?

——明·冯梦龙《醒世恒言》

第30回

九山洞正果天成　凤凰山九九归真

诗云：历尽沧桑几百春，经风受雨构乾坤。
　　　一心不乱定风浪，正果天成入法门。

却说断尾龙在虎天山天鹰岩听雏鹰讲了老鹰想还自己尾巴的事后，心里十分感激。虽然在潜意识里它没把断尾看得那么重了，但老鹰的开悟使它赞赏不已。“一定要赶到凤阳，去会会老鹰，当面表达谢意。”他下定了决心，告别虎天山，告别雏鹰，踏上了去凤阳韭山洞的迢迢行程。

话说这韭山洞又名九山洞、大九山，位于安徽凤阳城东南四十多公里处。该山古木参天，野韭丛生，山腹中藏着一座天然的溶洞，洞泉结合，山水交融。天然的山石景观各具特色，奇峰秀拔，嶙峋怪石千姿百态。地下洞窟妙如仙境，地上迷谷幽深秀绝。山南山北皆有很多山泉，一年四季水流潺潺，孕育了无穷无尽的灵气，各路神仙也纷纷到此游览。据传当年彭祖曾在此山修炼，听说彭祖和陈抟老祖两人，都在天宫玉皇大帝身边主事。一个管着诸神的生死簿，一个管着功德簿。有一天，陈抟对彭祖说：“我劳累过度，想好好睡一觉，如有要紧事，你把我叫醒。”彭祖说：“好，你尽管放心睡去吧！”彭祖一见陈抟睡觉了，就想趁机到凡间游玩一番。这一天，他代陈抟更换生死簿名单，发现他自己的名字也在上面，彭祖一想："不好，如果我到凡间被玉帝发现了，他会很快派人召回我。”于是他灵机一动，就把生死簿上写有自己名字的那一页纸撕了下来，捻成纸绳订在本子上。从此，这个生死簿上，再也找不到自己的名字，他才放心地下凡去。

彭祖流落到人间后，当了商朝的士大夫。他先后娶了四十九个妻子，生了五十四个儿子，都一一衰老死亡，而唯有他自己依然年轻力壮，行动洒脱。当他娶了第50个妻子后，就准备辞官不干了，可商纣王说："你辞官可以，但要把长寿的秘方给我留下来。”彭祖对商纣王的话嗤之以鼻，带着第五十任妻子自个儿去了安徽凤阳的大九山，以野菜、野果为生。这事恼怒了商纣王，于是叫妲己施法，数以万计的蝗虫飞到山上把山中的百草野果吃了个精光。商纣王又挥兵赶走了山中的万物生灵，想让彭祖吃山石、喝清风。谁知彭祖夫妻避于山腹溶洞中，待商纣王的人马走后，他遍山栽种野韭。因蝗虫什么都吃，唯独不吃野韭，彭祖就以野韭为食。因此后人就称他为韭山老祖。这“九山”之名也就慢慢变成了“韭山”。

再说那虎天山天鹰岩的老鹰，经过七七四十九天的艰难行程，终于到达了韭山。它来到洞口，只见“韭山洞”三个大字龙飞凤舞。

“进韭山洞得先去找白玉观音。”老鹰自言自语不知不觉就到了洞内。只见钟乳石累累，石幔重重，石笋遍洞，晶莹剔透、千姿百态。洞中岩壁险峻、泉水飞溅、气势宏伟。栩栩如生的仙人卧榻、壮士自刎、玉龙飞天、群山叠玉、摘星揽月等奇观布局有序。老鹰乘兴前游，境险景殊，洞中藏山，

山中隐洞，变幻无穷，神秘莫测。过了登天云梯，洞内越来越黑，简直是什么也看不见了。正在着急之际，它发现远处有亮光，就急忙朝着亮光走去。

走近一看，亮光是从一个崖洞里透出来的。老鹰心里有些慌张，但为了找到白玉观音，只能壮着胆子向亮光处走去。走近一看，崖洞里有一个老婆婆生了一堆火取暖。老鹰一看是老婆婆，高兴地上前施礼："老婆婆好，我是从婺州虎天山天鹰岩来的，求见韭山洞的观音菩萨，恳请她保护这条断尾。"老鹰拿出蛇的断尾给老婆婆看，并随手把这条断尾放在老婆婆眼前的崖壁上。"蛇的断尾？你为何要为这玩意千里迢迢跑到这里来呢？"老婆婆一边添着柴火一边问。

"听说五龙潭的断尾龙没了这条尾巴，其功力不能正常发挥，所以要还给他。"老鹰不假思考地回答道。

"不是说你自己吃了这条断尾可功力大增吗，为何还要还给人家呢？"那老婆婆疑惑地看着老鹰。

"婆婆，我也知道吃了这条断尾可以大大缩减我的修炼时间，但这种损人利己的事我不能干。这不，听说韭山洞的白玉观音能保此断尾活力不减，因此就跑到这来了。还请老婆婆指点白玉观音菩萨在哪？"老鹰急切地看着那老婆婆。

"你先不要管他人的事，你看那断尾现在不是好好的吗？"老婆婆指了指放在崖壁上的那条断尾。老鹰顺着老婆婆的手指的方向看过去，只见那断尾已深深地镶嵌在玉白色的崖壁上，再也不能移动了。

"这是怎么回事？"老鹰想问个究竟，可老婆婆却不正面回答，而是转过头来对老鹰说："离此几十里，有座大山叫独山，很快就要变成凤凰山。现在还没有神仙当家，你过去吧。"

"凤凰山？我去当家？"老鹰有些丈二和尚摸不着头脑。

“你过去之后，会有各路神仙聚集，选凤凰山之主。你千万要记住，在独山山顶有棵大松树，你在树下挖一个三尺深的坑后，会发现一根白鹤的羽毛，你把羽毛拿出来再往下挖三尺，然后拔下你自己身上的一根羽毛埋进去，等土填到一半时，再把那根白鹤的羽毛放进去，填平就行了，到凤凰山封主时自有妙用。”说完，只见一道银光，眼前的老婆婆不见了。崖壁上隐现出一尊银光闪闪的观音像，断尾就在观音像的不远处静静地躺着，暗发金光。

“白玉观音！”老鹰又惊又奇，跪地便拜。

“去吧！快去吧！”一个清脆的声音在韭山洞回响。

老鹰告别了白玉观音，到独山山顶找到了那棵大松树，按照白玉观音的吩咐，一切安排停当。

过了几天，玉皇大帝召集各路神仙在独山集会，看看谁有能力当凤凰山之主。

“按照老规矩，谁来此最早，谁当然就是此山的神。”玉皇大帝当着各路神仙的面说。

白鹤首先站出来说：“禀报玉帝，我来此山最早，我应该当此山之主。”

“你说你来最早，有何凭据？”玉帝问道。

“我在山顶大松树下埋了一根羽毛，不信您可以看看。”白鹤十分自信。

众神拥着玉帝来到山顶大松树下，往下挖了三尺，果然发现了一根白鹤的羽毛。

“那就……”玉帝看无其他神仙竞争，正准备封主。

“玉帝且慢！我比白鹤来得更早，我在这棵树下也埋了一根羽毛。”老鹰见玉帝准备发旨，赶忙上前禀报。玉帝听后，命人在树下再挖，在白鹤羽毛下继续挖下去三尺后，果然挖出了老鹰的羽毛。

因为老鹰的羽毛在白鹤羽毛的下面，说明老鹰来得更早。因此玉帝就封老鹰为凤凰山之主。从此，虎天山的老鹰就变成了一只金凤凰。它是人间幸福使者，每五百年就要背负着积累于人间的所有痛苦和恩怨情仇，投身于熊熊烈火中自焚，以生命的终结换取人世间的祥和与幸福。同样，在肉体经受了巨大的痛苦和轮回后，它才能得以更美好的重生。美丽的凤凰投入火中，燃为灰烬，再从灰烬中新生，其羽更丰，其音更清，其神更髓，成为美丽辉煌永生的火凤凰。这就是当初那只老鹰不畏痛苦，义无反顾，牺牲自我，成全他人的执着精神的善果。正是：

世有神仙鸟，厥名为凤凰。
千年或不见，人自心中藏。
毛羽焕五采，步履生辉光。
举翥几千里，出没不寻常。
其志尚高洁，其德非凡响。
龙尊为其贵，麟尊为其祥。
凤尊为其德，涅槃火中长。

再说老鹰成为凤凰山之主后，一刻也不敢怠慢，处处为人间幸福劳碌。它善恶分明，敢打抱不平，帮助受欺压的人，打击实施强暴者。

凤阳城西有个财主名叫田万顷，家财万贯，良田无数，家里雇了个丫头叫兰香。她特别能干，长得也很标致。有一天，田万顷喝得酩酊大醉，便趁着酒劲闯进了兰香的房间。兰香宁死不从，双手用力一推，田万顷摔了个狗啃泥。这下可把事闹大了，田万顷的老婆也知道了此事。她不去责怪自己的丈夫，反认为是兰香在勾引自己的男人，便一天到晚无事生非，折磨兰香。兰香被逼得走投无路，跑到如意河边准备跳水寻死。人之将死，哭声悲凉。这时正在山上的凤凰听见了哭声，就飞到了兰香跟前："大姐，你为何哭得如此伤心？真让人心疼。"

兰香抬头一看，是位和蔼可亲的姑娘，就一五一十把田万顷和他老婆欺辱她的事说了一遍。凤凰一听，怒发冲冠，决心要整整田万顷夫妇。于是它幻化成一个白发苍苍的算卦老者，来到田万顷家门前，口称隔山能算几只虎，隔海能算几条龙，人间吉凶祸福，财运仕途无事不通。田万顷一听，忙将老者请到家中，命下人买酒买菜，盛情款待，但就不问算卦的事。几天过去了，田万顷还是不问算卦之事，老者觉得其中必有缘故，正想离开田家。忽见两个伙计从左右两边冲过来，把满盆的狗血向老者泼过去。老者哪有防备，浑身溅满了狗血。它的灵魂被这突如其来的狗血笼罩，顿时就化作原形，一只小凤凰蹲在地上。

田万顷把凤凰关进笼子，让它受尽了折磨。

再说断尾龙从虎天山风尘仆仆赶来凤阳，也顾不得旅途劳顿，直奔韭山洞而去。也不知是劳累过度还是心慌意乱，竟鬼使神差般地来到了狼苍迷谷。

要说这狼苍迷谷，还得从仙狼山说起。

在凤阳最美丽古老的地方——吴窑，有一座仙狼山，山不大而神奇，林不壑而茂密。在重叠纵横的荆棘丛中，有个仙狼洞。仙狼洞看上去只有一个总洞口，但里面却纵横交错，四通八达。在山的各个方位都有分岔，一旦外面或哪个分岔口发生情况，整个仙狼山都会青烟四起。有诗为证：

仙狼山上四处烟，鬼叫狼嚎震山川。
唯怕吴窑一声炮，万狼皆向巷里钻。

据传当年在仙狼山上住着千万只狼，经常到吴窑一带伤人，吴窑的百姓无奈之下组织起了一支打狼队。有一天，打狼队活捉了几只小狼，吴窑人十分兴奋，把小狼吊起来准备抽筋扒皮点天灯。

傍晚时分，吴窑村里来了个头戴黑礼帽，身穿白大褂的老者。看上去仙风道骨，但带有一股狼骚味。他来到吊狼的地方，彬彬有礼地问："你们谁是族长？"

"我是。"老族长马上出来尽地主之谊，热情地接待了这位老者。

"族长大人在上，鄙人姓狼，名万里。今天到您这儿想要回我的孙子。"那老者向族长作了个揖，开门见山地向族长说明来意。

族长听了老者的来意，不觉一怔，脸上露出难色。

"由于我管教不严，小辈们私自出来伤害你们，在此深表歉意。"老者见族长面有难色，赶忙又补了一句。

族长一方面赔着笑脸，一方面又支支吾吾："这个嘛……"

"族长，别敬酒不吃吃罚酒，你们住在我的领地上，还如此霸道，如果你们不放了我的孙子，别怪我们翻脸不认人。我完全有能力让你们顷刻间就永远消失！"老者见族长吞吞吐吐不爽快，就提高了嗓门，带着威胁的口吻说到。

族长一听老者如此强硬，也火冒三丈："你如果不讲理，我们奉陪到底，立即将你的孙子抽筋扒皮点天灯。"

老者见吓不倒族长，便一声长叫，只见四面八方的黄狼、黑狼、灰狼、红狼漫山遍野地怪叫着向吴窑村冲过来。

族长见状，立即下令，全村百姓不分男女老少，一人点燃一个火把，先护其身，又命令打狼队把土枪土炮抬出来，严阵以待。眼看着狼群越来越近，族长不慌不忙地走到土炮旁。

“放！”一声令下，万炮齐鸣，土枪手也紧密配合，先放几枪，领头的几只狼被打得狼狈不堪。

群狼看人们都点着火把，又听到枪炮声，吓得屁滚尿流，四处逃窜，毫无秩序，互相践踏，死伤无数。

老者见他的子孙们如此不堪一击，急得像热锅上的蚂蚁团团转，忽然跪倒在族长面前磕头求饶。

“狼百万，你好好听着，吴窑的百姓祖祖辈辈居于此，领地是我们的，还是你们的?”族长义正词严地问道。

“老朽一时糊涂，颠倒是非，这领地原本就是你们的，是我强词夺理。”老者鸡啄米似的不断点头。

“那好，你们全部离开这里。如果再敢来此伤人，必定来一只打一只，每只都抽筋扒皮点天灯。”族长说罢，暗示族人把吊起来的几只小狼也放了。

“好的！好的！我们马上就搬家远离吴窑，永不侵犯此地。”老者百般无奈，只得当场表态。

“不行，你还得对天发誓，我怕你言而无信！”族长步步紧逼。

“我对天发誓，从明天起，我们全部搬出吴窑，但凡再踏上吴窑半步，必遭天打五雷轰，不得好死！”老者仰面朝天，发出了毒誓。

族长命族人写下老者的毒誓，点上火烧之告天。

第二天，吴窑周围的群狼果真都迁居了。在狼万里的带领下，它们搬到了离吴窑几十里地的山坡上，开辟新的领地。

为了防御外来之敌，狼百万命令子孙们造巢穴，拓狼巷，设迷谷，让人或其他动物进去都出不来，好守株待兔喜得美餐。不多时，一座十多平方公里的狼巷迷谷就造成了。进入迷谷，就好像进了一个八卦阵，东西不分，南北不辨。每个方向都有蜿蜒崎岖的巷子，路径曲折，幽谷深邃，沟壑纵横，神鬼莫测。

再说断尾龙误闯狼巷迷谷，迷了路，怎么走也走不出，迷迷糊糊中，只见前面都是宽阔整齐的大道，一点也没有区别，四面八方都是一个模样，可就是走不到尽头，他意识到这是一处十分危险的地方，必须尽快脱离。他定了定神，决定不管怎样，朝一个方向走，总有出头的时候。

天渐渐暗下来，突然，前方出现了几个绿幽幽的亮点。很快，这绿绿的亮点多了起来，像天上的繁星，数也数不清。

“呜……呜……”随着一声怪叫，那些亮点急速向他冲过来，原来是一群狼。没等他想清怎么办，群狼就把他扑倒在地上，一哄而上争相撕咬。他翻来覆去痛苦地挣扎着，平时的功力武艺好像一点也施展不出来。

“轰隆隆！”正在危急之际，忽然一个炸雷从天上传下来，吓得群狼四散逃命，紧接着是一场“哗哗”的倾盆大雨，整个狼巷迷谷变成了一片汪洋，风趁雨势，雨借风威，断尾龙一个翻身，腾空而起，扶摇直上，正是：

谁无虎落平阳日，待我风云再起时。
如若有天龙得水，定让长江水倒流。

断尾龙在空中辨别了一下方向，其实韭山洞就在狼巷迷谷附近，最多也只有几十里地。他一个腾云，立马就到了洞口。

“龙兄在上，善财在此候迎多时了。”只见一位男童，头上留着顶发，袒露胸腹，佩帛随风飘扬，双腿分开立于束腰莲台上，双手合十，笑容可掬。

原来，白玉观音知道断尾龙今天要来韭山洞，就吩咐善财童子到洞口候迎。

“多谢菩萨。”断尾龙双手合十，跟着善财童子进了韭山洞。这是一个具有五亿多年历史的溶洞。

不一会儿，他们就来到了白玉观音前。“小龙参拜菩萨。”断尾龙跪伏在白玉观音前，自己千里迢迢赶来韭山洞，竟忽然忘记了为什么而来，此时崖壁上的断尾在一闪一闪地发着暗光。

“小龙历尽千辛万苦，不远万里来此求见本菩萨究竟所为何故？”白玉观音面带微笑，一脸慈祥。崖壁上的那条断尾忽而更加耀眼光亮了。

断尾龙稍稍抬了一下头，往断尾发光的崖壁看了一眼。这不看不要紧，一看却似乎唤醒了沉睡的心，唤醒了久久不能忘怀的眷恋。他久久凝视着崖壁上那条自己的断尾，不知如何向菩萨表述。

“小龙听着，达摩祖师早在龙盘寺就开示过你，应无所往。世间一切物来则应，物去不留。”只见白玉观音用杨柳枝往净瓶里轻轻一蘸，几滴甘露霎时就洒满断尾龙的全身。随着一道金光闪耀，断尾龙通体金光闪闪。

“那尾巴不是好好地长在你自己身上吗？何曾断过？”白玉观音又是一滴甘露洒过来，并送给断尾龙四句偈颂：“形象由来不是真，都依心色起闲因。可堪举世痴狂客，偏向枯桩境里寻。”（雪窦重显《偏向树桩》）

是啊，《般若波罗蜜多心经》早就告诉我们：“色不异空，空不异色，色即是空，空即是色。”世间万事万物，一切都是变化无常的，皆因因缘和合而成。有了因的种子，有了缘的促成，最终也就有了果的发生，而“缘”是不断变化的，也就导致了“果”的不断改变。这就告诉世人，面对一切事物都要以相对的、变化的观点去看待，不可执着于事物过去、现在和未来的一切状态。

听了菩萨的开示，此时的断尾龙已俱足了智慧和福德，其境界又上了一个更高的层次。他再也不去执着于那条断尾了。

就在这一瞬间，断尾龙已变成了“五爪金龙”，尾巴也就自然续上了。这一切的一切，那么自然。正是：

尘沙聚会偶然成，蝶乱蜂忙无限情。
同是劫灰过往客，枉从得失计输赢。

“小龙你听着，如今你已是金龙之身，正果天成，而成人之美的天鹰，虽已成凤凰山之主，却仍在受折磨，度劫难。今天你就过去帮它解脱了吧。”白玉观音从净瓶里倒出一滴甘露水，并递上一条杨柳枝，“你到凤阳府城西田万顷家就知道是怎么回事了”。

“老鹰已成凤凰山之主，如今正在蒙难?”断尾龙心急如焚。他赶紧接过白玉观音的甘露水和杨柳枝，千恩万谢拜过菩萨，告别韭山洞，不一会儿工夫就来到凤阳城西田万顷家门口。

田万顷家是一处偌大的庄园，院外白墙环护，绿柳周垂，三间垂花门楼，四面抄手游廊。院中甬路相衔接，山石点缀，整个院落富丽堂皇、雍容华贵、花园锦簇。大门两侧的一对石狮子，目视前方，四肢欲动，威风凛凛。在大门右侧高高的围墙上，挂着一个鸟笼子，里面囚着的就是凤凰山之主。过往行人都对这鸟笼子指指点点，有好奇心的干脆立在鸟笼子前对凤凰品头论足一番。更有甚者，还往鸟笼子扔石块、果壳之类的东西。鸟笼子旁边则贴着一张告示，无非是说此鸟为妖鸟，祸害百姓，践踏黎民，予以游街示众云云。而那笼里的凤凰，也是一副邋遢相，耷拉着脑袋，凌乱的羽毛早已失去昔日的光彩，眼角的泪痕依稀可见。那垂头丧气的模样正应了“得志猫儿雄过虎，落汤凤凰不如鸡”的话。

断尾龙看在眼里，痛在心里，无限感慨：这世道，为民除害，伸张正义是何等不易。明枪易躲暗箭难防啊，就像这凤凰，一心想教训一下田万顷，为兰香伸张正义，却遭到暗算。更可悲的是一些不明真相的人，竟也相信田万顷，认为凤凰是妖精，是祸害百姓的魔鬼，真是人言可畏。

“赶快解救凤凰要紧。”断尾龙当即一个腾空，驾上一朵白云，霎时四方云涌，雷震凤阳。杨柳枝、甘露水化作一场酣畅淋漓的大雨，把凤凰身上的狗血洗得一干二净，把整个世界淋得一尘不染，正是：

此水非凡水，能除邪恶鬼。
天道总无私，一把心酸泪。

随着一道闪电，一声震雷，凤凰破笼而出，直冲云霄，向断尾龙奔去。

顿时，雨过天晴，整个天空呈现出一幅龙凤呈祥的画面：龙凤各居半边天，龙是升龙，张口旋身，回首望凤；凤是翔凤，展翅翘尾，举目眺龙。周围祥云朵朵，一派祥和之气。有诗曰：

龙起九州生瑞气，凤随云彩舞风华。

呈临大地花如锦，祥赐人间酣梦佳。

随后，断尾龙与凤凰同回九山洞。在白玉观音莲座前许下五愿：

愿　一

愿我修成正果后，一如无量佛光辉。
诸天大力神将护，十念弥陀福慧慈。
开妙境、蕴禅机，除障菩萨力加持。
真言六字成因地，九品莲花绽满地。

愿　二

愿我修成正果后，一如教主药壶随。
护民护国广弘法，救病救饥法雨施。
疗病苦、解心悲，大乘引导入菩提。
清除障碍三途断，七佛真言敬受持。

愿　三

愿我修成正果后，一如地藏济扶危。
孽缘恶报巧分说，放下屠刀地狱离。
察恶善、辨淫非，化身无数示贤威。
宝珠指引菩提路，慰劝群生三宝皈。

愿　四

愿我修成正果后，一如大士发慈悲。
寻声救困莲花现，倒驾慈航苦海驰。
甘露水、洒杨枝，妙音善法醒愚痴。

十方游历行无迹，万户千家念德威。

愿　五

愿我修成正果后，释迦授记佛名题。
曼陀花雨虚空散，众鸟宣流梵曲怡。
无瑕秽、尽琉璃，三身妙相具端仪。
六通五眼皆圆满，九九归真日月辉。